U0565625

世界最佳情爱小说

谁此时孤独，就永远孤独

柳鸣九　主编 / 鉴评

河南文艺出版社
·郑州·

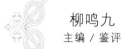

柳鸣九

主编 / 鉴评

　　柳鸣九，1934年生，湖南长沙人，毕业于北京大学西方语言文学系。中国社会科学院外国文学研究所研究员，中国社会科学院研究生院外国语言文学系教授、研究生导师，曾任中国法国文学研究会会长、名誉会长。

　　在法国文学史研究、文学名著翻译等领域，均有很高的建树，并主持多种大型丛书、套书编选工作，是本学界公认的权威学者、领军人物，以卓有学术胆识著称，并享有"著作等身"之誉，对人文知识界有较大的影响。其论著与译作已结集为《柳鸣九文集》（15卷），约600万字。2006年，荣获中国社会科学院最高学术称号：荣誉学部委员。

CONTENTS
目 录

夏布尔先生的贝壳

［法国］左拉

仝小虎 译

作者简介

　　左拉（1840—1902），法国杰出作家。他生于一个工程师家庭，曾在书店里当工人、职员，后从事文学创作。左拉是自然主义创作论的倡导者，他的理论对 19 世纪后期法国小说创作有很大的影响。

　　左拉早期的作品有浪漫主义色彩。他在文学史上的重要地位是靠《卢贡-马卡尔家族》奠定的，这是他根据统一的构思写出的二十部互有联系的长篇小说的总称，其中著名的有：《卢贡家的命运》《崩溃》《金钱》《小酒店》《萌芽》《娜娜》《家常琐事》等。左拉在 19 世纪末法国著名的冤案德雷福斯事件中为平冤而做的正义斗争，更使他获得崇高的声誉。

一

　　夏布尔先生膝下无子，忧心忡忡。他从德维涅·卡蒂诺商行娶了一个卡蒂诺小姐，叫埃斯泰尔，是个芳龄十八的金发美女。四年来，他朝思暮想，茶饭无心，恼火的是他的努力都落了空，不免灰心丧气了。

夏布尔先生是歇业的粮商，有一笔很可观的财产。他一心想成为百万富翁，过日子精打细算，结果在四十五岁的年纪便未老先衰，步履艰难了。由于挖空心思聚敛钱财，他脸上的肌肉已经松弛，苍白的面孔人行道般扁平无奇。做父亲竟比当富人更难，这对有五万法郎年金的人来说，怎不叫他感到惊异！他绝望了。

美丽的夏布尔夫人当时才二十二岁。她长得楚楚动人，粉面桃腮，颈背上飘动着太阳色的头发，碧绿的眼睛宛如一潭秋水，深不可测。每逢丈夫抱怨他们的结合没有生育时，她便挺直柔软的腰肢，撅着屁股，高耸起胸脯，嘴角上浮出的一丝冷笑显然在说："这是我的错吗？"再说，在她的社交圈子里，夏布尔夫人被看作是教养有素的女人，虔诚得无懈可击。总之，她是在有产阶级的优良传统的熏陶下，被严厉的母亲抚养大的。她的鼻梁白皙小巧，鼻端两翼有时会神经质地跳动，唯有这个可能使丈夫颇感不安，对旧日的粮商倒无关痛痒。

吉罗大夫是这个家族的医生。此人身材粗壮，聪明过人，脸上老是笑眯眯的，他已经和夏布尔先生个别谈了几次话。他向他解释科学仍然多少有些落后。天哪！生孩子可不比栽橡树容易。可是，又不愿让人绝望，他答应考虑他的情况，于是，七月的一个早晨，他来对夏布尔先生说：

"您得动身去海滨浴场，亲爱的先生……那儿可是个好地方，尤其要吃很多贝壳，只吃贝壳肉。"

夏布尔先生心里燃起一线希望，连忙问："贝壳？大夫……您认为贝壳……？"

"一点没错！有人发现这种疗法很有效。您听好了，每天都得吃牡蛎、淡菜、帘蛤、海胆、鹦鹉贝以及螯虾和龙虾。"

说罢，当他离开时，他站在门槛上漫不经心地补充道：

"您可别放弃呀。夏布尔夫人青春年少，需要消遣消遣……到特鲁维尔去吧，那儿的空气很好。"

三天以后，夏布尔夫妇动身上路了。不过，这个旧日的粮商认为完全没必要去特鲁维尔，在那儿，他会花掉一大笔钱的。要吃贝壳肉，其他地方照样可以吃得很舒服。在偏僻的地方，贝壳会更丰富，价钱更便宜的。说到消遣，反正有的是机会。他们可不是在作愉快的旅行。

一个朋友曾告诉夏布尔先生，圣纳泽尔城附近有一个布里昂的小海滩。十二小时的旅行之后，夏布尔夫人厌烦透了，白天，他们到圣纳泽尔观光去了。这是个新兴城市，新街道已开辟出来了，建筑工地比比皆是。他们去游览了港口，逛了大街，街上的商店在村庄那昏暗的杂货店和城市的豪华大杂货店之间时隐时现。在布里昂，木屋均已出租。市场的小木屋粉刷一新，门窗四周给涂得花花绿绿的，醒目耀眼，已经住满了英国人和富有的南特商人。对这些被庸俗的艺匠乱涂一气的建筑物，埃斯泰尔轻蔑地撇了撇嘴。

有人建议他们去盖朗德投宿。这是个礼拜日。快到中午时，他们到了那里。即使夏布尔先生算不上想象力丰富的人，也感到一阵激动。盖朗德的景色使他惊奇不已。这个封建社会的精美杰作保存得完好无缺，筑有防御工事的围墙和深厚的城门高过了突堞。埃斯泰尔注视着这座被林荫道的大树环绕的宁静的城市，水汪汪的眼睛里漾出幻想的微笑。马车一直在行驶，马儿迅速地从城门下跑了过去，车轮在狭窄的街道那尖尖的铺路石上上下颠簸。夏布尔夫妇默然不语。

"真是个偏僻的角落！"旧日的粮商咕哝道，"巴黎周围的村庄都比它建得漂亮。"

夫妇俩在位于城市中心与教堂毗邻的贸易旅馆门前下车时，正好碰上人们做完大弥撒出来。当丈夫忙着卸行李的时候，埃斯泰尔走了几步，基督教徒的队伍引起了她的极大兴趣。他们大都穿着款式独特的服装。其中有身穿白色罩衫和灯笼短裤的盐场工人。盐田那广阔的荒漠展开在盖朗德和勒克鲁瓦齐之间。也有一些穿短呢外套，戴宽边圆帽的佃农，其装束迥然不同。一个少女的华丽服饰尤其使埃斯泰尔心醉神迷。一块头巾紧裹在少女的鬓角上，打了一个尖结。她那件衬以卷边宽袖的短上衣上边，贴着一个挑有鲜艳夺目的花卉的丝绸硬胸。一根金银线刺绣的腰带紧紧束住她那三条重叠的褶皱紧凑的蓝呢裙。当橘黄色的丝绸长围裙下垂时，披着红色织物的胳膊和踂着黄色高跟拖鞋的双脚便露了出来。

"要是可能的话，"夏布尔先生过来站在妻子身后说，"看这样的滑稽穿着，该到布列塔尼去。"

埃斯泰尔没有搭理他。一个身材高大、二十多岁的年轻人走出教堂，把胳膊伸给一位年迈的妇人。他的皮肤非常白皙，神情高傲，头发淡黄，他的肩膀宽阔，四肢肌肉发达，简直像一个彪形大汉，可是他又那么温柔、娇嫩，他的脸蛋跟少女的一样粉红，面颊上没有一根汗毛。他的英俊仪表使埃斯泰尔惊奇不已。正当她目不转睛地注视着他时，年轻人转过头来瞧了她一眼，他的脸色一下变得绯红。

"瞧！"夏布尔先生低声说，"喏，至少有个人样。他会成为漂亮的枪骑兵的。"

"这人是埃克托先生。"旅馆的女佣听见这话便接上话茬，"他陪他母亲，普鲁卡斯特夫人……哦，这孩子非常和气，为人正派！"

在客饭席上吃午饭时，夏布尔夫妇参加了一场热烈的讨论。一个在贸易旅馆用膳的抵押登记官夸奖盖朗德的淳朴生活，尤其对年轻人的端正品行赞不绝口。听他说来，倒是宗教教育保持了居民们的纯洁无瑕。但他说得有凭有据，句句在理。可早晨到的一位带着仿造的首饰箱的旅行推销员冷笑两声，叙述他沿途看见姑娘和小伙子在篱笆后面亲嘴摸乳。要是有人将他带到那些可爱的太太眼皮底下，他倒想见识见识当地的男人。末了，他把宗教、神父和修道士取笑一番。抵押登记官一时语塞，无以对答，便将餐巾一扔，愤愤离去。夏布尔夫妇管自吃着饭，一声也不吭。饭桌上听到的逸闻使丈夫非常激动，妻子倒平静自如，脸挂微笑，仿佛她不懂似的。

为了打发下午的时光，夫妇俩参观了盖朗德。圣奥班教堂里显得格外凉爽。他们在里面一边漫步，一边仰望高高的拱顶。拱顶上，一簇小圆柱石纺锤般高高耸立。他们在柱头的奇特雕刻前停下了，从上面看得见刽子手们把受刑者锯成两截，然后放在火刑架上焚烧，他们拉动巨大的风箱，燃起旺火。随后，他们跑遍了城里的五六条街，可夏布尔先生保留他的看法：显而易见，这是个偏僻的角落，生意萧条，人们已把一座中世纪的城堡毁得面目全非了。街道冷冷清清，沿街都是层层叠叠互相挤压的人字墙房屋，如同疲乏的老妪一般。尖尖的屋顶、覆盖着石板的哨亭、墙角塔和被风雨剥蚀的雕刻残骸，形成了一些寂静的角落，宛如阳光渗不进去的博物馆。埃斯泰尔的目光无精打采，由于她婚后读过些小说，所以对铅条玻璃窗观看得比较仔细。她想起了瓦尔特·施戈特。

可是，当夏布尔夫妇出城去环城散步时，他们却连连点头，不得不承认这确实是座美丽的城市。沐浴在金色阳光中的花岗石城墙透迤展开，没有一个缺口，像当初那样完整无损。唯有突堞上悬挂着忍冬和常春藤的垂帘。掩护壁垒两翼的塔楼上，小灌木丛生，金黄的染料木错杂其间，火红的紫罗兰耀眼夺目，花卉的斑斓色彩在晴空里燃烧。城市四周延伸着大树覆盖的林荫道，百年老榆树下芳草萋萋，人们一边在那儿如履地毯般信步漫游，一边沿着古代的沟渠款款而行。水沟的部分地方早已被填平，稍远的水沟变成了停滞的水潭，长满了苔藓的潭水布满了奇异的倒影。松树的白色树干依墙挺立。一片植物的绿色藤蔓攀墙蔓延。一束束光线透过树隙倾泻下来，照亮了隐秘的角落、暗道的洼地。在这与世隔绝的寂静气氛里，洼地的青蛙不时惊惧地突然跳跃。

"我数了一下，有十座城楼！"当他们返回出发点时，夏布尔先生大声说。

四道城门尤其使他激动。城门的门廊又窄又深，一次只能驶过一辆马车。已经十九世纪了，城门还紧闭不开，这难道不可笑吗？要是他的话，早就将城门、布满枪眼的城堡统统拆毁，城墙那么厚，完全可以在上面建造两座六层楼的房屋。

"从城墙上也可以拆取材料，这还不算在内。"他补充道。

这时，他们站在林荫道上。这个宽阔的加高了的散步场所，从东门到南门构成了一个四分之一的圆圈。面对着在市郊屋顶那边延伸数里的奇妙的地平线，埃斯泰尔耽入遐想之中。首先，这是个生机勃勃的自然带：松树被海风吹得弯弯曲曲，灌木长满了节瘤，草木葱茏，青翠欲滴。而后，是延伸的盐田荒漠，光秃秃的原野一望无垠，平静如镜的四方池塘和一些小堆的白盐在灰白的沙地上熠熠闪亮。再远些，天边的大西洋湛蓝湛蓝的。蓝色的海面上，三只帆船宛如三条白色的飞鱼。

"瞧，这就是上午那个年轻人。"夏布尔先生忽然说道，"你不觉得他长得像拉里维耶尔家的小家伙吗？假如他是驼背的话，就一模一样了。"

埃斯泰尔慢慢转过身来。可是伫立在林荫道上的埃克托全神贯注，也在远眺大海，似乎没有发觉有人注视他。这时，少妇慢步走了起来。她拄着小阳伞的长手杖。走了十几步后，小阳伞的扣子脱落了。夏布尔夫妇听见身后响起一个声音。

"夫人，夫人……"

原来，埃克托捡起了扣子。

"太感谢了，先生。"埃斯泰尔平静地莞尔一笑。

这小伙子和蔼可亲，待人诚实。夏布尔先生立刻喜欢上他了，便告诉他自己对选择海滨感到左右为难，甚至向他询问情况。埃克托腼腆极了，结结巴巴地说：

"我认为，你们在勒克鲁瓦齐和巴兹镇，找不到你们要找的海滩。"他指着地平线上的小城市的钟楼说，"我建议你们去皮里亚克……"

于是他提供了详细情况。皮里亚克在三法里远的地方。他有个叔叔住在那附近。最后，他回答了夏布尔先生提的问题，肯定那里有丰富的贝壳。

少妇用小阳伞的末端敲打着浅草地，年轻人没有抬眼看她，好像为自己在场感到局促不安似的。

"是个比盖朗德漂亮得多的城市，先生。"埃斯泰尔终于用悠扬如笛的嗓音说。

"啊！漂亮极了。"埃克托结结巴巴地说，同时突然贪婪地看了她一眼。

二

夫妇俩在皮里亚克安顿下来后的第三天早晨，夏布尔先生伫立在保护小港口的堤埂上，平静地留神看着埃斯泰尔游仰泳。阳光已经有些酷热，可他却一身笔挺，穿着黑色礼服，戴着一顶毡帽，躲在一把绿色衬里的旅游小阳伞下边。

"水不坏吧?"他好像对妻子的沐浴饶有兴趣似的问。

"不坏!"埃斯泰尔一边回答，一边翻过身来。

夏布尔先生从来不在海里洗澡。他对水怀有一种深深的恐惧感，为了掩饰这一点，他声称大夫们明确禁止他洗海水浴。当沙滩上的一股波浪涌到他鞋底时，他战战兢兢地连连后退，仿佛面对着一头龇牙咧嘴的凶恶野兽似的。再说，海水要是将他那套熨帖的礼服弄湿了的话，他会觉得它肮里肮脏，有失体面的。

"喂，舒服吗?"他重复问道。他已被高温烤得晕头晕脑，在海堤的顶端双腿站得又酸又胀。

埃斯泰尔没有回答，她用手臂拍打着水，游着狗刨式。她凭着男孩的胆量，在水里一泡就是几个小时，这使她的丈夫很难受，因为他认为站在岸上等她才合乎礼仪。在皮里亚克，埃斯泰尔才找到了她所喜欢的海水浴。她瞧不起在深入齐腰深的地方之前，必须顺着往下走很久的倾斜的海滩。她裹着一件白色的莫列顿呢浴衣，走到海堤顶端，让浴衣从肩膀上滑下去，然后静静地将头先钻入水中。她说，为了不碰在岩石上，她需要在水深六米的地方游泳。她那没有裙子、用整料做的浴衣，显现出她上半身的轮廓，腰里束着的一根蓝色长腰带突出了她那有节奏摆动着的臀部曲线。这个令人担忧的肌肤粉红的女人头上，罩着一顶束发的防水浴帽，帽子下露出一大绺头发。在清澈的水里，她宛如青鱼般灵活自如。

夏布尔先生顶着炽热的阳光，在堤埂上站了一刻钟了。他已经看了三次表。他终于大着胆子怯生生地说：

"你待得太久了，亲爱的……你该上来了，洗得太久会使你疲劳的。"

"可我刚刚下水！"少妇叫道，"简直跟泡在牛奶里一样舒服。"

接着，她仰浮在水面上：

"如果你觉得无聊，可以离开……我不需要你了。"

他摇头反对，声称大祸就要从天而降了！可埃斯泰尔置之一笑，心想要是自己抽筋的话，丈夫会给她什么样的帮助。可是，突然，她往堤埂的另一边，村庄左边凹陷进去的港湾看了一眼。

"瞧呀！"她说，"那儿有个什么东西？我去看看。"

于是她有规律地划着水，迅速溜走了。

"埃斯泰尔！埃斯泰尔！"夏布尔先生喊道，"你可别游得太远……！你知道我讨厌轻举妄动。"无奈埃斯泰尔置若罔闻，不予理睬。夏布尔先生踮起脚跟，伸长脖子，以便注视妻子的漂在水面的白色浴帽，同时，他将小阳伞换了一只手，伞下的炎热空气越来越使他透不过气来了。

"她究竟看见什么了？"他嘀咕道，"啊！对了，在那儿漂动的这东西……一堆破烂货。一堆海藻，没错。要么是只桶……噢！不是，它在移动呢。"

突然，他看清了那个东西。

"果真是个先生在游泳！"

其实，埃斯泰尔游了几下后，也清晰地辨认出这是位先生。这时，她不再径直向他游去，她觉得这样做不太合适。不过，她很高兴殷勤地表现一下自己的勇敢，便没有返回海堤，继续朝大海游去。她静静地前进，仿佛没有发现这个游泳者似的。后者犹如随波逐流般打斜里渐渐向她漂来。然后，当她转身欲回堤埂时，他们仿佛不期相遇了。

　　"夫人，您身体好吗?"这位先生彬彬有礼地问。

　　"哎哟，是您呀! 先生!"埃斯泰尔愉快地说。

　　于是她莞尔一笑:

　　"我们又见面了!"

　　这位先生正是年轻的埃克托·德·普鲁卡斯托尔。在水里，他显得十分腼腆、强健，并且很快活。有一会儿，他们隔着一段合乎礼仪的距离，默默地游泳。为了听清楚对方讲话，他们不得不提高嗓门。然而，埃斯泰尔认为应当显得有教养。

　　"谢谢您为我们指定皮里亚克……我丈夫非常高兴。"

　　"独个儿站在堤埂上的先生，是您的丈夫，是吗?"

　　"是我丈夫，先生。"她回答道。

　　于是他们重新缄默无语。他们在海上注视着丈夫，他那高高的个头煞似一只黑黝黝的昆虫。惊讶万分的夏布尔先生把脚跟踮得更高，询问妻子在浩瀚的大西洋上到底遇见了哪位熟人。毋庸置疑，他妻子在跟一个先生谈话。他看见他们有一个把脑袋转向了另一个。这大概是个他们的巴黎朋友吧。可是他白费心思地搜寻记忆，在他们的熟人关系中找不到任何人胆敢这么冒险。于是他一边等待，一边使小阳伞作陀螺转动，聊以自娱。

　　"是的。"埃克托对美丽的夏布尔夫人解释道，"我是来叔父家玩几天的。您看那边半山腰的住宅，我叔父就住在那儿。为了沐浴，我每天都是从平台对面的沙嘴下水的，而且一直游拢堤埂。然后，我再向回游。总共两公里。这是一种极好的锻炼……可是您，夫人，您真勇敢。我从未见过如此勇敢的夫人。"

"啊!"埃斯泰尔说，"我自幼便跟水结下了不解之缘，我熟识水性。我们是老朋友了。"

他们渐渐靠近了，免得大声说话。在这个炎热的上午，大海静止不动了，如同一面宽阔的波纹织物。一片片缎子展开了，继而宛如一根褶纹织物的缎带延伸、扩大了，轻轻荡漾的水流将它载向了远方。当他们彼此靠近时，两人的谈话更显得亲密了。

多么美妙的一天呀! 埃克托将海岸的好几处地方指给埃斯泰尔看。那边，距皮里亚克一公里远的这座村庄，是狼鱼港；对面是莫尔比昂，它那白色的悬崖以水彩画的色彩清晰地显现出来；最后，在另一边接近大海的地方，都梅特岛在湛蓝的海水中间构成了一个灰色的斑点。埃克托每指一处，埃斯泰尔便循着他手指的方向，停下来注视一会儿，在一望无际的碧波里，眼睛贴近水面，眺望这些遥远的海岸，使她兴趣盎然。当她翻身面向太阳时，顿时一阵目眩，大海似乎变成了没有疆界的撒哈拉沙漠，星星的耀眼反光洒在黯然失色的无垠沙漠上……

"多美呀!"她喃喃地说，"多美呀!"

她仰浮在水面上小憩。她不再动弹了，双手交叉，脑袋往后仰着，放松了身体。于是，她那雪白的小腿和白净的胳膊随波漂动起来。

"那么，您是在盖朗德出生的，先生?"她问。

为了更便于谈话，埃克托也仰浮在水面上。

"是的，夫人。"他回答道，"我曾经去过一次南特。"

他详细谈了他受教育的情况。他是在母亲身边长大成人的。他母亲是个严格的虔诚者，保持着一整套旧贵族阶级的传统。他的家庭教师是个教士，差不多把人们在中学学的知识都传授给他了，同时还为他增加了大量的讲授教理和纹章学的课程。他骑马击剑，由于锻炼身体而中辍了学业。他好像童贞般纯洁无瑕，因为他每周领一次圣体，从来不读小说，但不得不在成年时娶了一个长相丑陋的表妹为妻。

"怎么！您才二十岁！"埃斯泰尔叫道，同时朝这个巨人孩子惊奇地瞥了一眼。

她俨然成了母亲似的。这个布列塔尼的年轻后生使她颇感兴趣。可是，由于他们两人都仰浮在水面上，眼睛出神地望着明净的天穹，超脱了尘世，再加上他们彼此靠得那么近，以至于他轻轻撞了她一下。

"啊！请原谅！"他说。

他潜入水下，在四米开外的地方重新钻出水面。她游动起来，哈哈大笑。

"碰船了。"她大声说。

他脸色绯红。他一边靠近过来，一边偷偷打量她，觉得她戴着垂边浴帽很有趣。他只看得见她的脸蛋，她的下巴浸在水里。从她浴帽里露出来的一绺金发上滚落的一串水珠，在面颊的汗毛上变成了一串珍珠。这个微笑、漂亮女人的脑袋优雅绝伦，楚楚动人。她悄无声息地前进，身后留下一道银白色的细流。当他发现埃斯泰尔觉察到被人注视时，他的脸更红了，不得不做出一副奇怪的模样来解嘲。

"您的夫君好像不耐烦了。"他重新打开话题。

"啊！不会的，"她平静地回答，"我洗澡的时候，他习惯等我。"

说实话，夏布尔先生焦躁不安了。他向前蹚了四步，又踅回来，然后又迈开步子，同时把小阳伞转得呼呼直响，借以吹风祛热。妻子同这位陌生游泳者的谈话开始使他感到意外了。

埃斯泰尔忽然想起丈夫也许没有认出埃克托。

"我去对他大声宣布这是您。"她说。

于是，当她到了堤埂上能听见她声音的地方时，她提高了嗓门。

"你知道的，我的朋友，这是盖朗德那位挺和蔼的先生。"

"啊！很好，很好。"夏布尔先生也大声说。

他揭下帽子致意。

"水好吗，先生?"他彬彬有礼地问。

"很好，先生。"埃克托回答。

沐浴就在丈夫眼皮底下继续下去了，尽管他的脚给滚烫的卵石烤得火烧火燎的，也再不敢口出怨言了。堤埂尽头，海水晶莹透明，清澈见底，五六米深的水底铺着一层细沙，一些卵石显示出黄斑或白斑，纤细的水草亭亭玉立，摇曳着它们长长的秀发。清澈的水底使埃斯泰尔心醉神迷。为了不过分搅动水面，她缓缓地游动，然后随着没到她的鼻梁的海水俯下身去，注视着展现在她下面的神秘莫测的细沙和卵石。当她从海藻上面经过时，它们特别为她轻盈地颤动了一下。这一层层墨绿色的海藻仿佛有生命似的，摇曳着细齿状的叶子，如同蟹爪乱挤乱爬，一些短茎的海藻蜷缩成一团，隐藏进岩石缝隙中，另一些动作笨拙的则伸长蛇一般柔软的身躯。埃斯泰尔发出轻微的叫声，宣布她的发现。

"啊！这么大的石头！它好像在走动……啊！瞧这棵树，一棵真正的树，长着树枝！……啊！这儿有条鱼！它溜得真快!"

随后，她又骤然惊叫起来。

"这到底是什么玩意儿? 新娘的花束，怎么! 海里会有新娘的花束……瞧，简直不像白花。太漂亮了，太漂亮了……"

埃克托立刻潜入水底。他手里捏着一把微白的海藻浮出水面。海藻一离开水便黯然失色，耷拉下了脑袋。

"非常感谢您，"埃斯泰尔说，"真不该给您添麻烦……喂! 朋友，替我照管一下这个。"

说罢，她将一把海藻扔到夏布尔先生脚下。少妇和年轻人又游了一会儿。他们弄得水花四溅，断断续续地划水前进。随后，他们仿佛突然停止了游泳，慢慢地滑行，他们周围，只有那波动着的并且渐渐消失的水圈荡漾开去。这么随波漂荡，真使人有一种说不出来的肉体的快感。从埃斯泰尔身后流来的水淹过了埃克托的身体，他竭力钻进她留下的水涡里，力图重新找到她四肢的位置和散发出来的体温。他们周围，大海仍然波平浪静，浅蓝色的海水变成了粉红色。

"亲爱的，你要着凉的。"汗水淋漓的夏布尔先生嘀咕道。

"我上来了，朋友。"她回答道。

她果然上来了。她攀着堤埂斜坡上的链条迅速上了岸。埃克托打算看着她离开。可是当他听见她甩水的声音便抬起头时，她已经裹着浴衣站在平台上了。他的神色如此惊讶，如此不快，以至她微微一笑，同时颤抖了一下。她心神不安，战栗不已。因为她知道自己在天空中清楚显现的轮廓很迷人。

年轻人不得不告辞了。

"再见，先生。"丈夫说。

可是，埃斯泰尔一边在堤埂的石板路上奔跑，一边注视着再次横渡海湾的埃克托那露在水面的脑袋。夏布尔先生神情严肃地来到她身后，一只手拿着年轻人采集的海藻，伸着胳膊，以免弄湿他的礼服。

三

夏布尔夫妇在皮里亚克租下了一幢高大房屋的二楼房间，窗户面朝大海而开。由于村里只有几家名声不太好的小酒馆，他们只得雇用一个当地的女人替他们烧菜做饭。他们吃的菜肴稀奇古怪，诸如什么炭火烤肉和令人馋涎欲滴的肉汁，在这些美味佳肴面前，埃斯泰尔更喜欢吃面包。可是，正如夏布尔先生说的那样，他们可不是来享受佳肴的。再说，他很少动烤肉，也不吃肉汁。他满怀着一个男人把自己交给医生治病的信心，早晚都在大吃贝壳肉。最糟糕的是，他讨厌这些在老板厨房里饲养的奇形怪状的陌生动物，它们洗得干干净净，吃起来淡而无味，而他却有着孩子的口味，喜吃甜食。他吃进嘴里的贝壳肉又咸又辣，味道太重，实在出乎意料，以至于他蹙着眉头把它们强咽下去。如果需要的话，他连贝壳也会吞下去的，因为他一心想当父亲呀。

"亲爱的，你别吃这个！"他常常对埃斯泰尔嚷道。

他一定要她跟他一样吃定量的贝壳肉。必须这样吃才有效果，他说。于是争论开始了。埃斯泰尔声称吉罗大夫并未跟她谈过此事。可他却回答说，在治疗中两人都遵照医嘱才合情合理，这时，少妇便噘起嘴，把明亮的眼光投向丈夫那灰白的肥胖的脸庞。她打住话头，不再争辩，免得使任何人生气。还是知道了事实真相后，她才终于将每餐必不可少的十二只牡蛎咽进肚里，就她个人来讲，并不是她需要牡蛎，但她喜爱牡蛎。

皮里亚克的生活单调乏味，使人昏昏欲睡。只有三家下海沐浴的人，一个是南特的食品杂货商，身材粗壮，一个是盖朗德的前任公证人，此人耳聋目瞆，再就是成天在齐腰深的水里钓鱼的昂热来的一对夫妇。这个小小的社会很少发出嘈杂声。当大家路上相遇，便互相招呼致意，交往也就到此为止了。冷清的码头上，相隔很久才看得见两只狗互相撕咬，大家每每为此非常激动。

在巴黎的嘈杂环境中生活惯了的埃斯泰尔，要不是埃克托每天登门造访的话，她会极端无聊的。他们一道在海滨散步后，埃克托已成了夏布尔先生要好的朋友。夏布尔先生谈到兴头上时，将他们旅行的原因透露给了年轻人，为了不使这位心地纯洁身材高大的小伙子听了刺耳，他挑选了最纯洁的字眼。当他科学地解释为什么他吃了那么多贝壳肉时，惊得目瞪口呆的埃克托竟忘了害羞，将他从头到脚打量一番，掩饰不住他对一个需要遵照这种规定饮食的男人的惊讶。可是在第二天，他提着满满一篮海蛤登门拜访了，旧日的粮商神情感激地收下了。于是，从这天起，擅长钓鱼摸虾、熟悉海湾的每一块岩石的埃克托，每次登门，总会带来贝壳。他让夏布尔先生吃到了他在浅海拾的顶呱呱的贻贝，吃到了他扎伤了手指才打开并且洗得干干净净的海胆，吃到了他用刀尖在岩石上剥下来的鹦鹉贝，以及他用不规范的名称取名的各种各样的动物，可他自己从不曾品尝这些东西。由于再也不用掏一个子儿了，夏布尔先生高兴极了，连连道谢。

现在，埃克托总会借故不邀自来。每次他拎着小篮子进屋，每次他碰见埃斯泰尔时，他总说同一句话：

"我给夏布尔先生捎来了贝壳。"

于是两人都笑眯了闪亮的眼睛。夏布尔先生的贝壳将他们逗乐了。

从那时起，埃斯泰尔便觉得皮里亚克很迷人了。每天沐浴后，她便同埃克托一道散步。她的丈夫隔着一段距离跟随在他们后面，因为他腿脚不灵便，对他来说，他们常常走得太快了。埃克托将皮里亚克昔日的荣耀、雕塑的残骸以及精雕细镂的带叶饰的门窗一一指给少妇看。今天，这座古城是一个偏僻的村庄，在肮脏的破房子中间变得狭小不堪。可是这种寂静如此令人愉快，以至埃斯泰尔跨过垃圾的熔流，怀着对城墙末端的兴趣，将惊讶的眼光投入居民家里。在那里，所有不值一提的旧货散乱地放在死板的地上。从美丽的无花果树下经过时，埃克托叫她停下来观赏一番。种在园圃里的无花果树树叶多毛宽阔，枝丫伸出了低矮的篱笆。他们走进狭窄的小巷，在石井栏杆上弯下身去，俯瞰他们倒映在井底那明镜般清亮的水中的笑靥。而在他们身后，夏布尔先生躲在他从不离身的绿衬小阳伞下面，消化着他的贝壳肉。

埃斯泰尔的最大乐趣之一，是观看那些成群结队、自由自在闲逛的猪、鹅。最初，她很害怕样子粗鲁、瘦蹄上摇晃着一堆脂肪的猪，时常担心被它们撞翻在地。它们同样蹒跚不堪、黑黝黝的肚腹沾满了泥浆，嘴巴肮脏脏的，躺在地上呼哧酣睡。当然，埃克托向她担保过猪是世界上最好的孩子。现在，正值喂饲料的时刻，她千方百计地戏弄它们，使它们不安地四下逃窜。下雨时，她赞叹它那粉红的鬃毛跟舞会上鲜艳的连衣裙一样漂亮。鹅也将她吸引住了。常常有两群鹅从两头分别来到小巷尽头的垃圾坑里。它们嘴里咯咯叫着，仿佛在相互打招呼，混在一块一道啄蔬菜皮。一只鹅远远站在一堆菜皮上，睁圆了眼睛，伸直了脖子，菜皮煞似固定在它的鹅掌上似的，鼓起大肚子上的白色绒毛，瞧它那黄色的大鼻子，俨然一副领主的凛然不可侵犯的模样。其他的弯曲着脖子在地上东嗅西找，发出刺耳的吵闹声。突然，这只大鹅叫了一声，走下菜皮堆，于是它那帮鹅把脖子伸向了同一个方向，有节奏地摇摆着身子尾随而去。如果一只狗路过的话，它们的脖子伸得更长，嘴里吁吁作响。这时候，少妇便鼓起掌来，跟着俨然被任命处理重要事务的严肃人物的雄壮队伍走回它们家去。每到下午，成群的猪鹅浩浩荡荡地开往海滩，像人一样洗澡净身，不亦乐乎。看它们戏水就更有趣了。

第一个礼拜日这天，埃斯泰尔认为应该去做弥撒。在巴黎，她是不做弥撒的。可是在乡下，弥撒是一种消遣，是一个打扮自己并且引人注目的机会。此外，她在那里重新见到了埃克托。他埋头朗诵一本厚厚的封皮业已磨坏的祈祷书。他从书本上方不停地用眼瞟她，神情很严肃，但眼睛却如此炯炯闪亮，以至于别人不难猜出里面的微笑。在出口处，他伸出手臂让她挽着，以便穿过环绕教堂的小墓地。下午，晚祷后出现了另一个场面。村头竖立着一长列十字架，一位农民走在头里，擎着一面红色旗杆、挑有金线的紫色丝绸会旗。然后，两长列妇女留出宽阔的场地，让教士们来到中间——一个神父、一个助理司铎和附近城堡的一位家庭教师，他们放声歌唱。最后，在一个身材粗壮、胳膊黝黑的姑娘扛着的白色会旗后边，拖拖拉拉的基督徒队伍的尾巴踏步前进，木鞋声震耳欲聋，如同溃散的羊群。当仪式队伍经过港口时，会旗和女人们的白头巾在波光粼粼的蓝色海洋里映出了清晰的倒影。而这支沐浴在阳光里的队伍显得非常纯洁。

墓地使埃斯泰尔深为感动。她通常不喜欢忧伤的东西。她到达那天，就看到了坐落在她窗下的所有这些坟墓，不禁毛骨悚然。教堂面向海港。四周十字架林立,它们的手臂伸向茫茫大海和无垠的天穹。刮风的夜晚,一股股巨大的气流便在这黑色木板林立的墓地发出凄厉的叫声。不过她很快习惯了这个哀伤的环境,小墓地毕竟有一种令人愉快的舒适感。死者仿佛在墓地里、在与他们擦肩而过的活人中间微笑。由于墓地是用矮墙围起来的,高齐膝盖,在皮里亚克村中心阻塞了通道,人们便毫无顾忌地跨过围墙,走上深草丛中刚开辟出来的小径。孩子们在那里玩耍嬉戏,愚弄经过花岗岩石板被甩掉的溃散的孩子。一些蜷缩在小灌木下的猫儿突兀地跳将出来,互相追逐。人们在那里常常听见春情勃发的雌猫叫春,看得见它们那竖立的轮廓和一掠而过的大尾巴。这个野生植物蔓生的美妙角落,种着一大片茴香,它那黄澄澄的宽边伞形花盛开怒放,气味馥郁芳香,沁人心脾,炎热的一天过后,墓地传来的茴香气息弥漫了整个皮里亚克。夜晚,田野上多么恬静啊!沉睡的村庄仿佛墓地般寂静无声。笼罩在阴影中的十字架模糊不清,流连忘返的散步者坐在靠墙的花岗石长凳上,对面,大海波涛汹涌,海风带来了有咸味的水沫。

一天晚上,挽着埃克托手臂的埃斯泰尔渴望穿越空旷的田野。夏布尔先生觉得这想法太浪漫了,便一边顺着堤岸漫步,一边反对。小径太窄,她不得不放开年轻人的胳膊。她的裙子在蒿草丛中发出了窸窸窣窣的声响。茴香的气味浓烈扑鼻,以至醉倒在青翠草木下的发情的雌猫竟旁若无人似的我行我素。当他们走进教堂的阴影时,她觉得埃克托的手揽住了她的腰。她害怕地叫了一声。

"真愚蠢!"他们走出阴影后,她说,"我还以为幽灵把我带走了呢。"

"噢!是一根拍打你裙子的茴香树枝!"

他们停了下来,注视周围的十字架和这个使他们感动的幽静的墓地,而后,没有多说一句话,便怀着纷乱的心情离开了。

"你刚才害怕了,我听见了。"夏布尔先生说,"活该!"

为了消遣,他们去眺望公海驶来的沙丁渔船。当一艘帆船向港口驶来时,埃克托便将它指给夫妇俩看。可是,从第六只船起,丈夫宣称它们都是千篇一律的，没什么好看的。相反，埃斯泰尔并未显出厌倦的样子，到堤埂上去的兴趣越来越浓。她在大石块上跳跃前进，为防止跌倒而握在手里的裙子上下飞舞。她气喘吁吁地到了堤埂上，双手叉在腰间，仰头喘气。埃克托觉得她这副模样挺可爱：披头散发，举止潇洒，具有男孩的风度。船已抛锚靠岸了，渔夫们将一筐筐沙丁鱼抬上岸来。鱼儿在阳光下银光闪烁，色彩纷呈。这时，年轻人仍在不厌其烦地进行说明：每筐装有一千条沙丁鱼，一千条沙丁鱼的定价要根据每天上午捕鱼的多少而定，在把销售收入的三分之一交给船老板后，渔夫们平分剩下的三分之二。还有一些沙丁鱼立即被制成腌货，装在凿有洞眼的木箱里，以便让盐水沥干。渐渐地，埃斯泰尔和她的伙伴不去注意沙丁鱼了。他们仍一如既往地去看沙丁鱼，可是他们再也不仔细观赏。他们匆匆忙忙地出发，回来时步履迟缓，疲惫不堪，同时默默无语地凝视着大海。

"沙丁鱼好看吗?"每天回来的路上他都这么问她。

"是的，好看极了。"她回答说。

终于，星期六晚上，皮里亚克举行了露天舞会。当地的小伙子和姑娘们手拉着手，一连几个小时地跳着民间舞蹈，反复用低沉的音调强烈的节奏吟唱同一首诗。这些回荡在苍茫暮色中的巨大声音慢慢具有一种粗犷的魅力。坐在海滩上的埃斯泰尔凝神倾听，沉浸在冥想之中。埃克托坐在她跟前。海水哗哗地涨了上来。波浪拍打着沙滩，好像喁喁情语一般。随后，这种声音骤然敛息了，喧嚣声在抑郁的爱情的喃喃哀声中随着退潮的海水消失了。少妇渴望着被一个巨人这样抚爱，生下一个小男孩。

"你大概在皮里亚克待厌了吧，亲爱的。"夏布尔先生有时问他妻子。

于是她赶紧回答：

"哪儿的话，朋友，我向你保证。"

她在这个偏僻荒凉的角落自得其乐。猪、鹅以及沙丁鱼是她生活的重要组成部分。小墓地非常令人愉快。这种恬静的生活，这个只住着南特的食品商和盖朗德的聋子公证人的僻静处，使她感到比流行的海滨浴场的喧闹生活还要沸腾！半个月之后，无聊至极的夏布尔先生打算启程回巴黎了。贝壳肉的效果大概已经产生了，他一再重复道。可是她叫嚷道：

"哎呀！朋友，你还没吃够……我最清楚不过了，我最清楚，你还需要吃得多呢。"

四

一天晚上，埃克托对夫妇俩说："明天有大潮……咱们可以去捉虾。"

这个建议似乎使埃斯泰尔心花怒放，乐不可支。是啊，是啊，该去捉虾了！她早就盼着这一天了。夏布尔先生提出了反对意见。首先，他们以前什么也没捉过。其次，更简单的理由是还得花二十个苏从当地的某个女人那儿买捕鱼权。再说，水直浸湿到腰部，而且脚板也会擦伤。可是他不得不在兴致勃勃的妻子跟前让了步。于是他们做了大量准备工作。

埃克托负责提供渔网。夏布尔先生尽管惧怕冷水，也声称他会成为行家老手的。自从他同意捉虾后，就打算一本正经地捉虾。早晨，他叫人把一双长筒靴擦上油，然后，他穿了一身浅色布衣，可妻子要他系好领带结，他便露出领带末端，好像是去参加婚礼似的。这个领带结是文雅的人对大西洋袒胸露怀的抗议吧。至于埃斯泰尔，她简单地穿了一件浴衣，浴衣上面套一件短上衣。埃克托也穿着一件浴衣。

两点钟左右，三个人出发了。每个人肩上扛着各自的网具。他们要在沙地和海藻中间走半里路，才能走拢埃克托认为他熟悉的那块海虾麇集的岩石。他领着这对夫妇静静地穿过水洼，径直走在他们前面，丝毫不为泥泞难行的道路犯愁。埃斯泰尔步履矫健地跟在他身后，凉爽的湿地使她很高兴，她那小巧玲珑的双足在上面涉水而过。走在最后的夏布尔先生发现到达捕虾地点之前，没有必要弄湿他的长筒靴。他有意识地绕着水塘走了一圈，跳过在沙地上交错而过的涓涓细流，带一副阴雨天在维维耶娜街寻找铺路石尖的巴黎人那种摇摇晃晃、小心翼翼的样儿，选择干燥的地方落脚。他已经气喘吁吁了。他不时地问："这么说很远啰？埃克托先生，……噢！干吗我们不在那儿捉虾？我看见了虾子，我向你保证……再说，海里到处都有虾嘛，不是吗？而且我敢肯定只消赶网就行了。"

"那就撒网吧，夏布尔先生。"埃克托回答。

于是，夏布尔先生把网撒向一个巴掌大的水塘，趁机喘口气。他一无所获，连根草都没捞着，因为水坑空空如也，清澈见底。这时，他紧闭着嘴唇，神色严肃地继续赶路。可是，由于他想证实他在哪里都可以捉到虾子，他迷了路，终于远远落在了后面。

海水一直在下降，后退到离海岸一千多米远的地方。卵石和岩石裸露无遗，湿漉漉的荒漠高低不平，一望无际，满目凄凉，如同惨遭暴风雨破坏的广袤平原。远处只看得见大海的绿色轮廓，海水仍在下降，犹如大地将它吸收了似的。而状如狭窄的长带的黑魆魆的礁石突然出现了，慢慢延长了死水的岬角。埃斯泰尔伫立观望着这个裸露的无边海角。

"多么大呀！"她喃喃道。

埃克托把形成被涌浪侵蚀的通道平台的一些岩石和发绿的石块指给她看。

"这个，"他解释说，"每月只露出来两次。有人去那里寻找贻贝……你们瞧见那儿的褐色斑点了吗？那就是'凶狠的警察'——螯虾栖身的最佳场所。在一年的两次大潮期间，才看得见它们……我们得快点。我们到尖端开始露出来了的岩石那儿去。"

当埃斯泰尔走进海里时，她乐得手舞足蹈。她将双足抬得高高的，使劲顿足，一见水花四溅，便开心地笑了。随后，水淹过她的膝盖时，她奋力跨过波浪，她很高兴快步疾走，感受一番这种水的阻力、这种拍打她小腿的猛烈而又不断的水的滑行。

"别怕，"埃克托说，"您走到水齐腰深的地方了，可是海底随即上升了……我们到了。"

原来，他们渐渐走上了高地。他们蹚过了一个小海湾，现在来到退潮后露出来的一片宽阔的岩石上。当少妇回首眺望时，不由轻轻叫了一声，因为她已经远离岸边。皮里亚克与海岸处于同一平面上，在那里，一排排装有百叶窗的白色房屋和教堂的四方钟楼隐约可见。艳阳之下，被沙地的金黄色、藻类的深绿色和岩石的鲜明而又湿润的色调涂抹得色彩缤纷的这样广阔的地带，她还是第一次见到。这好像是世界的末日、开始化为乌有的被废弃的田野。

埃斯泰尔和埃克托正准备撒第一次网，却听见了一个可怜的声音。站在小海湾中间的夏布尔先生询问他该走哪条路。

"从哪儿过去? 告诉我，一直朝前走吗?"

海水漫过他的腰际，他不敢贸然前进一步，已经被可能掉进坑里淹死的想法吓坏了。

"往左边走!"埃克托对他大声说。

他向左边前进，可是，由于他依然在深水里行走，便又停下来了，恐惧万分，甚至再也没有勇气转身往回走。他哀叹道：

"过来帮我一把。我向你们保证有水坑。我感觉到了。"

"往右走! 夏布尔先生。往右!"埃克托喊道。

这个肩扛网具、打着漂亮领结的可怜的男人在水里如此狼狈，埃斯泰尔和埃克托忍不住地轻声笑了。终于，他摆脱了困境。不过他到达时很激动，神色狂怒地嚷道：

"我可不会游泳，我不会!"

现在使他烦恼不安的，是如何回去。当年轻人给他解释了一定不会在岩石上被涨潮卷走时，他重新变得惶惶不安了。

"您会通知我，是吗?"

"别担心，我向您保证。"

这时，他们三人都捉起虾来。他们用狭小的渔网搜索坑坑洼洼。埃斯泰尔在捕虾时显示了一种女人的激情。是她第一个捕获了几只虾。这三只粗壮的红虾在网底拼命蹦跳。她高声武气地呼叫埃克托助她一臂之力，因为这些活泼过分的动物使她不安了。不过，当她看见它们一旦被人抓住脑袋便不再动弹时，她受到了启发，自己将它们麻利地塞进了她斜挂在肩上的小篓里。这时，她拉起来的全是一堆水草，当一个千巴巴的声音、一个翅膀的轻微扑腾声提醒她网底有虾的时候，她准会在里面大肆搜索一番。网里的叶子混杂物死鱼般黏糊糊、软绵绵的，怪模怪样，她对这些玩意儿不大放心，便将纤细的水草挑选出来，一小撮一小撮地扔掉。她不时地瞧瞧她的篓子，见篓子已经塞满了，不免焦急起来。

"这就怪了，我一个也没捕到。"夏布尔先生叨念道。

由于他不敢贸然在岩石缝隙中行走，再加上灌满了水的长筒靴使他很不舒服，他便在沙地上赶网，只捉到寥寥无几的蟹。他非常惧怕它们，同它们厮打起来，以便将其赶出渔网。他不时转过身去，焦虑地注视海水是否仍在下降。

"您肯定在退潮?"他问埃克托。

后者只是点了点头。他捉虾很在行，每撒一网，总会拉起来一把虾。当他在埃斯泰尔旁边拉起网时，便将捕获物放进少妇的篓子里。于是她露出笑靥，同时把手指搁在嘴唇上，朝她丈夫方向眨眨眼睛。她朝长长的木柄弯下腰去或者在网上边偏着头，那副想要知道她所捕获的东西的极端好奇的模样，使她越发显得楚楚动人。一阵微风吹过，渔网眼上的水珠雨点般洒落下来，变成一颗颗晶莹的露珠。而她那件上下飞舞的浴衣由于紧紧贴在了她身上，则显露出窈窕轮廓的优美所在。

他们就这么捕了将近两个小时。直到她累得气喘吁吁，汗水浸湿了浅黄褐色的头发，方才停下来喘了一会儿气。她的四周，荒漠无边无际，笼罩着深沉的寂静，唯有大海微波荡漾，发出上涨时的喃喃呓语。夕阳映红了淡蓝色的差不多是灰色的天空，这个大火炉已经黯然失色，感觉不到它的高温，一股凉意从水里升腾而起，不但驱散了强烈的光亮，还使它变成了白色。可是最使埃斯泰尔高兴的，是眺望地平线的岩石上清晰显现出来的大量的黑色斑点。跟他们一样，那也是些捉虾的人，轮廓纤细得令人难以置信，与蚂蚁一般大小，在这个广阔的天地里渺小之至，但仍然辨认得出他们的一举一动和赶网时弯腰弓背的圆形轮廓。当他们一边挑选捕获物，一边拍打水草和蟹的时候，伸出的手臂煞似苍蝇那急躁的爪子。

"我向你保证海水上涨了！"夏布尔先生不胜恐慌地嚷道，"瞧！这块岩石刚才还露在外面的。"

"当然上涨了，"埃克托终于不耐烦地回答，"恰好在海水上涨的时候，我们可以捕捉大量的虾子。"

可是夏布尔先生不知所措了。原来，他最后一网捞起来了一条怪模怪样的鱼，这个大海的魔鬼用它那怪物般的脑袋把他吓坏了。他对捉虾厌倦透了。

"我们还是走吧！我们走吧。"他唠叨说，"冒冒失失的，真蠢。"

"不是给你说过，涨潮时捉虾更好吗？"他妻子回答道。

"它一个劲地往上涨呢！"埃克托眼睛里闪烁着一种恶毒的光芒，低声补了一句。

果然，波浪汹涌而来，嚣声渐高地淹没了岩石。滚滚的浪涛一下子漫及整个狭长的半岛。傲慢的海洋一步一步地重新占领了它用波浪荡涤了若干世纪的区域。埃斯泰尔发现了一个水草丛生的水塘，水草头发般柔软，于是她在那里捉到了硕大的虾子，同时开了一条犁沟，在身后留下了一个收割人打开的缺口。

她据理力争，不愿让人将自己从那里拉走。

"真倒霉！我走了！"夏布尔先生声音颤抖地叫道，"没见识，我们都要被困在这儿了。"

他第一个走了，同时用他的网杆探测水坑的深度。当他走了两三百步的时候，埃克托终于使埃斯泰尔下决心跟他走了。

"水快要淹到我们肩膀了。"他笑着说，"对夏布尔先生来说倒是个名副其实的海水浴……瞧他已经陷得多么深了！"

自出发后，年轻人就阴沉着脸，郁郁不乐。这是一种打算放弃爱情的并且拿不出勇气的情人的全神贯注的神色。刚才在把虾子装进埃斯泰尔篓子的时候，他曾尽量恰到好处地触碰她的手指。可是显而易见，他对自己谨小慎微极为恼火。不过，要是夏布尔先生淹死了的话，他会觉得很开心，因为夏布尔先生第一次碍了他的手脚。

"您不知道吗？"他突然说道，"您应该爬到我背上来，我背您走……不然的话，您会浑身湿透的……是吗？请上来吧！"

他俯下身去。她难为情地拒绝了，脸上泛起一层红晕。可是他一边催促，一边大声说他要对她的健康负责。于是她爬了上去，将双手搁在年轻人肩上。他稳如磐石，重新挺直腰板，似乎有只鸟儿停立在他的脖子上。他嘱咐她要好好拉住，便在水里大步向前移动起来。

"往右边走，是吗？埃克托先生。"夏布尔先生哀声叫道。浪涛已经拍打着他的腰部了。

"是的，往右，一直往右走。"

这时，正当丈夫转过身去，感到海水涨到他腋窝便吓得发抖的时候，埃克托趁机冒险地吻了一下他肩上的小手。埃斯泰尔想把手缩回去，可是他要她别动，否则他概不负责。于是他重新开始在她手上印满了吻，她的手鲜润光滑，带着一股咸味，他在上面尝到了海洋的苦涩的滋味。

"请您别这样。"埃斯泰尔再三阻止,佯装一副激怒的样子, "您太过分了⋯⋯要是您再吻的话,我就跳进水里去。"

他置若罔闻,重新狂吻起来,而她并未跳下来。他紧紧握住她的脚骨,依然贪婪地吻她的双手,一言不发,同时仍从夏布尔先生的背后留心着他的一举一动。夏布尔先生很不幸,他的背部几乎全被水淹了,而且正在逐步下沉。

"您是说往右走吗?"丈夫苦苦哀求。

"往左边也行,要是你愿意的话!"

夏布尔先生往左边迈了一步,便叫了一声。原来,他陷入齐脖子深的水里了,他的领结给淹没了。埃克托高兴万分,脱口倾诉了他的爱慕之情。

"我爱您,夫人⋯⋯"

"住嘴,先生,我命令您别说了。"

"我爱您,我崇拜您,⋯⋯直到现在,对您的敬重使我难以启齿⋯⋯"

他不再凝视她,继续在齐胸脯深的水里大步前进。她忍不住大笑起来,觉得这种情景滑稽可笑。

"行了,别说了,"她慈母般地说道,同时在他肩上拍了一巴掌,"正经些,千万不要跌倒了!"

这个巴掌使埃克托大喜过望:这是个好兆头呀。可是,丈夫却进退维谷了。

"现在一直朝前走!"年轻人愉快地向他喊道。

当他们到了海滩上的时候,夏布尔先生打算解释一下。

"我险些困在里面了,我保证!"他结结巴巴地说,"是我的长筒靴⋯⋯"

可是埃斯泰尔打开她的篓子,将满满一篓蟹虾指给他看。

"怎么? 这都是你捉的?"他惊愕地嚷道,"你真有两下子!"

"啊! 是先生教我的。"她瞧着埃克托,笑吟吟地说。

五

夏布尔夫妇打算只在皮里亚克待两天了。埃克托似乎很懊丧，然而一如既往地登门造访，殷勤备至。至于夏布尔先生，他每天早晨都要询问他的健康情况，显得茫然不知所措。

"没有看到卡斯特里的悬崖峭壁之前，你们不要离开海滨。明天应该安排一次散步。"一天晚上埃克托说。

于是他作了一番说明。悬崖仅仅位于一公里远的地方。它们沿着大海伸展了半公里，被海浪冲出了许多岩洞，一些已经坍塌。听他说来，并不是人迹罕至的去处。

"好吧！我们明天去。"埃斯泰尔最后说，"路好走吗？"

"好走，只有两三个路口，我们会弄湿脚的，喏，就这些。"

可是夏布尔先生再也不愿意弄湿双脚。自从捉虾被泡在水里以后，他对大海就疾恶如仇了。因此，他反对这个散步的打算。这么去冒险真是荒唐透顶：首先，他不会在悬崖中间往下走，因为他不愿像山羊般跳来跳去，摔断自己的双腿。如果非去不可的话，他将从悬崖顶上陪同他们去，在这点上，他又作了重大让步。

为了使他冷静下来，埃克托突然灵机一动。

"听着。"他说，"您将从卡斯特里的信号台跟前路过。那么，您可以进去向电报局的人买些贝壳……他们随时都有顶好的贝壳，差不多是白白奉送，分文不收。"

"有这种好事，这倒是一个主意。"旧日的粮商又恢复了愉快心情，"我要带一只小篮子去,我又要大吃一顿了。"

说罢,他向妻子转过身来,故意快活地说:

"说定了,兴许这是件好事呢!"

第二天,必须等低潮时才能上路。由于埃斯泰尔没有准备妥当,所以他们耽搁了一阵子,到下午五点钟才出发。然而埃克托肯定他们从海上到不了目的地。少妇赤足穿着一双高帮皮鞋。她大胆地穿着一条灰色布裙,裙子很短,她撩起来时,便露出了纤小的脚踝。而夏布尔先生则衣冠端正,穿着白色长裤,披一件羊驼毛外套。他拿着一把小阳伞,拎着一只小篮子,十足一副巴黎有产者自己去买东西的模样。

去最前面的岩石的道路很难走。他们走在流沙的海滩上,脚一踏进去,沙子四处流淌。旧日的粮商牛似的直喘粗气。

"好吧!咱们分手吧,我到那上面去了。"他终于说道。

"你去吧,走这条小路。"埃克托回答。

"别走远了,不然您会被堵住的……您不愿意我们帮帮您吗?"

于是他们看着他登上悬崖顶峰。当他到了顶峰时,他撑开小阳伞,摇动小篮子,大声说道:

"我上来了,这儿更好!……可别轻举妄动,不是吗?再说,我在监视你们哪。"

埃克托和埃斯泰尔进入到岩石中间。穿着高帮皮鞋的年轻人走在前面,以非常优美的姿势和山上猎人般的敏捷从这块石头跳到那块石头。埃斯泰尔胆子很大,也挑选了同样的石块,紧步跟随。他转过身来问她:

"要不要我拉着您的手?"

"不用,不用,"她回答道,"您简直把我当成老太婆了!"

这时他们来到一个宽阔的花岗岩平台上。花岗岩平台经海水侵蚀后,冲出了一道道深沟,好像戳穿沙地并把残缺不全的脊椎骨架置放在地面的某种巨兽的骨骼。在这些凹陷的部分里，水流潺潺流淌，黑色水藻浓发般飘逸下垂。两人继续跳跃前进，不时保持着平衡，当一个卵石滚落时，便哈哈大笑起来。

"我们就像在自己家里一样自在。"埃斯泰尔愉快地反复说道，"您的悬崖呢？别人把它们放到他的客厅去了吧！"

"等等，等等！"埃克托说，"您就要看见了。"他们到了一个狭窄的通道里。这个通道类似一个在两块巨石中间微微张开的裂缝。盆地里有一个水潭，水坑挡住了去路。

"我永远也过不去的！"少妇嚷道。

他提出背她过去。她慢慢摇头拒绝了：她不想再让人背了。这时，他到处寻找大石块，力图架一座便桥。不料石块滑动了，落进了水底。

"把手伸给我，我要跳过去。"她终于不耐烦了。

可是她跳得太低了，一只脚落在了水潭里，这使两人都开心地笑了。然后，当他们走出狭窄的通道时，她不由自主地赞叹了一声。

一个凹形小湾呈现在他们眼前。小湾里布满了大规模崩塌的岩石。一块块巨石赫然耸立，煞似设置在惊涛骇浪中的前哨。狂风恶浪早已将悬崖一带的泥土荡涤得无影无踪，只留下一堆堆光秃秃的花岗石。小海湾深入到岬角之间，便突然变得弯弯曲曲，展现出一个个内厅、一只只在沙地上伸展的黑魆魆的大理石长椅，宛如一条条搁浅的大鱼。好像一座受到海水袭击并惨遭蹂躏的巨大的城市，它的围墙也随之倾覆，一半城楼被摧毁，倒塌的建筑物层层叠叠，一派凄凉景象。埃克托让少妇参观了这个风暴的废墟的最小隐蔽角落。她走过了金粉般黄澄细软的沙地，越过了阳光下被云母片照亮了的卵石，通过崩塌的岩石时，她不得不随时用双手帮助自己，以免滚进窟窿里。她从天然廊柱下穿了过去，经过了具有罗马艺术风格的半圆拱腹和哥特式艺术的高耸的尖形穹隆。她走下凉意袭人的凹地，在这个十米见方的荒漠的深处，淡蓝色的菊科植物和使悬崖的灰色峭壁布满斑点的深绿色肉质植物转移了她的注意力，肆无忌惮的、在她手边飞翔的、有节奏地不断轻声鸣叫的褐色小鸟引起了她的浓厚兴趣。尤其使她惊奇不已的，是从岩石中间蓦然回首，依然看得见大海。大海的蓝色轮廓重新显露出来，并且在每块巨石中间极其平静地变得宽阔起来。

"啊！你们在这儿哪！"夏布尔先生在悬崖顶上叫道，"我很抱歉，让你们迷了路……喂，这些个小洼地真可怕！"

他小心翼翼地站在离悬崖边缘六步远的地方，用小阳伞遮着阳光，手臂上挎着篮子。他补充道：

"她上来得真快，小心点！"

"我们有的是时间，别担心。"埃克托答道。

埃斯泰尔坐了下来，面对着茫茫无边的地平线默然不语。她的对面，矗立着三根被海浪冲成圆形的花岗岩柱石，宛若毁坏的庙宇的巨大圆柱。她的后面，大海在夕阳金辉的沐浴下延伸，海面上金光粼粼。遥远的水面上，一点白帆在两根柱石之间变成了晶莹的白斑，如同掠过水面的海鸥的翅膀。天色渐晚，暮色苍茫，四周一片静谧。埃斯泰尔从未感受过如此巨大如此温馨的渗透骨髓的快感。

"来呀。"埃克托用手碰碰她，低声说。

她战栗了一下，站起身来。她已经疲惫不堪，浑身乏力了。

"这个有旗杆的小屋就是信号台，是吗？"夏布尔先生大声说，"我去弄些贝壳，我会赶上你们的。"

这时，埃斯泰尔为了摆脱遍及全身的无精打采的怠惰，抖擞精神，便孩子般奔跑起来。她大步跨过一个个水坑，朝海边前进。由于心血来潮，她想登上岩石堆积的顶峰。高潮时，这个岩石堆想必形成了岛屿。当她在裂缝中间经过艰难攀登到达峰顶以后，她爬上一个屹然高耸的岩石，高兴地俯视惨遭蹂躏的海滨。纯净的天空里清晰地显现出她那单薄的轮廓。她的衣裙犹如旗帜似的在风中哗哗作响。

下来的时候，她向遇到的每一个坑洞俯下身去。在小小的洞穴里，有无数个静止的小湖泊，明镜般的湖水清澈见底，天空倒映其间。深水处，翡翠绿的水草昂然林立，姿态动人。唯有黑色的大蟹青蛙般跳跃着，连水都没有搅浑便无影无踪。少妇陷入了沉思遐想，好像她在用眼光搜索神秘莫测的区域，搜索既陌生又令人高兴的辽阔地区。

当他们返回悬崖脚下时，她发现她的伙伴早已在他的手帕里装满了鹦鹉贝。

"这是给夏布尔先生的。"他说，"我要把它们送上去给他。"

正在这时，夏布尔先生懊恼地赶到了。

"信号台那里只有一个赃贝。"他嚷着，"我不愿意来，是有道理的。"

可是，当年轻人在远处把鹦鹉贝指给他看时，他便平静下来了。不过，他对年轻人的敏捷感到惊愕。这个后生就是凭着这种敏捷，通过一条只有他自己才知道的小路，沿着城墙般光滑的岩石攀登的。现在，下去更要胆大心细了。

"没什么，"埃克托说，"这是一个真正的梯子，不过，必须弄清楚阶梯在哪儿。"

夏布尔先生希望大家转身回去，因为大海的确变得令人不安了。于是他央求妻子至少得重新爬上去，寻找一条可行的小路。年轻人哈哈笑了，回答说并没有太太们走的路，现在只好硬着头皮走到底了。再说，他们还没有看见岩洞呢。这时，夏布尔先生只得重新顺着悬崖顶走下去。太阳已经落山了，他合上小阳伞，把它权当手杖。他的另一只手提着装满鹦鹉贝的篮子。

"您累了吧?"埃克托低声问。

"是的，有点累。"埃斯泰尔回答。

她挽住他伸过来的手臂。其实她一点也不疲乏，倒有一种惬意的松弛渐渐在她身上蔓延开来。原来，她看见年轻人悬挂在岩石侧面时便感到一阵激动，这种激动引起了她内心的震颤。他们在沙滩上慢吞吞地往前走，贝壳碎屑变成的沙砾犹如花园小径在他们脚下叽咕作响，他们再也没有讲话。他将两个宽大的裂缝指给她看,它们分别叫作疯狂的僧侣洞和猫儿洞。她走了进去,举目张望,不禁打了一个寒战。当他们沿着美丽的细沙继续行走时,两人互相凝视,还是沉默不语,但嘴上却含着微笑。海水涨潮了,急促的波浪哗哗作响,可是他俩没有听见。夏布尔先生在他们头顶上叫了起来,他们更是充耳不闻了。

"简直发疯了!"旧日的粮商摇晃着他的小阳伞和篮子唠叨不已,"埃斯泰尔! ……埃克托先生! ……听着! 你们马上要遭水淹了! 海水已经淹到你们的脚背了!"

他俩并未感觉到细浪的凉意。

"哎! 什么事?"少妇终于喃喃道。

"噢! 是您呀,夏布尔先生!"年轻人说,"没事儿,别担心……我们只看看夫人洞。"

夏布尔先生做了一个失望的动作,补充道:

"真是胡闹! 你们会淹死的。"

他俩已经不再听他嚷嚷了。为了避开不断上涨的海潮,他们沿着岩石前进,终于到了夫人洞。所谓夫人洞,不过是在一堆构成岬角的花岗岩里面形成的洞穴罢了。高耸的拱顶呈穹形。暴风雨期间,水的冲刷作用使墙壁变得光滑湿润,闪烁着玛瑙的光泽。在岩石的昏暗色彩里,天蓝和粉红相间的纹理勾画出风格粗犷华美的阿拉伯装饰图案,仿佛原始的艺术家曾精心装饰过这个海之皇后的浴室似的。地上的沙砾仍是湿漉漉的,保持着透明度,宛如贵重的石床。最深的地方,有一个沙滩,柔软干燥,颜色浅黄,但颜色太淡,几乎成了白色。

埃斯泰尔坐在沙地上,仔细观看岩洞。

"有人在这儿住过。"他喃喃低语。

埃克托好像观察了一阵大海,突然装出一副惊愕的样子。

"哎呀! 我的天哪! 我们被困住了! 瞧! 波浪已经切断了我们的去路……我们只好等待两小时了。"

他走了出去，抬头寻找夏布尔先生。夏布尔先生就在悬崖上面，恰好在岩洞顶上，于是年轻人向他宣称他们被堵住了。

"我不是告诉过你们吗，"他得意扬扬地大声说，"可你们从来不想听我的忠告！……有什么危险没有？"

"什么危险也没有，"埃克托回答，"海水只进来了五六米。不过，你别着急，用不了两小时，我们准能从洞里出来的。"

夏布尔先生快快不乐。那么，大家就不吃晚饭了吗？可他已经饥肠辘辘了！这仍然是一次令人啼笑皆非的郊游！随后，他一边低声埋怨，一边在浅草地上坐了下来。他将小阳伞搁在他的左边，装鹦鹉贝的篮子放在右边。

"我就等着吧，只好如此了！"他大声说，"回到我妻子身边去，千万别让她受凉了。"

岩洞里，埃克托坐在埃斯泰尔身旁。沉默了一会儿以后，埃克托大胆地抓住她的一只手。她并不缩回去。他注视着遥远的地方。黄昏降临了，无数的阴影渐渐使夕阳黯然无光。地平线上，天穹呈现出淡紫色的柔和色彩，大海在扩展，慢慢地暗淡下来了，白帆渺无踪影。海水渐渐涌进了岩洞，声音悦耳地摇荡着透明的沙砾。它从海面将无穷的快感、情意绵绵的声音和充满欲望的刺激性气味带进了岩洞。

"埃斯泰尔，我爱你。"埃克托喋喋不休地表白，同时在她手上印满了吻。

她没有回答。仿佛被上涨的海水托起来了似的，她感到喘不过气来，现在，她半躺在细软的沙地上，宛如一个突然被人捉住并且任人摆布的小姑娘。

突然，夏布尔先生的声音轻飘飘地传进了他们的耳膜。

"你们没有饿吗？我饿得要命，我饿！……幸亏我有刀子。我先尝为快，你们瞧着吧，我吃鹦鹉贝了。"

"我爱你，埃斯泰尔。"埃克托搂着她，仍在重复说。

天黑了，白茫茫的大海照亮了天穹。岩洞的进口处，海水发出缓缓的呜咽声，拱顶下，最后一线阳光刚刚消失了。一股浓厚的气味从汹涌的波涛里升了起来。这时，埃斯泰尔在埃克托肩上慢慢垂下了她的脑袋。可是，晚风捎走了一声声叹息。

悬崖顶上，夏布尔先生借着星光，有条不紊地嚼着他的贝壳肉。没有面包，他便将贝壳肉全吞进了肚里，引起了消化不良。

六

返回巴黎九个月以后，美丽的夏布尔夫人生下了一个男孩。喜不自胜的夏布尔先生将吉罗大夫拉到一旁，自豪地对他说：

"这是鹦鹉贝的作用，我可以起誓！……一天晚上，我吃了整整一篮鹦鹉贝。哦，当时的情况可真奇怪……没关系，大夫，我从未想到过贝壳肉竟会有这样的功效。"

鉴评：遥远的地平线

　　这是一篇带有婚姻生理学色彩的自然主义爱情小说。

　　事情慢慢地在海面上、在岩石间、在墓园里、在沙滩上进行，一个年轻貌美、生机勃勃的少妇与一个健壮魁梧然而又鲜嫩得像个少女的青年，由相识最后发展到在岩洞里一次颇有野趣的性爱结合。左拉慢慢悠悠地写他们在这些场所的观光漫游，写这些场所的风物景色，花费了如此多的笔墨，是为了满足自己那自然主义繁详描写的癖好？不，这与左拉作为一个自然主义大师喜爱琐细描写的特点关系不大。事情得慢慢进行。丈夫始终在旁边，几乎形影不离，事情不可能进行得很快。而且，那时那地毕竟还不是二十世纪性开放的海滨旅游胜地。何况，这个青年、这个少妇从小深受宗教的熏陶，都是文质彬彬、规规矩矩的正派人。左拉得留下充分的时间与空间，让这个青年自然而然地去克服他大孩子般的羞涩，让这个少妇情不自禁地慢慢移步走出妇道规范的界限，当然，也为了让严肃的读者逐渐认可这一对男女的那一次"野合"。

海阔天空的自然环境，在这篇小说里占有重要地位，它不仅是这一对男女作为旅游伴侣能见面的唯一场合，而且是他们的精神、意趣、情感的会合点。正是在蓝色的海水里、在野生植物遍地的幽静墓园、在沙滩与海藻地带、在涨潮的海湾、在巨大的岩石之间，他们找到了共同的爱好、情趣与快乐，形成了默契。他们的游泳、远足、捕虾、海上冒险等等这些充满了青春健康气息、生气勃勃的活动，与大自然完全契合一致、融为一体，得到了大自然的认同与鼓励。何止如此！大自然还是他们爱情的诱发者、撮合者，它以原始的生命力与"繁殖的气息"刺激着他们，逐渐涤除了他们身心中的羁绊，让他们的自然属性运作起来，而它的海水、潮汐、岩洞又给他们提供了时机与场所，让他们"成其好事"，大自然简直就是他们的同谋！相形之下，那个与大自然一片生机格格不入的老气横秋、死气沉沉的商人丈夫，就成了一个多余的人，就被大自然排除出局了。

　　除了近因，还有远因，除了外在的环境影响，还有内在的根源。在大自然这个直接背景之外，还有一条遥远却再清晰不过的"地平线"，婚姻生理学的"地平线"。构成这个地平线远景的就是这样一个事实：夏布尔先生与他年轻的夫人年龄不相当，而且他已经失去了生育的能力。于是，这个远景就像命中注定一样，决定了这位少妇婚外的性爱。

　　这种婚姻生理学的内容，在以往的古典文学中，往往是隐而不露的。生理学中可以直言不讳的东西，到了文学中就会被视为"猥亵不洁""低级下流"，这也许是历来作家忌讳的原因。左拉把人的血肉之躯引入文学，把生理机制的因素引入对人的情感行为的描绘，这是他的自然主义的一个重要内容，这个短篇的标题与夏布尔先生对贝壳的热衷，就嘲讽地把生理学的内因指点得明明白白。所幸，左拉只把婚姻生理学的原因当作遥远的地平线，它在作品中虽然清晰，但简约含蓄，这样，他就避免了有伤大雅的危险，人们也少了一点"扫黄"的麻烦。

星期三的紫罗兰

[法国] 安德烈·莫洛亚
罗新璋 译

作者简介

安德烈·莫洛亚（1885—1967），法国现代著名小说家、传记作家、历史学家、文学批评家。第一次世界大战期间，在英军中担任过翻译和联络官，战后从事文学创作，开始以《布朗伯尔上校的沉默》和《奥格拉第博士言论录》两部小说获得声誉。此后，他著名的长篇还有《非神非兽》《贝尔纳·盖斯耐》《气候》《家庭圈子》《幸福的本能》《九月的玫瑰》。莫洛亚的文学成就，还特别表现在传记作品方面，他的《雪莱传》是现代传记文学的名著，其他传记还有《屠格涅夫传》《伏尔泰传》《肖邦传》《乔治·桑传》《雨果传》等。莫洛亚还是一个出色的历史学家，著有《英国史》《美国史》《法国史》等多种。由于多方面的成就，他于1939年当选为法兰西学士院院士。

莫洛亚还写过不少短篇小说。他的短篇一般都短小精悍，紧凑严整，语言清新而又略带风趣与幽默，具有一种接近古典的现代风格。

"哎，谢妮，再耽搁一会儿吧！"

谢妮·索比艾在午餐席上，可谓言辞出众，逸闻趣事，一桩接着一桩，说得妙语连珠，既显出女演员念台词的功力，也展露出小说家编故事的才能。雷翁·罗朗的客人，听得津津有味，既兴奋又佩服，好像逸出时间之流，度过了一段迷人的时光。

"不能再耽搁了，已经四点光景了，今天是星期三……你知道，雷翁，我得给我的情人送紫罗兰去了。"

"遗憾之至！"雷翁说话一板一眼的，他这种朗诵方法在舞台上都念出了名，"你的忠诚，我是久仰的……那就不勉强了。"

谢妮与在座的女宾男客一一拥抱吻别，这才离去。走后，大家啧啧称羡，赞声四起。

"真是非常出色！她有多大年纪了，雷翁？"

"七十多了吧。我小的时候，母亲常领我去法兰西喜剧院看古典戏剧早场，当时谢妮已是誉满剧坛的赛丽曼娜了……而现今，敝人也年事不小了。"

"才能是不分年纪的。"葛蕾尔·梅耐特利埃说，"送紫罗兰去，是怎么回事？"

"说来简直像小说，她倒给我讲过，就是还没有写成作品……我实在不愿接在她后面讲。相形之下，对我太不利了。"

"不利归不利，反正我们是你请来的客人，应该让我们消遣消遣。该由你接替她，谁叫谢妮把我们扔下不管的呢。"

"好吧！那我姑且试试，给你们讲讲星期三紫罗兰的由来吧。以现今的趣味而论，这故事恐怕伤感了点……"

"得了！"裴特朗·斯密特嚷道，"我们这个时代恰恰是渴望感情。表面上装得玩世不恭，实则掩盖了一种怀恋的情绪。"

"你这样认为吗？……好吧，就算如此！……那么我就来应个景儿……你们在座的各位还太年轻，对谢妮当年历久不衰的红运，恐怕还无可回忆。一头褐色的长发，纷披在莹洁的两肩；一双丹凤眼，媚眼流波；另有一功，嗓音热辣辣的，带点毛糙，有情有致的时候其声甚荡：所有这一切，使她那种高贵的美，更增添几分慑人的魅力。"

"好一段漂亮的台词，雷翁！"

"是吗，但有点明日黄花的味道了……承蒙夸奖，不胜感谢！……她1895年上，得了音乐戏剧学院的头奖，马上接到法兰西喜剧院的聘书。凭经验就可以知道，在这种大剧院是很难出头的。保留剧目的角色，都有固定演员担任，不容别人染指。喜剧中丫头这个角色，即使你演得大有韵味，也得再孵上十年，才会分到马利伏或莫里哀剧中的重要角色。风姿绰约的谢妮，正巧碰上一伙个性极强、不肯让位的女人。换了别人，也就认命了，或者过两年转到马路剧场去找出路。我们的谢妮，可不是这样。她硬着头皮顶在那里，把自己的一切，演技、教养、姿色、醉人的美发，全都投了进去。

"她在剧院里，很快争得头牌演员的地位。经理独吃她这一门。难演的角色，剧作家都指名要她担任，因为角色经她一演，显得真实可信。评论界一直在捧她，劲头之足，令人难以置信。以苛刻著称的萨尔赛就这样写过：'她高傲的仪态，抑扬顿挫的语调，简直能把鳄鱼迷住！'

"我父亲当年认识她，说她酷爱戏剧，很有见识，总在寻求新的震撼人心的戏剧效果。那时的表演，流于一种肤浅的写实风格。记不得是哪出戏了，谢妮为了演好中毒致死这一场，就跑到医院里实地观察服毒后的反应，再加上自己的体会，逼真地表演出来。只要事关艺术，她便无所忌讳，就像巴尔扎克在小说中把自己或他情妇的感情暴露无遗一样。

"可以想见，一个长得秀媚艳丽、在二十二岁上已经走红的演员，追求者当然大有人在。她的同事就想碰碰运气，还有剧作家、金融家。得到她垂青的，是银行家亨利·史达尔。倒并非因为此公有钱。谢妮住在自己家里，所需不多。而是因为亨利本人也极有魅力，尤其因为他提过要正式娶她……你们知道，由于史达尔家里反对，他们拖了三年才结婚，婚后也没维持多久：谢妮独立不羁的习性，适应不了夫妇生活的拘束牢笼。不过，这是另一个故事了。还是言归正传，回到法兰西喜剧院，讲谢妮的早年……和紫罗兰吧。

"现在请大家想象一下后台的休息室，那晚由谢妮主演小仲马的《巴格达公主》。剧本是有其不足之处的。我本人很欣赏《半上流社会》《女人的朋友》《佛朗西庸》这些戏，觉得结构严密，但是《陌生女人》或《巴格达公主》里，小仲马就有夸张失实的毛病，使人失笑。然而看过谢妮的演出，有人著文说，这个角色，她真演得惟妙惟肖。我跟她谈起过几次，奇怪的是她居然深信不疑，说：'在这个年纪上，我的想法，自然而然就跟小仲马的女主角很合拍。我感到别扭的，只是要把自己内心最隐秘的情绪在明澈的灯光下袒露出来。'附带说一句，在这个角色里，她要把散开的头发纷披在裸露的两肩。总之，她的扮演，色艺俱佳。

"博得满堂彩之后，在幕间休息的时候，她回到后台。很多人围拢来。谢妮坐在长凳上，亨利·史达尔挨在旁边。她透着得意的神气，咕咕呱呱在那里说话：

"'这一下好了，亨利……我又浮出水面，又能呼吸了！……三天前的样子，你都看到的。不是到了很低很低的底下吗？……嗬！沉到泥塘底下，憋得气都透不过来了……今天晚上，噗！猛一使劲，又钻出水面了！……你说说看，亨利，最后一幕要是砸了，游不到头呢？哎呀，天哪！'

"这时进来一个茶房，递给她一束花。

"'谁送的？……啊！圣鲁送来的……亨利，你情敌的……劳驾，请放到我化妆室去吧。'

"'还有一封信，小姐。'茶房说。

"她拆开信，看得哈哈大笑：'是个中学生写的……说他们中学里成立了一个谢妮俱乐部。'

"'整个跑马总会，就是一个谢妮俱乐部。'亨利冷冷补上一句。

"'但是那些中学生，更加使我感动。'谢妮说，'这封信还是用诗句结尾的……你听着，亨利——

最后，对稚拙的诗句，请你多加原宥。

凑来的韵脚，只为表白我情真意挚，

还望能多多包涵。尤其要向你恳求，

千万别报告校长，不能有半点差池。

这不是很讨人喜欢吗?'

"'你还回信吗?'

"'哪里! 这种信一天可以收到十封，复不胜复……但是看了叫人心里踏实……这些崇拜者，现在只有十五六岁，还能留住好多年呢!'

"'不一定保险……到三十岁上，他们当上公证人……'

"'难道当上公证人，就不能再赞美我了?'

"'还有这个，小姐。'茶房说着递上一束紫罗兰，是两个子儿买来的便宜货。

"'噢! 这太好了……你瞧瞧，亨利……没有名片?'

"'没有，小姐……'门房说，'是一个穿制服的科技大学学生放在那里的。'

"'可喜可贺呀，亲爱的……'亨利·史达尔调侃说，'要感动那些"x 等于几"的头脑可不容易啊。'

"谢妮凑近紫罗兰，深深吸了一口气。

"'真好闻……这份礼，我最喜欢……我不喜欢那些老气横秋、怡然自得的观众，他们来看我半夜里死在台上，就像中午到皇宫广场看操兵放炮一样。'

"'观众多半是幸灾乐祸的，'史达尔说，'历来如此……有些杂技节目就……哪个女演员能吞下一大把缝衣服的针，准能轰动!'

"谢妮笑道：'能吞下一架缝纫机的，那就红得发紫了！'

"这时有人催着上戏，谢妮站起身来说：

"'好吧。回头见！我得去吞一大把缝衣服的针了！'

"听谢妮本人说，这桩逸事就是从这里开的头。

"下星期三，在散场前的幕间休息，茶房又笑着送来一小束紫罗兰。

"'哟！'谢妮不觉叫出声来，'还是我那位科大学生送的？'

"'不错，小姐。'

"'他怎么个模样？'

"'倒不清楚。要不要问问门房？'

"'那就不必了，这无关紧要。'

"下个礼拜，星期三没她的演出，但是星期四来排演时，看到化妆室里有一束紫罗兰，花有点蔫了。临走的时候，她到门房那里弯了一下。

"'请问，贝尔纳，我的紫罗兰，还是那个小伙子送的吗？'

"'是的，小姐……这是第三回了。'

"'他像什么人，这个科大学生？'

"'人很和气……非常和气……稍微瘦削一点，脸颊凹陷，眼睛显得很困乏。留一撮棕色小胡子，戴单片眼镜……加上佩剑[1]，模样有点怪……凭良心讲，倒是一往情深的样子，这小伙子，他把紫罗兰递给我，说声"请送给谢妮·索比艾小姐"，脸一下子都涨红了……'

"为什么他老是星期三来？'

"'难道你不知道？星期三，科大学生才能出校……每逢星期三，后排的座位和三楼上都挤得满满的……人人都带个女孩子。'

"'我那位也有女孩子吗？'

---

1 系法国科技大学学生礼服的佩饰。

"'也有，小姐，但显然是他姐姐……他们两个，像得叫人吃惊……'

"'可怜见的！要是我心肠好一点，贝尔纳，就叫你让他到后台来，把紫罗兰亲手交给我。'

"'这个嘛，小姐，我倒不敢赞同……那些戏迷，不去理他们倒不要紧……他们崇拜哪个女演员，就让他们远远地看看台上算了……你只要稍微表示一点关切，他们就缠住不放，叫人头疼……你把手伸出去吧，他们就得寸进尺，会把胳膊都抓过去的……是这样的，小姐，你笑你的，我这可是经验之谈……我在这里干了三十年了，见得多着呢，就在这间房里，钟情的小姑娘……入迷的男孩子……上了年纪的老先生……凡送花送信，一律收下，就是不让上去，这无法可想！'

"'你说得对，贝尔纳……咱们来个不理不睬，无情无义。'

"'哪是残酷无情哪，小姐，这才入情入理呢！'

"又过了几个礼拜，谢妮每星期三收到一束廉价的紫罗兰。剧院里现在大家都知道这段趣闻了。有位女伴对她说：

"'我见到他了，你那位科大学生……模样很惹人喜欢，带点罗曼蒂克……很适合演《不要和爱情调情》或《洋蜡烛》。'

"'怎么知道是我那位呢?'

"'碰巧我在门房，看到他捧着花，腼腆地说："请送给谢妮·索比艾小姐……"那神情，确实令人感动。这孩子一脸聪敏相，生怕落个笑柄，但还是没法不被你打动……我陡然想到他不是为我而来，真深以为憾。不然，我一定好好谢谢他，安慰安慰他……要知道，他一无所求，也没提出要见你……我要是你……'

"'就接见他?'

"'是的，见一面……前前后后已有好几个礼拜了。暑假就在眼前……你不久就要出去了……即使他缠人，也没多大风险……'

"'这话也有道理，'谢妮说，'在崇拜者又多又年轻的时候，你不屑理会，等过了三十年，他们人也少了，头也秃了，你再去笼络他们，岂不荒唐?'

　　"那天晚上，她离开的时候吩咐门房说：

　　"'贝尔纳，下星期三，那位科大学生再送紫罗兰来，你就让他在第三幕之后亲自送给我……那天演《恨世者》，我的角色就穿同一件袍子，不必换装。我回化妆室等他……不! 就在楼梯下走廊里等吧……或者就在后台休息室。'

　　"'好吧……小姐不怕……'

　　"'怕什么? ……十天之后我就要出去巡回演出，而且学校也会管住他的。'

　　"'好吧，小姐……我以前说过……'

　　"下星期三，谢妮演赛丽曼娜，情不自禁地巴望能博得陌生朋友的赞赏。幕间休息上楼的时候，她感到好像身临大事，几乎有点惶惶不安。她坐在休息室里等，几个熟人在旁边走动。经理跟谢妮的劲敌薄朗丝·毕尔松在说话。但是，没有穿黑制服、镶金边的人出现。她等得焦躁不安起来，便跑到杂役室去问：

　　"'没有人要见我吗?'

　　"'没有呀，小姐。'

　　"'今天是星期三，怎么没有我的紫罗兰呢? 会不会是贝尔纳忘了叫人送上来了? ……难道出了误会?'

　　"'误会，什么误会，小姐? ……要不要我到门房去看看?'

　　"'好吧，劳你驾了……要么算了，我临走自己去问一下贝尔纳吧。'

　　"她心里在笑自己：'人真是怪。六个月来，对这种含蓄的表示，自己理都不理，而这份一向受冷落的礼品一旦中断，竟会那么惆怅，好像在等一个久候不至的情人……啊，赛丽曼娜，在阿尔赛斯特伤心离去之后，你该多么悔恨! [1]'

1　赛丽曼娜为莫里哀《恨世者》一剧女主角，这句台词是依剧中人情绪随口吟出的借喻之词。

"散场之后，她跑到门房那里：

"'哎，贝尔纳，我那多情种子呢？你没打发他上来？'

"'小姐，好像故意捉弄人似的，他今天没来……你这是第一次同意见他，而六个月来，他这是第一次在星期三点名缺席。'

"'真没料到！会不会有人事先关照，把他吓跑了？'

"'肯定不会……这件事，除了小姐和我，别人谁都不知道……你没透过口风吧？……我也没有……连对老婆都没提过。'

"'那该怎么解释呢？……'

"'没什么可解释的，小姐……完全是偶然……他或许烦了，或许病了……到下星期三再看。'

"下个星期三，仍然是既没有科大学生的影踪，也没有紫罗兰的影子。

"'怎么办，贝尔纳？……是不是可以托他同学去找一下……或者拜托学校里的教务主任？'

"'那怎么行呢，小姐？我们连他叫什么名字都不知道呢。'

"'倒是真的……啊！多叫人发愁！我真不走运，贝尔纳。'

"'怎么呢，小姐……你今年很叫座，马上就要到外地去演出，依旧会大获成功……怎么是不走运呢，这，可不能那么说！'

"'你说得对。说话不能没有分寸……只是，我真的挺喜欢星期三那束紫罗兰！'

"第二天，她就离开巴黎，亨利·史达尔寸步不离，追随在她左右。每到一个旅馆，她房间里得摆满各色玫瑰。等她回到巴黎，那个罗曼蒂克的理科学生已给置之脑后了。

"一年之后，她接到杰奈弗里埃上校的一封信，为一桩私事想要见她。信写得很工整，很得体。没有理由可以拒绝。谢妮请上校在星期六下午到住处来。他来的那天，穿着黑色便服。她接待应对，妩媚大方，既是得之于天性，也靠舞台的涵养,但眉宇之间,自然而然地,仿佛打了个问号:'这位生客有何见教呢?'她等着下文。

　　"'感谢小姐百忙中肯接待我。这次拜访的理由,在信上不大容易说清楚。我之所以冒昧恳求你约见我,并非我自己有这胆量,而是做父亲的身份……你看我穿着黑衣服,是因为我儿子,安特烈·杰奈弗里埃中尉,两个月前死在马达加斯加了。'

　　"谢妮做了个手势,仿佛是说:'我由衷地表示悼惜,但是……'

　　"'我儿子,小姐,你并不认识……这我知道……但是他认识你,钦佩你……你听来会觉得不像真的……然而,我跟你说的,却是确确实实的……世界上,他最仰慕、最爱重的,就是你了……'

　　"'我好像有点懂,上校……是他对你说的吗?'

　　"'对我?当然不是……是对他姐姐,他最好的伙伴……这一切都是从姐弟俩一起去看《爱情与巧合的趣剧》这出戏开始的……回来后,还兴奋地直谈论你:"那娇羞的情怀表现得多细腻,诗一般的情调演得多动人……"总之,赞不绝口,说得都对,这我不怀疑,再加上年轻人狂热的情绪,偏激的脾气……我这儿子,爱想入非非,带点罗曼蒂克。'

　　"'啊,天哪!就是他了?……'谢妮嚷出声来。

　　"'不错,小姐,半年里每星期三给你送紫罗兰的科大学生,就是我儿子安特烈……这也是从我女儿那儿得知的……我希望,这个带点孩子气的举动,虽说是种敬意的表示,不致惹你不高兴。他非常爱慕你,或者说,非常喜爱你创造的形象……他房间墙上贴满了你的照片……他姐姐到给你拍照的照相馆不知费了多少唇舌,才求得他们多印一张!……学校里的同学,也拿他的痴情开玩笑……"你给她去封信吧!"他们怂恿他道。'

　　"'他为什么不写信来呢?'

　　"'写是写了,小姐,我给你都带来了。只是从没寄出过,我们也是在他死

后才找到的。'

"上校说着，从口袋里掏出一沓信，递给谢妮。这些信，她有一次拿出来给我看过。字迹很清秀，写得很迅疾，有点难认……字像学数学的人写的，文笔倒颇有诗人的情致。

"'这些信，你留着吧，小姐，是属于你的……我这做法或许有点离奇，但请你原谅……我想，是出于对儿子的思念才这样做的……他对你的感情，没有任何失敬或轻佻的成分。你在他心目中，就是完美和优雅的化身……我可以说一句，安特烈是无愧于他伟大的爱的。'

"'但是，为什么他不提出要见见我呢？我又为什么不想法去会会他呢？……啊！我真后悔，恨自己……'

"'你也不要懊恼，小姐……当初也想不到……安特烈出了学校，自己提出要到马达加斯加去，也是因为你……是的，他对他姐姐说过：'走远了，或许能逃避这种无望的痴恋，或者，等我干出一番了不起的事，再……'

"'这种忠诚，这种深情，这种隐衷，'谢妮说，'难道不是很了不起的事吗？'

"临了，上校起身告辞，谢妮握着他双手说：

"'我想，我没有什么做得不对的地方……然而……然而，我觉得，对这位……咳！对这位感情上从未得到满足的逝者，也有我应尽的一份义务……听我说，上校，请告诉我你儿子葬在什么地方……我向你发誓，在我有生之年，每星期三一定到他坟前放上一束紫罗兰。'"

"这就是为什么在她一生中，"雷翁·罗朗归结道，"这位被认为怀疑人生，看破红尘，甚至说是玩世不恭的谢妮，会在每星期三，暂时丢下朋友、工作，甚至情人，独自跑到蒙巴那斯公墓，去给一个连面都没见过的中尉上坟……我开头说，这个故事对我们这个时代来说，可能伤感了点，你们看看我是不是说得有点道理。"

听罢,大家半晌无语,末了,裴特朗·斯密特说:"对于高尚的人,世界上永远会有风流高格调的事的。"

鉴评：浮华之外

曾经有过这样一幅画，一大片绿色的原野里，有那么一个红艳艳的小点，这一点所占的比例很小很小，但它是那么鲜明、突出、醒目，构成了图画的中心。法国作家安德烈·莫洛亚的小说《星期三的紫罗兰》，与此有些相仿，它让读者看到了宴会上的一片热闹，听到主客之间的闲谈与对女演员早年色艺俱佳、红极一时的回忆，以及对她被一个不知名的大学生爱慕的追述。它写了不同的人对这一桩故事的态度和议论以及最后的真相大白，却一直没有写那个男主人公的出场。对于见过他的人，对于与他有关的人，这里都一一有所描写，偏偏对于这个人物只有几处轻淡的笔墨，其所占的比例实在很小。即使对于他那种热恋的情状，也只是通过旁人的叙述，读者才略知一二。

整篇小说大部分篇幅似乎都是在写那外围的一大片"绿"，而只点出了那一点"红"：那青年人送来的那束紫罗兰。这一束紫罗兰是那么鲜明、突出、醒目，它构成了故事的中心，是它把整个故事前后贯串了起来，先是每星期三痴情的大学生向女演员送紫罗兰,后来,又是女演员每星期三到大学生的坟上去送紫罗兰,前后映照,有机地构成了一个动人的爱情故事。

当然,这一束紫罗兰并不只是作者用来安排故事的道具,而是他笔下的一种感人的爱情的象征。它意味着一种热烈的爱慕,一种以谦恭的态度和持久的恒心所表现出来的爱慕。这个大学生的爱慕仅仅从看了一场演出而来,是不是太轻浮了一点呢?作者告诉我们,此君的确带点罗曼蒂克的气息。"罗曼蒂克"这个词,在我们看来,似乎贬义的时候居多,近乎"想入非非""不切实际""感情用事"之类。然而,应该看到,自从资产阶级建立了自己的秩序、专注于积累财富和自由竞争以来,利害打算和得失计较就开始成为社会的风习,相形之下,罗曼蒂克的激情和天真,倒开始有了几分可爱。像司汤达、梅里美这样杰出的作家,早在十九世纪上半叶就以赞赏的态度描写过某种具有罗曼蒂克光彩的鲜明的形象,用他们来和庸俗的、充满了功利的现实对照。这篇小说中的这个大学生,在精于打算的人看来,不可谓不有点"痴",但他那份真诚在那个凡俗的现实中不是也甚为难得吗?他的爱慕首先产生于对艺术的狂热,那时谢妮正以她醉人的姿色、高贵的教养、天才的演技征服了巴黎,使这个青年大学生着迷的,正是谢妮在舞台上"那娇羞的情怀表现得多细腻,诗一般的情调表演得多动人"。既然最苛刻的评论家都认为"她高傲的仪态、抑扬顿挫的语调,简直能把鳄鱼迷住",那么,这一个敏感、热情的青年对她产生狂热的崇拜,又有什么奇怪呢?但他又并不是一个庸俗的专和女演员纠缠的戏迷,他的爱慕是那么脱俗、那么诚心、那么持续经久、那么具有一种美的情操,的确如他父亲所说的那样,"没有任何失敬或轻佻的成分",是一种"伟大的爱"。这一爱情在小说里并没有其他表现,而只表现于每星期三送来的那一小束紫罗兰上,这一小束紫罗兰是只值两个子儿的便宜货,与那些大亨、公子哥儿送来的鲜花相比,显得简陋而低廉,然而,它却体现了一种罕有的价值,一种用金钱所不能兑换的价值。

小说如果只写了这个青年送紫罗兰的故事,那它的韵味还是不充分的,还必须写谢妮。谢妮在舞台上所创造的艺术美的形象是一回事，她实际上过的脂粉浓艳的生活则是另一回事。她身边有一大群有身份、有财富的追求者，她生活在奢华与奉承之中，而且在情场中的经历也并不单纯。然而，她在得知了那个死去的学生曾定期向她送紫罗兰的真情后，特别是在知道了那个青年是为了逃避对她的无望的痴恋而到战场上送了命的时候，她似乎受到某种震动，似乎在闻到一股沁人心脾的气息后，从那长期由于浓艳的生活而头脑昏昏的状态中醒了过来。她感到了这种忠诚、这种深情、这种隐衷的分量，因此，从她还相当年轻的这个时候起一直到她老年，每逢星期三都到这个青年坟上送一束紫罗兰，此举固然说明了谢妮在那脂粉浓艳的生活中并没有丧失纯正的价值观念，但不是更表现出了穷学生那束紫罗兰的清香所具有的不可思议的感人力量吗？这种感人力量在这样一个始终在浮华与虚荣之中打滚儿的谢妮身上产生的结果，竟是一种那么持久、丝毫没有被长期的日常生活销蚀、磨损的珍视和怀念。当安德烈·莫洛亚写到这里的时候，我们就很难判断他究竟是对穷学生那束紫罗兰还是对谢妮这束紫罗兰更为赞赏、更为感动。但，不论是哪束紫罗兰，也许我们可以这样说，作者所看重的，终归还是人与人关系中感情的真诚不渝。

来点儿歌舞

［英国］苏珊·希尔
施咸荣 译

作者简介

　　苏珊·希尔（1942—），英国著名女作家，毕业于伦敦大学。1963 年开始从事文学创作，作品有电视剧、长短篇小说多种，其长篇小说《绅士们与太太们》《我是城堡之王》《夜鸟》与短篇集《来点儿歌舞》《信天翁及其他》，均曾获得文学奖。

　　下午那么晚了，海滩上没有别人。她离水非常近，那儿是一溜平坦的硬沙，走在脚下，要比松散的一直堆到防波堤上的鹅卵石好走多了。她心想，我可以在这儿爱待多久就待多久，我可以爱干什么就干什么，不管干什么都成，因为现在我只对我自己负责了。

　　但这是个不鼓舞人的下午，已经半明半暗，像这样的下午应该早些喝茶，围着炉火坐着，欣赏电视。想到这里，一阵小小的战栗通过她的全身，因为她发现连这也完全由她自己支配了，她可以爱看什么节目就看什么节目，或者根本不看。过去十一年中，没一天晚上不开电视，房里没一刻安静，始终听不见时钟的嘀嗒声和暖气中心的响声。

"这是她唯一的娱乐，"她经常这样说，"使她能看到本来看不到的东西，电视给了她一段新的生命。真是学到老，学不了。"其实她母亲看各种戏剧、杂耍节目，像摩凯姆、怀斯[1]和黑人、白人的歌舞，但她自己宁愿选择英国广播公司的第二套节目，看些有关文化和教育的节目。

"我喜欢来点儿歌舞，可以提精神，爱斯姆，可以让你忘掉一切。我喜欢看点儿引人入胜的。"

但今天晚上可以看关于阿拉伯或者什么群岛的戏剧或电影，也可以看给大提琴手上主课，今天晚上第一次她可以随心所欲。因为她母亲死了已经两星期，已隔相当的时间。

这是二月。一个寒冷的黄昏。她极目望去，只见海滩、大海和天空都呈灰色，在远处混成一片。她母亲下葬那天，刮着大风，雨中夹雪，她曾看了看四周围黑帽子底下那些毫无生气、冻得发僵的脸，心想：这就对，这就合适，咱们个个都应该显得弯腰曲背，老态龙钟，愁眉苦脸。母亲有权享受一次像样的追悼，一次像样的葬礼。

她早就想离开海滩回家，她插在海军蓝的大衣袋里的两只手已经冻僵了——海军蓝，她想，倒是离开黑色后迈出的正确的第一步。她想回去烤饼，多抹些黄油，她母亲要是还活着，准会强烈反对："咱们从来没那条件，咱们从来不允许自己贪吃好的食物。再说，他们已经发现多吃黄油容易得心脏病，你难道没在报上看到过吗，爱斯姆？你从来不关心这类事情，真让我吃惊。我很注意。我不主张每餐都吃黄油——这也抹黄油，那也抹黄油。"

每天早晨，她母亲一页接一页细看两份报纸——《每日电讯报》和《每日

1　两人都是英国著名喜剧演员。

镜报》，还用绿色圆珠笔画出一些她认为女儿应该感兴趣的新闻。她说："我喜欢看每一个问题的正反两面意见。"因此，不管她女儿或者某个来客对当天的某个问题采取什么立场，她都能从两份报纸里看到足够的消息以采取相反的立场。她曾经说，争论可以磨炼思想。

"我不愿光是因为被迫卧床，就变成个废物，爱斯姆。"

她已经走到防波堤。有几只海鸥在铁灰色空中盘旋、鸣叫，水线上全是鱼头，肉都被鸟啄掉了。她心想，我自由了，我可以往前走，可以往回走，也可以在这儿站一个小时，我可以自作主张。很久以来，她一直没在外面待过这么长时间，她都有点不习惯了，居然不必看表，不必急急忙忙赶回家去。但是过了一会儿，由于空气的确非常潮湿，由于这儿实在没什么可看的，她只好往回转，接着她想到明天，想到曾经答应自己出去买些新衣服。律师曾经向她解释过，证实她母亲的遗嘱得花好几个月，办事一般都很拖沓，但是毫无疑问，结果准会使她满意。范肖太太的确非常仔细、非常谨慎，因此她这辈子可以不愁生活了。眼下，能不能预支一笔钱作为当前的生活费呢？也许先支一百镑？

读遗嘱时，她的第一个反应是赞叹，她悄没声地说了一句："这个狡猾的老太婆。"说完马上用手捂住自己的嘴，生怕被人听见。"这个狡猾的老太婆。"因为玛德莱德·范肖在各处的银行存款加在一起共有六千镑。然而她们平日似乎只靠爱斯姆的薪水和那笔养老金过日子，她老说，她们必须精打细算，不管是用电、加奶油或者吃牛肉。"铺张浪费，"范肖太太说，"那是最大的罪恶。一切别的坏事都从这开始，爱斯姆。铺张浪费。我们每个人都应该量入为出。"

现在有了六千镑。有那么一两分钟，她头都晕了，昏头昏脑地想出许多计划：她要买辆汽车学习驾驶，再买一台洗衣机和一台电视机，她要到国外去度假，买非常合身的内衣裤，经常出去下馆子，她要……

但她已经年过五十，她现在应该自己攒钱了，为自己养老储蓄。再说，她只要一想到花钱，心里就会有犯罪的感觉，仿佛她母亲这会儿能听见她心里在想什么，就像她母亲活着时看到她脸上的表情就知道她的心思一样。

她已经走到从海滩上去的石级。天快黑了。

她哆嗦一下，一时间对她新获得的自由感到害怕，不知所措，因为她无事可做，因为她可以随心所欲，爱干什么就干什么，这境况她却很不习惯。或许她不应该待在这儿，或许她可以设法把宅子卖掉，反正这宅子她一人住也实在嫌大，或许她应该在伦敦找个工作，租一套小公寓。伦敦是机会之城……

她这时心里兴奋，有点陶醉，觉得什么事情都可以做到，前途操控在她自己手中，她独自站在二月的苍茫暮色中，眺望荒凉的海滩，真想大声叫喊，唱歌跳舞。沿着海滨大道的那一溜宅子里，所有的窗户都是空荡荡、黑洞洞的，因为这儿是避暑胜地，在二月里，这地方还是半死不活的。

她说："我呢，一直也是半死不活的。可我今年五十一岁了，瞧瞧我前面有多少机会吧。"

远处的鹅卵石海岸上，闪着报警的绿色灯光，一亮一暗，一亮一暗。她母亲病死的那天晚上，那灯光也在闪烁，她曾经走到窗边眺望，在母亲死后清晨三点，她望着灯光，心里得到安慰。这会儿，那次死亡的打击又一次冲她而来，像一记耳光，她心想：我母亲不在这儿，我母亲在地底下的棺材里。想到这里，她开始浑身直哆嗦，脑海里充斥着各种腐烂的形象，她非常快地迈步沿着海滨大道走去，爬上小山回家了。

她打开大门，侧耳细听，屋里静悄悄的，没一点声响。过去总有声音从楼上传来："爱斯姆吗？"她每次都想这样回答："还可能是别的什么人？"但每次她都把话咽回去，只是说："哈喽，是我。"这会儿，她又喊道："是我，哈喽。"她的声音从黑魆魆的楼梯井传上去，轻轻发出回响，她一听到，不由得一怔。她成了什么人了，竟自己跟自己说起话来。害怕一座空宅？她成什么人了？

她很快走进起居室,拉上窗帘,然后给自己倒了一小杯雪利酒,她母亲就爱喝这酒。这是个打击,当然了,他们都这样对她说,他们所有的人,她妹夫、她叔叔塞西尔、她堂弟乔治·高拉特利,那是在葬礼之后,他们都回来喝茶,吃火腿面包的时候。

"你到以后才会真正体会到这次打击。打击的影响总是慢慢来的。"因为当时她是那么镇静、那么有自制力,她把一切都安排得井井有条,他们见了不由得大吃一惊。

"哪天你觉得需要人做伴——你会需要的,爱斯姆——当然你一定要来找我们。只要打个电话,我们只要求这一点,只要事先给一点点警告。不久你一定会觉得异样。"

异样。不错。她坐到电炉旁边。嗯,事实上她觉得自己浑身冷得要命,像那样在海滩上散步,在下午那么晚的时候。那都得怪她自己。

过一会儿,屋子里的静寂使她受不了,她喝了第二杯雪利酒,又煎了一只鸡蛋夹在烤面包里吃,然后打开电视看一场杂耍,因为这类玩意儿挺热闹,她需要让自己忘掉一切。等她过惯这种新生活以后,有的是时间看教育节目。可是有一个想法在她脑子里冒出来,翻来覆去,翻来覆去,仿佛在听一卷录音带。

"她在楼上。她仍在她自己的房里。你只要一上楼,就会看见她。你母亲。"这些话在电视屏幕上跳跃,跟跳舞人的肢体相混,像喜剧演员和歌手嘴里的唾沫那样飞溅,它们还和着鼓和大提琴的节拍。

"楼上。在她房间里。楼上。在她房间里。"

"你母亲。你母亲。你母亲。"

"楼上……"

她撳了撳电视机最上面的按钮,图像立刻消失,屋里一片寂静,她随即听见自己的心跳和短促的呼吸声。她责备自己不该变得病态和神经过敏。好极了,她说,上楼去亲自看看吧。

她非常谨慎、非常镇静地走出房间，爬上楼梯，走进她母亲的卧室。紧靠着窗外有一盏路灯，投进一片三角形的灰白色灯光，照在梳妆台的长台布上、窗帘的白色里子上和铺得很平的白色床罩上。所有什物都搬光了。她母亲好像从来没在这里住过似的。爱斯姆坚决不想保存任何纪念品，因此举行葬礼后的当天，她就清扫了房间，把衣服、床单、药品、报纸、眼镜全都收拾起来，她毫不留情地把她母亲的房间搬空了。

这会儿，她站在门道里，闻到淡紫色油漆和尘土的气味，心里感到羞愧，仿佛她有意要抹掉一切记忆，仿佛她有意要她母亲死去。她说，可这不正是我梦寐以求的吗，把约束了我五十年的人干掉。她朝着卧室大声说："我早要你死了。"她觉得自己的手在颤抖，就把两手紧握在一起，心里想：我真是个坏女人。但是她刚才喝的雪利酒这会儿开始起作用了，她的心跳得比较平静了，她能够走回起居室，拉上窗帘，当然这会儿已没有必要再责备自己，刚才为什么变得那么歇斯底里。

在起居室里，她坐在炉火旁看一本历史传记，一直看到十一点，她母亲活着的时候，她总是十点就上床。她内心的恐惧几乎已经消失，觉得自己已经完全镇静下来。她心想，这最自然不过了，你受到突然打击，你当然要受影响。那天晚上她睡得非常好。

第二天上午十一点十五分，她听到门铃响，出去开门，看见阿摩斯·柯里先生手里拿着帽子，站在台阶上，打听这里有没有房间出租。这使她想起了举行葬礼那天她叔叔塞西尔跟她说的话："你当然不愿意一个人孤零零地住在这个大宅里，爱斯姆。你应该找个房客。"

阿摩斯·柯里先生用一只神经质的指头揉了揉左边眉毛，这是他的一个习惯动作，因为他天性腼腆。"有个房间出租。"他说。她注意到他衬衫袖口上有金链扣，皮鞋擦得锃亮。"我从代理人那里打听到……有个提供早餐的房间出租。"

"我不认得什么代理人。我想您把地址搞错了。"

他掏出一个活页小笔记本。幽静公园二十三号。

"哦,不是这里,对不起得很,我们这儿是……"她改正了自己的话,"我这儿是散步公园二十三号。"

一层尴尬的红晕升到他脸上和脖子上,像染上红墨水污渍似的。他松开一点领子,她见了又是恼怒,又是替他难过。

"一个谁都容易犯的错误,一个完全可以理解的错误。先生尊姓?……请千万别……"

"……柯里,阿摩斯·柯里。"

"……介意。"

"我在寻找一间提供早餐的安静房间。听上去多好。幽静公园。这地址听上去多让人舒服。"

她想,他是个非常整洁的男人,非常整洁潇洒,还镶着一颗金门牙,戴着手套。她母亲最赞许戴手套的男人。"如今戴帽子和手套的人很少了。要区别绅士很容易。"

柯里先生还戴着帽子。

"我真抱歉,太太,我真觉得……我不应该打扰……"

"不,……不,请别……"

"我应该去找幽静公园,二十三号。"

"拐弯就是,往左,离这儿只有几百码。一条非常僻静的路。"

"像这一条。这条路很僻静。我走近这所宅子时心里就想,多合适,我应该……我觉得一个人能有预感,一所宅子有某种……可我太抱歉了。"

他把帽子戴到他整洁的灰白头发上,随即很有礼貌地举起帽子,转身走了。

她很快吸了口气。她说:"说实在的……我是说,您要是在寻找一间提供早餐的房间,我想我也许可以……"

阿摩斯·柯里转回身来。

他灵巧地用叉子叉起一小块泡洋葱。"问题在于，"他说，"我有不少用具。"

爱斯姆·范肖听着他的声音，好像它是从收音机里发出来似的——声音有点变样，像个奇特的回声。她摇摇头。他不是真实的，她心想……可他就在这儿，阿摩斯·柯里先生，穿着一套海军蓝细条西装，正好在衬衫领子底下，有小小一道干净利落的织补。他坐在她的厨房桌旁——因为她犹豫了一下，没请他到餐室去，事实上这餐室也很少用，厨房看来是个很好的折中方案。他在这儿。她先煮了壶咖啡，过一小时后，又准备了小吃：牛肉和泡菜，面包和黄油。由于兴奋，她的两只手都有点湿润了。她再一次想起自己有多么莽撞。她想：他完全是个陌生人，一个从街上来的人，一个找错门的客人，我对他一无所知。但这时她认出这简直是她母亲的说话口气，不由得要反抗。再说那么说也不确实，因为柯里先生已向她介绍了不少情况。她心想：生活就应该这样，我应该大胆，我应该让自己经常遇到意外。每天我都应该准备好迎接新事物，这样才能保持青春。她最热衷于保持青春。

柯里先生年轻时候常在国外，他说锡兰、新加坡和印度他都住过。"我的思想一直很开通。范肖小姐，我主张宽恕，自己活也让别人活。国与国之间应该讲和平。"

"哦，我太同意了。"

"我见过世界和世面。我不抱成见。别人的风俗习惯可能跟我们很不一样，可人毕竟是人，全世界都一样。我们每天都可以互相学习，只要思想开通，范肖小姐。"

"哦，没错。"

"您旅行过吗?"

"我——我去过欧洲。恐怕到过的地方不多，我想。"

"我徒步旅行过大部分欧洲国家,一路上干活给自己挣旅费。"

她不愿意细打听,但他给她留下了深刻的印象,她自己只出过一次国,去法国。

柯里先生说他从小是孤儿,他的生活从孤儿院里开始。"可这是个很不错的开始,范肖小姐,我们在一起很快乐。我想我的记忆没错。我们是个大家庭。别听人说社会没对我尽最大的责任。我知道我自己有多幸运。嗯,您只要看看四周围,范肖小姐——您看见有多少人妻离子散,有多少家庭不幸福? 我可没那种感受:我认为自己很走运。我喜欢这样想,按照我的境遇,我混得真算不错了。"

他说他只受过很少教育,他有很好的脑子,可惜从未充分利用。

"未开发的资源。"他指着自己的前额说。

他们说话那么融洽。她想,自己跟别的陌生人、跟别的男人在一起,话从来不这样滚滚而出。柯里先生的礼貌恰到好处,举止毫不拘束,她已肯定他是命中注定要住在这儿的,他很有风度,他看上去像在家里一样自在。

他相貌平常,她对此倒很感激,但他脸上稍微有点不真实的地方,仿佛这张脸她是在电影院的银幕上看到的。尽管如此,依然很容易想象他每天早晨坐在这个厨房里吃早点,吃完后戴上帽子——帽子的箍带上还插着一小根羽毛——去上班。

"我的确有相当数量的用具。"

"到底是什么……"

"我有两种工作,范肖小姐,也就是说我的弓上有两根弦。您听了吃惊吗?可我总是急于把一天的每个小时都填满。我有无穷的精力。"

她注意到他耳朵和鼻孔里冒出来几根胡椒色的毛,心里就想,他到理发店去理发时,不知是否修剪这些毛。她不熟悉男人的生活习惯。

"当然了,从某种意义上说,那是种季节性的工作。"

"季节性的?"

"不错。在英国海滨，我们经常遇到刮风下雨天，遇到这种不寻常的天气，当然了，还有冬天，我就到处旅行，兜售清洁用品。"

他迅速地往四周扫了一眼，仿佛要看看她的墩布、笤帚和去污粉等都放在哪里，需要添些什么。

"或许除了那个房间以外，您另外需要一点贮存的地方?"

柯里先生从桌旁站起来，开始收拾碗碟，她看着他，吃惊不小。站在门口台阶上找错地址的这个男人已经成了吃午饭的客人，一个帮着洗碗碟的朋友。

"有个很大的阁楼。"

"上不去。"

"哦。"

"的确我得留点神。背部不能吃力。倒不是说我有病，范肖小姐，我急于向您保证，您绝不会找来一个残废房客。哦，不。像我这个年纪，我的身体算是很健康的。那是因为我平时老活动。"

她想到他挨家挨户敲门，沿着许多大门口的小径走上走下。虽说在夏天他不干这一行。

"全身健康，您可以这样说。"

她想到跑马场上的马，琢磨着不知他结过婚没有。她说："要不，看看楼梯底下的大贮藏室，煤气表就装在那儿……"

"好极了。"

他倒在碗里的洗涤液不多不少，恰到好处。他的袖子已经解开，卷到胳膊肘上，他的上装已经挂到门背后的挂钩上。她看见茸毛像茅草似的覆盖在他强壮的胳膊上，于是十几个问题一齐涌到她的脑子里，因为他尽管好像对她谈了许多关于他自己的事，却仍有许多漏洞。

他告诉她，他在工作中来过这个城镇一次，就爱上了它。"我再也忘不了它，范肖小姐。我当时就对自己说，我待在这儿会非常快乐的。这正是我待的地方。您明白不?"

"因此您回来了。"

"当然啰。我知道我什么时候该怎么办。我熟悉自己那种感觉。我知道命中注定要回到这儿。"

"这是个很小的市镇。"

"可是不杂。"

"我只是这么想——我们这里的好季节非常短，事实上只有七月和八月……"

"嗯?"

"说不定对您的——呃——夏季工作不合适?"

"哦，我认为没问题，范肖小姐，我是这么看的，我仔细琢磨过这类事情，您知道，相当仔细。"

她不再往下问，只是说:"嗯，现在是冬天。"

"不错。我将要——随便找个词儿吧——干我的另外一行。在这样一个市镇，全是像您这样有身份的夫人，房子大，条件好，我会有无穷的、无穷的机会。"

"出售——呃——清洁用具?"

"一点不错。"

"的确我也这样想。"

"现在您感到自豪了，对不对? 谁只要亲眼看见，都会这样想的。"

他朝着小厨房四周挥挥手，把起泡沫的水溅得到处都是，于是她通过他的眼睛看到了这个房间: 干净的窗户，锃亮的水龙头，挑不出毛病的洗涤槽。是的，她感到自豪，这话不错。她母亲就坚持这一点。这会儿，她听见自己在说:"我母亲死了才两个星期。"忘了她已经告诉过他了，同时她再次受到死去母亲的打击，她没法相信那间房间已经空了，她正计划租给柯里先生住。她由于内疚，不禁热泪盈眶。她母亲要是看见一个陌生男人在她们的厨房里洗碗碟，看见这种新的、大胆的友谊，她会怎么说呢？

"你应该先跟我商量的，爱斯姆，你太容易相信人了。你从来不动脑子。你应该先跟我商量商量。"

她母亲下葬后两天，住在丁香花园的别卡达克太太在药房遇见她，曾压低了嗓门提到，她本人能替"死者的家属帮忙"，据爱斯姆理解，这是说她懂得招魂术。别卡达克太太的意思是说，有可能与死去的范肖太太建立联系。爱斯姆大吃一惊，主要是想到那种联系，想到继续与她母亲保持关系，虽然当时她只是说，她愿意让死者好好安息。"请原谅，我想我们不应该去打听他们，或者去跟踪他们。"

这会儿，她听到她母亲在谈论柯里先生。"你总是该特别注意眼睛，爱斯姆，千万别信任两只眼睛靠得太近的人。"

她想要看看他的眼睛，但他正好把头转了开去，只用半边脸向着她。

"或者离得太远。那表示这人懒散。"

她感到羞愧，后悔刚才不该谈到她母亲最近死去，因为她并不想让他发窘，也不想让自己显得歇斯底里。柯里先生已经洗完碗碟，正把两只发红的湿手搭在洗涤槽的边沿上。他说话的时候，声音有点儿变，相当庄重。"不要跟死者隔绝，对死者的记忆是神圣的，这就是我的信仰，范肖小姐。您觉得可以跟我谈谈那位善良的老太太，我真是太高兴了。"

她突然因为有他在这厨房里而感到高兴，因为近来寂静和空虚似乎充斥着屋子的每个角落，有他在场，就把这寂静和空虚打破了。

她说："相处也不容易……我母亲为人非常……直率。"

"别说了，我太理解了。老一代人喜欢有话直说。"

她想，他显然是个非常敏感的人，他能理解字里行间的含义。她真想如释重负地放声大笑,因为现在已经没有必要再细说她母亲是如何唯我独尊,最后几年卧病在床时又如何会折腾人——他知道,他理解。

柯里先生擦干双手,用毛巾轻轻擦着一个个指头,仿佛在戴手套似的。他卷下袖子,扣好袖口上的纽扣,穿好上装。他的动作干净利落,有条不紊。他咳嗽一下。"关于那房间——只剩下租金问题了,范肖小姐,我喜欢当场把这类问题谈清楚。谈钱的问题没什么不好意思的,我希望您同意我的看法。"

"哦不,当然了。我……"

"一星期四镑怎么样?"

她脑袋发晕了。一个房客应该付多少钱,他的早餐花费多少,她都毫无概念,但她又急于公事公办,公平合理。嗯,他已经提出一个在他看来似乎最最合适的数目,在这类事情上他当然比她更有经验。

"目前我住在雪松路一家营业性宿舍里。房间光是油毡铺地,早餐没有热菜。我没过惯奢侈的生活,范肖小姐,您听过我讲的身世,这一点您准会理解,可我想,工作一天之后,我应该享受一点舒适的生活。"

"哦,您在这儿的生活不只是舒适,我保证做到这一点,我将尽我最大的努力。我觉得……"

"嗯?"

她突然忐忑不安起来,不知自己在他眼里如何。

"我真觉得您这次找错地址真有点儿……"

"走运。"

"是的,哦,是的。"

柯里先生微微鞠了一躬。

"您打算什么时候搬进来,柯里先生?有一两样东西……"

"明天晚上,成不成?"

"明天是星期五。"

"或许明天不方便。"

"不……不……当然不……咱们的星期也可以从星期五开始。"

"有您这样的房东太太，我真是太高兴了，范肖小姐。"

房东太太。她真想说："我希望成为您的朋友，柯里先生。"但这话听起来太冒昧了。

他走后，她给自己沏了一壶茶，安安静静地坐在厨房桌旁，有点晕头转向。她心想，这是我生活的一个新阶段。但她仍有点儿心惊肉跳。她这是任性行事，违反她通常所谓的良知。她母亲准会向她提出警告，反对邀请陌生人进屋，就像她孩提时候她母亲老警告她不要在街上跟陌生人说话那样。"你真不知道，爱斯姆，外面什么样的人都有。"因为她母亲最爱读报上的犯罪报道，也爱读写犯罪案件的书籍。克里本医生[1]的生平事迹尤其给了她深刻的印象。

爱斯姆摇摇头。现在，所有卖掉房子、搬到伦敦、出国旅行等等计划必须打消了，一时间她不觉得有点泄气，仿佛旧生活又将继续下去，同时她心里还涌起阵阵疑团，不知她的街坊邻居和亲友们将会怎么说，不知有没有人看见柯里先生手里拿着活页本站在她的台阶上，不知他挨家挨户去兜售清洁用具时会不会被他们认出是范肖小姐的房客，从而不赞成她的做法。毫无疑问，她母亲肯定不会赞成，而且不光是因为他是个"来自街头的陌生人"。

"他是个推销员，爱斯姆，一个站在台阶上的小贩，再说你也不知道他在夏天干些什么工作。"

"他的举止无可挑剔，妈妈，很有旧式的礼貌，讲话也非常和气。"她记起他戴着手套，举起帽子，微微鞠躬，还有他安安静静、信心十足地洗碗碟，仿佛他已经住到了这里似的。

1　即霍利·哈维·克里本医生（1862—1910），系美国公民，1900 年到伦敦开业行医，娶一个英国歌唱女演员为妻，婚后夫妇关系逐渐恶化，克里本在杀妻前三年即与女打字员发生暧昧关系，1910 年杀妻后将女打字员化装成男孩，想逃离英国返美，在航海途中被捕。后来证实他先用毒药将妻子毒死，随后将她的尸体肢解后藏在地窖中，他的生平事迹和审判经过详细地记载在 F. 扬编著的《克里本医生的审判》（1950 年第 2 版）中。

"你怎么知道事情发展下去会怎样，爱斯姆?"

"我准备冒一下险。到目前为止，我冒的险太少了。"

她看见她母亲噘起嘴，手指交叉着，拒绝继续争论下去，只表示她肯定是对的。嗯，现在是她自己过日子了，什么都由她自己做主了。她这一次要按自己的本能行事。她去拿了一张纸，开列了一张日用品名单，好把她母亲的旧卧室布置得舒舒服服给他住。这以后，她要去买些麦片、咸肉和腰子，用来做一个星期早餐。

她惊奇地发现，要不了多少时候她就习惯于有柯里先生在家了。当然了，部分原因是他这个人有非常良好和整洁的生活习惯，她头一次走进他房间去打扫卫生时，简直不相信有人住在里面。床铺得很整齐，衣服都收藏在柜子里——她发现他把衣柜锁了起来，带走了钥匙。只有两双鞋子并排放在盥洗盆底下，一把刮脸刷子和剃刀放在盥洗盆上面的架子上，就是这几样东西表示住着房客。

柯里先生一到八点就很快起身——她先听到闹钟响，随即是新闻广播的报时信号。八点二十分他下楼到厨房里吃早餐，身上散发出刮脸香皂和皮鞋油的气味。他总是说:"啊，早上好，范肖小姐，祝您早上好。"随后简短地评论一下天气。天气"有点冷"，或者"有点阳光，我看"，或者"天阴"。他吃一顿有热菜的早餐，还有烤面包和两杯浓茶。

爱斯姆很为她的早餐感到自豪，她桌子摆得那么齐整，桌布那么干净，他的盘子都放在烤架下面热过，面包等他吃前最后一分钟刚刚烤好，又脆又热。她心里想，真糟糕，像我这样的女人怎么独自住着，完全变得自私。我这种人是需要为人服务的。

九点差十分，柯里先生从楼梯底下的贮藏室里取出他的旅行包，再一次祝她早上好，就离开了屋子。这以后，整整一天她都自由了，可以像往常那样生活，也可以换换花样——虽然她的大部分时间都花在打扫屋子上，尤其是打扫柯里先生的房间，以及到铺子里买些不寻常的东西给柯里先生当早餐。

她想报名参加夜校的补习班学做灯罩，但今年已经太晚，他们告诉她必须在明年夏天以后再申请，因此她到公共图书馆借了一本关于这科目的书，买了些骨架、纸片和缘饰自学。她去了一两家义卖商店，计划在早晨举办一次茶点会，自愿替老年人做点好事。她的生活很忙碌。她很高兴有柯里先生在家。复活节¹到了，她开始猜度不知他从什么时候开始改换夏天工作，也不知干的什么工作。他从来没谈起过。

再说他每天晚上在五点半到六点之间回来，就直接回他自己的房间。有时他又出去一个小时，她揣测大概是到哪儿吃晚餐，或许喝一杯啤酒，但不出去的时候更多，爱斯姆直到第二天早晨才看见他。有一两次她听见音乐声从他房里传出来——大概是收音机播送的，于是她想，屋子里生气勃勃，成为别的什么人的家，听在耳里多令人高兴啊。

某个星期五晚上，柯里先生下楼到厨房里付给她四镑房租，当时她正在把蒸锅里的小羊肉端上桌，就邀请他留下来跟她一起吃晚饭，他立刻答应，速度之快不由得使她感到内疚，因为看起来或许他平时根本不吃晚饭。她决定一遇到合适机会，就向他提出合用厨房。

但合适的机会始终没遇到。相反地，柯里先生每星期有两三个晚上到楼下跟她共进晚餐，她渐渐习惯于买两个人的伙食，后来他提出每星期多给她一镑，她也接受了，有人伴着吃饭多令人高兴啊，虽说这么做未免有点大胆，有点失于检点。她听见她母亲告诉她，晚餐的钱不止一星期一镑。"嗯，我不在乎，我觉得高兴，光是这一点就挺值。"

一天晚上，柯里先生问她会不会算账，她回答说她学过簿记，他就请她帮

忙替他那些买厨房用品的顾客结账。此后，一个月有那么两三次，她按时给他帮忙，他们在餐厅桌上建立了临时办公室，她想起自己干这一类工作是多么拿手，她开始觉得自己有用，开始自得其乐。

他说："嗯，时间不长了，范肖小姐，夏天快到了，在夏天，当然了，我给自己工作。"

但她刚张口进一步打听，他就改换话题。她也不愿意询问如果夏季不订货，那家供应他清洁用品的公司反不反对。

柯里先生很喜欢读书。"在冬天读。"他说，那时他比较空闲。他不看小说、传记或者战争回忆录，只读他的百科全书。他有一套漂亮的百科全书，封面是奶油色人造革的，每月分期付款。晚上，在她邀请下，他常常拿一册书下来陪她，就坐在她对面的圈椅上，她对此也已习以为常。他不时念一段奇特的或者有趣的知识给她听。他的头脑什么都吸收，但尤其吸收关于动物学、地理学或者人类学方面的知识，他说他从来不忘记一个事实，还说你很难知道哪样东西将来对你有用。爱斯姆·范肖在一边仔细听着，双手灵巧地给一个灯罩镶着缘饰——这手艺她一学就会——就这样继续受教育。

"学到老，学不了，柯里先生。"

"多妙啊，咱俩看法一致！多好啊！"

第二天早晨她洗碗碟时，心里就想：不错，多好啊，同时脸上不禁微微一红，心里喜气洋洋，感到一种奇特的兴奋。她真希望能打电话给哪个女朋友，邀请她来喝一杯咖啡，好对她说："有个男人在家里有多好啊，真的，我真意想不到会有这么大的区别。"但她没有知心朋友，她跟她母亲一向自顾自。她真想说："我觉得年轻了，这都得感谢柯里先生。我现在才明白我过去简直半死不活。"

接着到了夏天。柯里先生出去直到晚上九点半或者十点才回来。那只装满笤帚、刷子和去污粉的大旅行包已经收藏起来放到楼梯底下，他也换了服装。

他穿了件奶油色亚麻布上装，戴了顶带黑帽箍的草帽，纽孔里插了朵玫瑰花或者石竹花。他看上去衣冠楚楚，非常神气，她一点也揣摩不透他究竟在做什么工作。每天早晨他离家时，总带着一只又大又方的黑箱子。她心想，我要跟在他后面。但她没那么做。后来，七月的某天晚上，她决定出去探询一下，从镇上别的人那里打听他的情况，现在他穿着夏季新装，的确惹人注目，因此肯定会有人知道柯里先生。她心里依稀觉得，他可能是海滨摄影师。

她自己的装束很不一样——身穿一套白色凸纹布连衣裙，这套衣服是在十五年前买的，不仅还能穿，而且挺合身。头戴一顶硬草帽，帽檐上系着缎带，倒跟柯里先生的帽子没什么差别。她打扮得漂漂亮亮沿着大门前小径出去时，简直不敢往四周张望，明知道那些街坊邻居都在注意她、议论她。因为现在谁都知道，范肖小姐有了房客。

夏天，她几乎从来不到海滨大道上去。她把这情况对柯里先生说过。"我走住宅区街道，只到离家很近的铺子去，我非常讨厌夏天的人群。"此外，她母亲过去也老跟她嘀咕，说夏天的来客都"没什么身份"。可是今天晚上她在温暖的暮色中散步，闻着海的气味，不禁为过去的这种想法感到羞愧，她不喜欢任何人猜想她从小在一个势利的家庭中长大——应该自己活，也让人活，正如柯里先生告诉她那样。沿着海滨坐在折叠椅上或者成双成对在散步的人们看上去都十分好，十分可敬，也有不少上了年纪的妇女和一家家携带循规蹈矩的孩子们的人，因为这是个有身份的人住的小小胜地，低级的大型游览车在这儿不受欢迎。

但是看不见柯里先生。没见有任何海滨摄影师。她在海滨大道上走得相当慢，东张西望。那儿是池子，在战争纪念碑旁边，孩子们可以在池里行驶小船，沿着兰克利夫旅馆的花园是打高尔夫球的绿色草地。真的，她想，我应该经常出来，夏天这儿真的非常惬意，许多大好时光都被我错过了。

她走到高尔夫球草地时，就停住脚步，又不愿回去，因为这会儿她的起居室很黑暗，她确实不想在七月中旬做灯罩。她正要挨着一对上了年纪的夫妇在一条绿色长凳上坐下，享受一下薄暮的芬芳，就在这时候她听到了音乐。过了一会儿，她认出了那声音，那曲调经常从柯里先生关着的卧室里传出来。

那边，就在旅馆和高尔夫球草地对面的一个角落里，她看见了柯里先生。那只黑箱子里装的是手提唱机，老式的，装有喇叭，唱机放在人行道上。旁边站着柯里先生，草帽微微歪向一边，手杖夹在腋下，纽孔都扣上纽扣。他正在唱歌，声调很好听，但嗓子有点破，一边还煞有介事地跳着一点踢踏舞，他的两只小脚和着拍子动得很快、很轻巧。

爱斯姆·范肖用一只手捂着脸，觉得自己脸上发烧。想躲起来不让他看见。她转过头去眺望着海，耳畔全是伤感的音乐声。但柯里先生只注意聚集在他周围的那个小小的人群。对面路上有两个人走过，其中一个穿过马路来瞧热闹。柯里先生还在那里跳舞，他那张上了年纪的脸上露出凝固的笑容。他的脚旁有一顶倒放着的礼帽，人们就往里面丢银币。唱机停了，他弯下腰去，干净利落地把唱片翻了个个儿，又开始跳舞。放完第二段乐曲，他收拾起唱机，沿着海滨大道往前走去，重新开始他的表演。

她坐在绿色长凳上，觉得有点头昏脑涨，心跳得厉害。她想起她母亲，想起她会怎么说，她还想起这一向她在别人的心目中显得有多可笑，现在当然有人知道了，当然市镇上都有一半人都看见柯里先生了。他音乐的旋律在夜空中顺着海滨大道传来。这会儿天快黑了，大海又慢慢爬回到鹅卵石上。

她想回家，想把柯里先生房间里的东西全都扔到街上，锁上大门。她想打电话叫警察，或者叫她叔叔塞西尔，想去找她邻居。她受了侮辱，受了欺骗，丢尽了脸。由于羞耻，她差点哭出来。

一霎时，她又想，她所谓的"羞耻"又是什么？柯里先生不是不诚实。他不曾告诉她他夏天干什么工作，他没撒谎。或许他之所以不告诉她，就是怕她不赞成。那是他自己的事。再说当然了，毫无疑问，在冬天那几个月里，他肯定挨家挨户兜售清洁用品。他付清房租。他干净整洁，是个讨人喜欢的伴侣。到底有什么可害怕的呢？

随即，她立刻怜惜起他来，同时他在她眼里也变成一个富于浪漫色彩的人物，因为他的舞跳得很好，歌也唱得不错，别具一种风格。或许他过去当过音乐厅演员，有过一段引人入胜的历史，她爱斯姆·范肖算是什么人，竟要藐视他，她自己又有什么才学？她可曾向人提供娱乐来挣钱糊口？

"我早告诉你了，爱斯姆。我跟你说什么来着？"

"说什么来着，妈妈？您有什么可告诉我的？您干吗老来打扰我？"

她母亲不吭声了。

于是她悄悄地拿起手提包，离开了绿色长凳和海滨大道，穿过住宅区的黑暗街道，经过散发出玫瑰和夜紫罗兰香味的花园，经过敞开的窗户，朝散步公园走去。到家以后，摘下草帽放好，却仍然穿着那套白色凸纹布连衣裙，因为当晚天气很暖和。她下楼走到厨房里，煮了一壶咖啡，拿了一盘夹馅面包和一盘饼干一起放在托盘里。不一会儿柯里先生进来了，她喊着招呼他，说："请进来跟我一起吃点儿点心，我肯定您吃得下，我肯定您已经累了。"

说罢，她从他脸上看出，他明白她已经知道了。

不过当天晚上什么也没说，直到几星期后，在八月里某个刮风的寒冷晚上，柯里先生坐在她对面，阅读从英文字母 COW 到 DIN 那一卷百科全书。爱斯姆·范肖瞅着他，说道："柯里先生，我母亲常说：'我老喜欢来点儿歌舞，换换花样。欣赏歌舞，可以让你忘掉一切。'"

柯里先生微微鞠了一躬。

鉴评：孤独是一种可怕的惩罚

　　在著名的科幻小说《格兰特船长的儿女》的结尾,邓肯船长把那个十恶不赦的罪犯抛弃在一个荒岛上,还给他留下足够的粮食与生活用品,不是要夺去他的生命,而只是要让他长期去过孤独的生活,以作为对他的惩罚。

　　凡看过这部小说的人都不会怀疑,在现代人的观念里,孤独是一个多么可怕的东西。

　　由此,在现实生活里,在文学作品中,就有了种种对孤独这个阴影的排遣、抵御与摈拒。我在美国认识一位朋友,他母亲孤身一人住在乡下,家里就养着十多只猫。她给每只猫都取了一个人名,为它们忙活一日三餐,就是她每天主要的工作与乐趣。如果身边没有共同思想感情、共同语言的人为伴,那么,为什么不与对自己有某种依存性、与自己也不乏某种"信息交流"、有时似乎也稍解人意的畜类为伴? 在西方社会里,养狗养猫成风,正是人的孤独这种存在状态到处可见、人在这种状态中力求做些排遣的反映。

当我们了解了西方社会生活的这个特点后，就不难理解为什么范肖小姐这么快就接受了一个初次上门、来历不明的男人做她的房客，为什么这么快由只按照惯例供应早餐到主动邀请他每天共进主餐，为什么这么快每晚同他一同坐在客厅里消磨时光，就像一家人一样，为什么即使发现了他原来是一个在街头卖唱讨钱的低级艺人之后，仍然维持现状，不改变已经建立起来的亲近关系。而当我们见她经历了这一考验、越过了这个障碍后，谁都会这样想："嗯，范肖小姐肯定要嫁给这个男人！"

在这个故事里，存在着一种强大的动力与急迫感，一种催促着她与她所遇见的人建立起某种纽带以免失之交臂的动力，一种要打破她那所房子里一片空虚与寂寞的急迫感。啊，孤独，可怕的孤独，它使你对任何一张在你门口出现的面孔都感到亲切、温暖。这就是这个短篇小说的心理基础。

这能算是爱情？爱情似乎是年轻人的专利与特权，范肖小姐已经年过半百了，她还想来点儿歌舞？短篇的标题虚夸了她的幸福，她只不过是在寻找一种抵御孤独的方法而已。她所得到的，也不过是上了年纪的人那种"伴侣之爱"，那种光为了有人在一起说说话的爱情，有人在跟前填充那一大片空寂的爱情。远没有歌舞那么强烈、旖旎、浪漫，没有捎带着一丁点儿奢侈，只是一种最简单、最平常不过的生活需要，在现实生活里，是一种"低档的"爱情形式，就像北京冬天的大白菜一样廉价而必需。

尽管作者的标题与行文都有点幽默俏皮，对范肖小姐似略带嘲讽，但如果她不是怀着深挚强烈的人道主义感情，她是不会落眼在抗拒孤独这个主题上的，是不会选取这种值得怜悯的小人物的生活悲欢作为素材的。

莉海娅

［意大利］ 兰佩杜萨
袁华清 译

作者简介

兰佩杜萨（1896—1957），出身于意大利一个没落的贵族之家，毕业于都灵大学法律系。参加过两次世界大战。战后，从事文学的研究与教学工作。兰佩杜萨具有深厚广博的学识，其文学创作数量不多，但他的长篇巨作《豹》是意大利文学中著名的杰作。

一九三八年深秋，我对世事人情十分厌倦。我住在都灵，我的一号女朋友乘我睡觉时在我的口袋里乱翻一气，想找几张五十里拉的钞票，结果发现了二号女朋友的一封短信，尽管里面错字连篇，但我俩的关系却可以明白无误地看出来。

我立即被叫醒，经历了一场风暴。佩隆大街上的这个小小寓所里，回响着不堪入耳的骂声。她甚至想来抠我的眼睛，我只好拧着这位可爱姑娘的左手腕，挫败了她的企图。这个完全合法的自卫行动使一场争吵结束，然而牧歌式的爱情也告终了。姑娘匆匆穿好衣服，把粉扑、口红、手绢，还有那张"闯了大祸"的五十里拉钞票塞进手提包，冲着我的脸骂了三次"猪猡"，扭头便走。她在这暴跳如雷的一刻钟内，比任何时候都可爱。我在窗口看着她走出门，消失在晨雾中：高高的个子，苗条的身材，还像往常那样优雅。

我再也没有见到她，就像再也没有见到那件花了不少钱买的黑开司米毛衣一样，糟糕的是那件毛衣的式样男女通用。她只在床上留下两个据说"别在头上看不出来"的弯发夹。

当天下午，我和二号女朋友本来约好在卡洛·费利切广场上的点心店见面。二厅西角的那张小圆桌是我们的常座，可是我看见的不是我渴望见到的姑娘的栗色头发，而是托尼诺的调皮脸蛋。托尼诺是她的小弟弟，十二岁，刚吃完一块双色巧克力。我一走上前去，他就以都灵人惯有的彬彬有礼姿态站起来。"先生，"他对我说，"皮诺塔不来了，她让我把这张条子给您。再见，先生。"他拿起碟里剩下的两块奶油蛋糕，走出店去。这张象牙色硬纸片上写着：她和我彻底决裂了，因为我行为下流，"像南方人那样无耻"。显然，一号女朋友找到了她，让她跟我吹掉，因为我脚踏两只船。

在十二小时之内，我竟丢掉了两个互为补充、对我都有用的女朋友，外加一件爱不释手的毛衣，还为那个该死的托尼诺付了点心钱。我这个典型的西西里人的自尊心受到了伤害。我颓唐沮丧，决定在一段时间内不涉足灯红酒绿的上层社会。

在这段绝迹上流社会的时间内，最适合去的地方莫过于波河大街的那家咖啡馆。现在只要一有空，我就像一条狗似的，独自一人到那儿去。每天晚上，报社里的工作干完，我总要去。这里像一个地狱，充斥着退伍中校、退休法官和领养老金的教授们的苍白身影。这些似有若无的身影在白天被廊柱和乌云遮掩，晚上在被绿色大灯罩挡暗的光线下打扑克、玩骨牌。他们从来不高声说话，因为害怕声音过大会使自己虚幻的身影解体。一个名副其实的地狱。

我像一头循规蹈矩的牲畜，总坐在厅角那张小桌子边。这张小桌子是精心设计的，以便使顾客尽可能舒服。我的左面坐着两个幽灵，他们是高级军官，正和两个在上诉法院当顾问的行尸走肉下四人棋。军官和法学家的棋子从皮子做的棋筒里轻轻滑出，不发出任何声音。我的右边老是坐着一位年事已高的先生，他裹着一件旧大衣，羊皮领子上的毛已全部掉光。这位先生一刻不停地看着外国杂志，抽着托斯卡纳雪茄，不时往地上啐一口。他有时合上杂志，好像在吞云吐雾的同时追踪着某个回忆。然后他又开始看杂志和往地上啐。他的那双手甚是丑陋，瘦骨嶙峋，紫红色，指甲留得老长，并不是一直很干净。有一次他在一本杂志里发现一幅古希腊雕像的照片，雕像的眼睛离鼻子很远，脸上露出诡秘的微笑。我惊讶地看见他畸形的手指轻轻地、一本正经地抚摸着这幅照片。他发现我看到了，气得哼唧了几句，然后又要了一杯咖啡。

　　如果不是发生一件巧事，我们的关系中可能会一直隐伏着这种敌对情绪。我离开编辑部时总要随身带上五六份报纸。有一次，我带的报纸中有一份《西西里日报》。那几年，人民文化部[1]十分厉害，所有的报纸办得一模一样。这份巴勒莫出的日报比往日更缺乏特色，和米兰或罗马的报纸没有区别，只是排字错误更多。所以我只是匆匆扫了一眼，便立即撂在小桌上。我刚开始欣赏人民文化部的另一份喉舌报时，我的右邻对我说："对不起，先生，我看看您的《西西里日报》，您不会生气吧？我是西西里人，二十年没看到家乡出的报纸了。"他讲起话来温文尔雅，发音无懈可击，他那双灰色眼睛若无其事地看着我。"请吧，请看吧。您知道吗，我也是西西里人，您如果愿意的话，我每天晚上都可以带一份《西西里日报》来，对我来讲不费事。""谢谢，我并不认为有这样的必要，我只是感到好奇而已。假若西西里还像当年我在的时候那样，我就想象得出那儿一切都很糟，三千年来一贯如此。"

1　墨索里尼政权严密控制文化事业的法西斯机构。

　　他走马观花似的浏览了一遍，然后把报纸叠好，还给我，接着便聚精会神地看起一本小册子来。他要走了，显然是想不打招呼悄悄溜掉，不过我已站起身来，把我的名字告诉他。他在牙缝里嘟哝了一句，报出自己的名字，可是我没听清楚。他没有向我伸出手来，然而走到咖啡馆门口时，却回过身来，脱了帽，大声说道："再见，老乡。"他在门廊中消失了，我觉得茫然，正在玩牌的幽灵们发出了不满的嘀咕声。

　　我好不容易才把服务员叫来，指着右边的空桌子问他："刚才那位先生是谁？""他嘛，"他答道，"是参议员罗沙里奥·拉·丘拉。"

　　尽管我的新闻知识很浅陋，不过我对这个名字却很熟悉：拉·丘拉是公认的享有世界声誉的五六位意大利人之一，是当代最著名的希腊学家。厚厚的杂志，对古雕的喜爱，古怪的脾气，内在的文雅都在我心中得到了解释。

　　第二天我在编辑部翻阅为"待发"讣告准备的特殊卡片箱，里面有拉·丘拉的卡片，材料是陆续收集的，挺详细。原来这位大人物出生在阿契—卡斯泰罗市（卡塔尼亚省）[1]一个贫穷的小资产阶级家庭中，学希腊文毫不费劲，令人吃惊。他靠奖学金念完大学，后来出版了几本专著。二十七岁在帕维亚大学取得教授希腊文学的资格。后来他转到都灵大学执教，一直到退休为止。他曾到牛津和图宾根[2]讲课，还曾多次作过长途旅行，因为在法西斯上台前他是参议员，是林契依科学院[3]的院士，是耶鲁、哈佛、新德里和东京大学的名誉博士，当然也是包括乌普萨拉及萨拉曼卡[4]在内的所有欧洲名牌大学的名誉博士。他的著述不计其数，许多论文，尤其是有关爱奥尼亚地区[5]方言的论文，就被认为是经典著作。再说一句，他是特乌勃纳出版社[6]邀请的唯一外国人，负责编选出版

1　位于西西里岛东部。
2　位于现西德巴登—符腾堡州，有图宾根大学。
3　意大利首屈一指的科学院。
4　乌普萨拉大学在瑞典；萨拉曼卡大学在西班牙。
5　在希腊。
6　德国著名出版社。

埃西奥都斯[1]的诗歌集。他用拉丁文写了一篇序言，学术上有独到之处。最后，他不是意大利科学院[2]的院士，这是他的最大荣誉。他胜过其他学识渊博的同事们的地方，在于能以生动的语言解释古典作品，这表现在他用意大利文写的论文集《人与神》中。这些文章不仅具有很高的学术价值，而且读起来诗意盎然。总之，他是"民族的骄傲，文化的灯塔"——卡片编写者用这句话作结。他七十五岁，靠领取养老金和参议员津贴过日子，生活虽不阔绰，但蛮舒适。他一直未娶。

不能否认，我们意大利人作为文艺复兴的正宗子孙（或者是父母），向来尊敬比任何人都高明的伟大的人文主义者，现在我每天可以接近这门玄妙、深奥、专和死人打交道、没什么用处的学问的最高代表，感到飘飘然，也颇觉不安。我像一个初见吉勒特[3]先生的美国小伙子一样：畏惧，崇敬，怀有一种特殊的、不带恶意的羡慕。

这天晚上，我抱着与前几天迥然不同的心情来到那家地狱咖啡馆。参议员已经坐在自己的位置上。我恭恭敬敬地向他问好，他只是咕噜了一句作答，声音低得几乎听不见。不过当他看完一篇文章，并在笔记上记下一句话以后，便朝我转过身来，用动听得叫人纳闷的声音对我说："老乡，从你向我问好的方式判断，我知道，这些蛆虫当中有人向你说过我是谁了。忘了它吧，把高中里学过的古希腊文动词不定式也忘掉吧，如果你还没有忘记的话。你倒是告诉我你叫什么名字，昨天晚上你介绍自己时一带而过，我又不像你那样爱到别人那儿去打听，何况这儿肯定不会有人了解你。"

他讲话时傲慢而冷淡，可以看出来，对于他来说，我远远不如一只蟑螂，不如一粒在阳光中飞来飞去的尘埃。不过他平静的声调、精确的措辞，以及对我

1　古希腊诗人。
2　1926年成立，1944年解散，听命于法西斯政权。
3　吉勒特，美国工业大亨，安全刮胡刀的发明人。

称"你"，又使我觉得他是在跟我进行一场推心置腹的、富有哲理的谈话。

"我叫保罗·科尔贝拉，出生在巴勒莫，在那里的法律系毕业，眼下在《新闻报》编辑部工作。参议员，为了使您放心，我要补充一句，高中毕业考试时，古希腊文了'五加'，我的意思是说，还好添上这个'加'，我才得到了文凭。"

他微微张开嘴笑了笑："谢谢你告诉我这件事，这样更好。我讨厌跟那些自以为博学而实际上一窍不通的人谈话，我在大学里的同事便是这样。他们最多只知道古希腊文的外部形式及其变态和特殊规则，他们没有发现这种文字的精华，反而可笑地认为它已经'死'了。顺便说一句，他们什么也发现不了。话又说回来，他们也真可怜：既然从来也没有机会听人讲过古希腊文，又怎么能发现这种文字的精华呢？"

不错，骄傲总比假客气好，然而我总觉得参议员过分夸大，甚至闪过这样的念头：年纪把这个特殊的脑袋搞糊涂了。那些可怜的同事听人讲古希腊文的机会和他一样多，也就是说，从来没有过。

他接着说："保罗……你运气不错，名字和那位唯一有点文化、识几个字的门徒一样。[1] 但是，你如果叫吉罗拉姆则更好。你们这些基督徒取的其他名字都很庸俗，奴才的名字。"

他继续揶揄我，他好像真是一位和教士作对的学者，还带有尼采的法西斯哲学味道。这可能吗？

他滔滔不绝地讲着，像是沉默了很久刚得到说话机会。"科尔贝拉……我没记错吧，这是西西里一个望族的姓，对吗？我记得，我父亲每年要为阿契—卡斯泰罗市的那栋房子交一笔数目很少的租金，是交给科尔贝拉·迪·帕利纳的管家的，房主也可能叫沙利纳，记不清了。父亲每次都开玩笑说，这几个里拉绝不

1　耶稣的十二门徒之一也叫保罗。

会落到'房产的直接拥有者'——这是他的原话——的口袋里。你是这个科尔贝拉家族的成员吗？也许是个盗用这个望族姓氏的庄稼汉的儿子吧?"

我承认我正是科尔贝拉·迪·沙利纳家族成员，而且是唯一正宗后裔。在我一人身上集中了这个家族的一切豪华、一切过失、一切未征收的赋税和一切未偿还的债务，总之，集中了这个以豹作为纹章的望族的一切。令人费解的是，参议员似乎甚为满意。

"很好，很好。我对源远流长的望族向来很尊敬。它们令人缅怀，值得回忆的东西诚然很少，但总比其他人家要多一点。它们，我是说你们这些人，最好能够一直传宗接代下去。科尔贝拉，赶快结婚吧，因为你们这些人要延续下去，最好的办法莫过于把你们的种子撒向天涯海角。"

我可真忍不住了。"你们这些人"！"你们这些人"到底是谁呢？是指除拉·丘拉参议员以外的芸芸众生吗？他传宗接代了没有？从他那布满皱纹的脸和虚胖的身体来看，好像没有……

"科尔贝拉·迪·沙利纳，"他一味往下说，"我把你当作我的那些青年学生一样，一直用'你'相称，不生气吧?"

我请他放心，说实在的，我觉得既荣幸又高兴。姓氏、家谱谈完后，话题转到西西里。他二十年没到西西里了，最后一次"到那旮旯去"（他用的是皮埃蒙特方言）只待了五天，是在锡拉库扎，同保罗·奥尔西商榷有关古典戏剧中的半合唱形式的互相置换问题。"我还记得，他们想用小汽车把我从卡塔尼亚送到锡拉库扎，我直到确知公路在奥古斯塔附近离海很远，而铁路却贴着海岸时，才表示同意。你给我讲讲我们的西西里岛吧，这是一片美丽的土地，尽管上面住的全是蠢驴。天神们曾在那里居住过，或许每年八月份仍然要来住一阵子。但是不必给我介绍那四座刚修复的神庙，因为我可以肯定你自己也一点不明白。"

于是我们谈起了永恒的西西里，谈起了岛上的自然物，谈起了内勃罗弟山上迷迭香的芬芳，谈起了梅利利城的蜂蜜的味道，谈起了怎样在埃纳欣赏被五月的和风吹得层层翻滚的麦浪，谈起了锡拉库扎周围的名胜古迹，也谈起了巴勒莫：六月份，某些夕阳西下的傍晚，空中弥漫着一阵阵柑橘花的扑鼻芳香。我们还谈到卡斯特拉马雷海湾的迷人夏夜：沉睡的海映着满天星斗，人们仰卧在乳香黄连木丛中，其灵魂在天际遨游，其肉体却紧张惊恐，害怕魔鬼走近。

参议员几乎有五十年没在那儿长住了，但他对一些细节的记忆却准确得出奇。"海，在我见过的所有海中，锡拉库扎的海最绚丽，最富于浪漫色彩。你们可以毁坏一切——指的是城外的一切——但不能毁坏海。海边餐馆里还能吃到剖成两半的海胆吗？"我说还能吃到，不过我补充道，吃的人很少，因为怕得伤寒病。"可这是你们那儿最好的东西，肉红色的筋腱，模样很像女人的某种器官，带着海水和海藻的香味。什么伤寒不伤寒！海里的东西说有危险都有危险，有的致人死命，但也有的使人长生不老。在锡拉库扎时，我总要让奥尔西给我找海胆。滋味真鲜美，模样真神圣！这是我近五十年来留下的最美好的回忆！"

我困惑莫解，同时也被他的话所深深吸引。一个像他这样的人居然会作出这么一些近似淫秽的比喻，居然会像小孩子一样对滋味并非十分鲜美的海胆这么垂涎欲滴！

我们还谈了很久，他临走的时候，坚持替我付咖啡钱，可是嘴里又出言不逊（"大家都知道，名门子弟的口袋里向来空无一文"），这是他的特点。我们像老朋友那样告别了，尽管我们的年龄相差五十岁，我们的文化水平相差几千光年。

每天晚上我们都见面，虽然我对世人的怨愤情绪已经开始消失，却仍旧把到波河大街的这个鬼地方和参议员见面当作自己的义务。我们聊得并不多，他只顾看书和做笔记，只是偶尔对我说几句话，但是只要一开口，就抑扬顿挫，口若悬河，有时盛气凌人，有时旁敲侧击，有时像诗歌一样费解。他也不断往地上啐，最后我发现他只是在看书的时候才往地上啐。我认为他已经对我产生了某种好感，但我不能因此异想天开。如果真的有好感的话，他的"好感"也肯定不是"我们这些人"（恕我借用参议员的话）对别人可能产生的那种感情，而更像一个老处女对自己的小狗可能产生的那种感情：她知道小狗愚鲁笨拙，不谙事理，但是有狗在身旁，她就可以对这只什么也听不懂的小动物高声诉说自己的哀怨了，如果身边没有小狗，她会感到闷闷不乐。真的，我开始觉察到，如果我迟到了，这个老头骄傲的眼睛总是怔怔地注视着门口。

　　差不多一个月以后，他从饶有风趣但内容空洞的谈话转到了畅所欲言，直抒胸臆，这是挚友之间的交谈与普通熟人之间的闲聊的唯一不同之处。是我采取了主动。他老往地上啐，我很不习惯（地狱咖啡馆的服务员也看不惯，最后在他桌旁放了一个亮铮铮的铜痰盂）。一天晚上，我贸然问他为什么不治治这个讨厌的多痰症。我没有思考便提了这个问题，刚问完便后悔不该这么冒失，心想参议员准会大发雷霆，把我骂得狗血喷头。可是他却和颜悦色地回答道："不，亲爱的科尔贝拉，我没痰。你既然这么注意观察，那就应该发现，我往地上啐之前从不咳嗽。我往地上啐并不是因为我有病，恰恰相反，因为我思想健全，我只是在看到傻话累累、味同嚼蜡的段落时才往地上啐。如果你愿意检查一下那边那个玩意儿（他指了一下痰盂），你会发现里面只有很少几口唾沫，一点痰的痕迹也没有。我啐唾沫是象征性的，是一种有高度教养的举动，你倘若不习惯，那就回到你待惯的客厅里去好了。那儿人们不啐唾沫，只是因为他们从来不想对任何事情感到厌恶。"他那副傲慢至极的神情只是因为他朝远方看了一眼才有所减弱，我真想站起来抛开他就走，还好，我思索一下以后，责怪自己太不冷静。我坐着没动，不可一世的参议员立即转入反攻。"而你，你为什么常到这个充满着魔影、充满着你所说的痰液的鬼地方来？为什么到这个充满着失意者的地方来？都灵城里会使他们这些人产生欲望的娘儿们并不缺乏。只要到卡斯泰罗旅馆，到里伏利，或者到蒙卡利埃里和温泉浴池去转一圈，你们的肮脏欲望便立即可以得到满足。"这位学问渊博的人居然讲出了都灵烟花场的确切地址，我听后不禁笑了起来。"参议员，这些地方您怎么会知道的?""我全知道，科尔贝拉，我全知道。经常到教务委员会和参议院去转转，就会知道这些情况，也只能知道这些情况。不过请你相信，罗沙里奥·拉·丘拉从来也不像你们这些人那样恣情纵欲。"看来这是事实：从参议员的言谈举止判断，他在性方面采取抑制态度是确切无疑的（"确切无疑"是一九三八年的惯用语），这和他的高龄没有任何关系。

"事实是这样的，参议员，我到这儿来，恰恰是想暂时找一个远离上流社会的避难所。我和您刚才所说的那种娘儿们中间的两个闹了一场风波。"他的回答既迅速又尖刻："头上长角了[1]，是不是，科尔贝拉? 要么是染上病了?""既没有长角，也没有染上病，但比这两种情况还要糟：她们把我甩了。"接着，我把两个月前发生的那桩可笑的事情告诉他。我的叙述绘声绘色，因为我自尊心上的创伤已经收口了。如果在我面前的不是这位古怪的希腊学家，而是其他人，我准会遭到讥笑，或者碰巧也会得到同情，然而这个可怕的老头却既不讥笑我，也不同情我，他只是感到愤慨。"科尔贝拉，和一身是病、穷酸寒碜的女人瞎混，准会发生这种事。如果我有一天倒了霉，碰见那两个小娼妇，在她们面前谈起你的时候，我会讲同样的话。""你说她们一身是病吗，参议员? 不，她俩身体棒极了，只要看看她们在斯佩基饭馆吃饭时的那种样子就可以知道了。她们也不穷酸寒碜，相反，是两位打扮得甚为俏丽的姑娘，举止也很优雅。"参议员气愤得又啐了一口。"她们一身是病，没错，一身是病。五六十年以后，或者还要早得多，她们准完蛋。可以说，她们现在就已病魔缠身了。说她们穷酸寒碜也没错：她们的俏丽打扮靠的是乱七八糟的衣裙饰物，毛衣是偷来的，优雅的举止则是从电影里学来的。她们的高贵便在于会从情人的口袋里掏出油污的钞票，

1　指妻子有外遇。

而不是像有的女人那样把珊瑚和粉红色的珍珠拿去送给情人。跟这些涂脂抹粉的丑八怪在一起，只会发生这种事。她们和你，你和她们，都将成为一堆尸骨。你们在臭气熏天的被单中亲嘴时，难道不觉得恶心吗？"我傻乎乎地反驳道："我的被单一直是干干净净的，参议员！"他发火了："这和被单有什么关系？你们不可避免地要成为一堆腐臭的尸骨。我再说一遍，怎么能和她们这种人在一起瞎混呢？"我已尝过一点艳遇的滋味，听了这话很不痛快："可是，总不能只许人家跟名媛贵妇上床睡觉啊！""谁跟你提名媛贵妇了？她们和别的女人一样，也只配送进坟墓。不过，小伙子，这些道理你无法理解，我不该跟你啰唆。你和你的女朋友命中注定要深深陷进淫欲的泥潭。有自知之明的人太少了。"他望着天花板，微笑着，脸上显出一副自鸣得意的表情。不久，他握握我的手，走了。

　　此后的三天中我没见到他，第四天我在编辑部接到一个电话。"您是科尔贝拉先生吗？我叫贝蒂娜，是参议员拉·丘拉先生的管家。他让我告诉您，他得了重感冒，现在稍微好点，今天晚饭后想见见你。请你九点钟到贝托拉大街十八号来，上二楼。"她不由分说，挂断了电话，不给我以考虑的余地。

　　贝托拉大街十八号是一栋年久失修的旧楼房，不过参议员住的那套房子倒挺宽敞，拾掇得很好，大概应该归功于贝蒂娜的坚持。从门厅开始就摆着书，都是些当今图书馆里常见的、装帧简单的廉价书。我走过的三间屋子里有几千本书。参议员坐在第四间屋子里，身上裹着一件宽大的驼毛睡衣，我从来没有见过这么细密柔软的驼毛衣料。后来才知道这不是驼毛料子，而是秘鲁高级羊毛料子，是利马大学校务委员会送给他的礼物。我进屋时参议员虽然没有站起来，但仍然很亲切地迎接我。他好点了，可以说一切良好。过几天，等袭击都灵的寒流过去后，他打算出门走走。他用雅典市意大利学会的礼物——塞浦路斯松脂酒，以及安卡拉考古代表团的馈赠——甜得腻人的土耳其式玫瑰色软糖招待我，还拿出样样事情考虑周到的贝蒂娜买来的一些配料最恰当的都灵甜点心。他心情十分愉快，张口笑了两次，甚至还为自己在地狱咖啡馆里讲话过火而表示道歉。"我知道，科尔贝拉，我的言辞过激，不过请你相信，我的想法是温和的。别再想那些了。"我并没有想起那些话，相反，我对这位老人充满了崇敬。我怀疑他尽管学术上百事顺遂，生活上却十分不幸。他吞食着难以下咽的土耳其式软糖。"糖，科尔贝拉，只要甜就行了。如果糖带上别的味，就会像性变态者的吻一样。"他扔给艾阿科几大把面包屑，艾阿科是一条高大的纯种狗，不知道在什么时候进了屋。"科尔贝拉，懂狗的人都知道，狗虽然其貌不扬，可是比你那些骚娘们更加超凡脱俗。"他不让我看他的藏书，"全是古典作品，像你这种连希腊文也考不及格的人是不会感兴趣的。"他倒让我在我们现在待着的屋子里走了一圈，这是他的书房。书很少，我在其中看见了蒂尔索·德莫利纳的剧本、拉莫特·富凯的《女水神》、吉罗杜的同名剧本，另外，使我惊讶的是还有赫·乔·威尔斯的作品[1]。可是墙上却挂着几幅古希腊雕塑的巨幅照片，和实体一样大。这不是我们能买到的普通照片，而是质量精致的摄影佳作，显然是他以权威身份向世界各国的博物馆索取的。所有著名雕塑的照片都有，包括罗浮宫的《骑士》，塔兰托出土而珍藏在柏林的《女神坐像》，代尔菲出土的《战士》，阿克罗波利斯出土的《科勒》，奥林博斯出土的《皮翁比诺的阿波罗神》《拉皮蒂族女人》和《太阳神》，遐迩闻名的《车夫》……他们雍容华贵，落落大方，屋里到处可以看见他们那种欣喜和嘲讽参半的微笑。"你瞧，科尔贝拉，这些照片或许还讨人喜欢，'娘儿们'则不行。"壁炉上摆着几件古代的双耳陶罐和大口酒坛，上面画着绑在桅杆上的奥德修斯和因为让俘虏逃脱而撞礁赎罪，以致粉身碎骨的一向以歌声诱惑海员触礁的鱼美人。"全是胡诌，科尔贝拉，是小资产阶级情调的诗人胡诌出来的。谁也逃不脱她们的手掌，即使侥幸逃脱，她们也不会因为这么一点小事而自尽的。另外，她们怎么会死呢？"

　　茶几上有一幅旧照片，已经变色了，镶在一个普通镜框里，照片上是一位

1　蒂尔索·德莫利纳，西班牙剧作家。拉莫特·富凯，德国诗人和小说家。让·吉罗杜，法国剧作家。赫伯特·乔治·威尔斯，英国小说家，以科学幻想小说著称于世。

二十来岁的青年，几乎一丝不挂，头发鬈曲蓬乱，表情志得意满，是个少有的美男子。我有些奇怪，在这幅照片前停了一下，我以为明白了。其实根本不是那么回事。"这个人，老乡，就是以前、现在和将来（他特别强调这个词）的罗沙里奥·拉·丘拉。"

这个穿着睡衣的可怜的参议员，年轻时原来像天神一样英俊。

后来我们换了话题。我临走前，他拿出一封科英布拉大学[1]校长写给他的法文信，信上聘请他担任五月份将在葡萄牙举行的希腊研究大会的荣誉委员会委员。"我很高兴，我将和法国、瑞士和德国的大会代表一起，在热那亚登上莱克斯号客轮，我要像奥德修斯一样，堵住耳朵，不听那些神经病患者的胡言乱语，在船上的那几天一定很愉快：太阳，湛蓝的颜色，海的气息。"

我们出门时重新经过那个摆着威尔斯作品的书架。我斗胆告诉他，看见这儿有这些书，我很奇怪。"你说得对，科尔贝拉，这些作品很可怕。其中有一部小说，我如果再看一遍，一定会想接连啐一个月唾沫，你这只客厅里的哈巴狗则一定会惊呼写得太荒唐。"

自从我上他家去过一次以后，我们的关系变得十分亲密，至少我觉得如此。我费尽心机，从热那亚搞到一些十分新鲜的海胆。当我知道第二天即将运到时，便买了一瓶埃特纳山的葡萄酒和一些农家自烤的面包，然后忐忑不安地邀请参议员光临我的寒舍。他彬彬有礼地接受了邀请，我着实松了一口气。我开着自己的巴比拉牌小汽车去接他，一直把他接到名声欠佳的佩隆大街。他在汽车里有些害怕，对我的开车技术很不放心。"现在我了解你了，科尔贝拉，如果咱们不幸在路上遇见一个穿裙子的美人，你一定会转过头去，咱俩准会在墙角撞得头破血流。"我们没有碰到任何值得一看的穿裙子的美人，平安无事地抵达。

从认识他起，我第一次看见他张口大笑：这是在走进我的卧室的时候。

1　葡萄牙的一所著名大学。

"嗬，科尔贝拉，这就是你寻欢作乐的场所啰！"他翻看着我为数很少的几本书。"不错，不错。也许你不像表面上看来那么无知。这个人，"他拿起我的一本莎士比亚的作品，接着说，"这个人对有些事情是理解的，'大海变成某种丰富和奇怪的东西。''我饮下了多少鱼美人的眼泪？'"

　　我们在客厅里的时候，善良的卡尔玛尼奥拉太太端进来一盘海胆，上面有柠檬和配菜，参议员高兴得眉飞色舞。"怎么回事？你竟想到了这一点？你怎么知道这是我最爱吃的东西呢？""您可以放心大胆地吃，参议员。今天早晨它们还在热那亚湾中哩。""哎，哎，你们这些人都一个样，奴性十足，颓废迂腐，耳朵伸得老长，甚至想监听死神的脚步声。一班可怜虫！谢谢，科尔贝拉，你真是一个'好当家'。可惜这些海胆不是南边海中打上来的，没有缠着我们那儿的海藻，它们的刺肯定没有让任何高贵的人流过血。你已经尽力而为了，不过，这些几乎无拘无束的海胆当时准在内尔维或阿伦扎诺[1]的冰冷的礁石上打过瞌睡。"可以看出来，他是那些认为利古里亚海滨就像冰岛一样的西西里人中的一个，而米兰人则认为这里是热带。海胆剖开了，露出受伤的、血红色的、带有一些奇怪的褶皱的肉。以前我从来没有注意过，可是现在，参议员作了那些别出心裁的比喻以后，我才发现它们真的很像。他大口大口地吃着，但并不愉快，而是专注，还近乎忧郁。他不想往海胆上挤柠檬汁。"你们总爱把各种味道掺杂在一起！海胆得带上柠檬味，糖得带上巧克力味，爱情得带上天堂的味道！"吃完后，他呷一口葡萄酒，闭上眼睛。过一会儿，我发现两滴眼泪从他发皱的眼皮底下滚了出来。他站起身走到窗前，偷偷擦干眼泪，接着转过身来。"你到过奥古斯塔吗，科尔贝拉？""我在那儿当过三个月兵，自由外出的时候，我们曾经三三两两划着船，在海湾的清澈的水面上荡漾。"他听完我的回答后默默无言，后来他愤愤地说："伊佐海角北面有一片盐田，盐田后面是一个小山包，山包背后

1　均为热那亚附近的海滨城镇。

有一个小海湾,你们这些长头发青年到那儿去过吗?""当然去过,那是西西里最美丽的地方,幸好还没有被休假的人发现。海岸很荒凉,对不对,参议员? 空旷一片,一栋房子也看不见。海水的颜色像孔雀毛一样。正对面,在一片变幻无穷的波涛那边,矗立着埃特纳山。从这个方向看去,埃特纳山最美丽、宁静、雄伟,真是一座神山。人们在那里可以发现西西里的一个永恒特点:它呆然地蔑视天命,拒绝为太阳的畜群提供牧场。"

参议员一言不发。过了一会儿他说:"你是个好小伙子,科尔贝拉,如果不是太无知的话,你会有出息的。"他走到我跟前,吻了吻我的前额,"现在你去把车子开来吧。我要回家了。"

以后的几个星期,我们像往常一样见面。夜晚我们出去散步,通常是沿着波河大街向下走,穿过威武雄壮的维托里奥广场,来到河边,欣赏奔腾的河水和附近的山丘。这条河和这座山使街道整齐划一的城市带上了一层梦幻色彩。春天来了,这是被压抑的青年人心情激荡的季节。河岸上绽开了第一批丁香花,情意绵绵、无处可待的情侣们向潮湿的草丛挑战。"南边的太阳已经很晒人,大量海藻长出来了。在月明如水的夜间,鱼群冒出水面时隐时现,在闪闪发光的浪花中嬉戏。我们却待在这里,面前是淡而无味、没有生命的一片河水,是一幢幢像列队士兵或教士一样的兵营式楼房,听见的是一对对恋人仿佛临终前的痛苦呻吟。"不过,想到即将乘船到里斯本去,他就很高兴。出发的日子已经临近。"一定会很愉快,你应该一起去,可是真可惜,这不是一次为希腊文考试不及格的人组织的旅行。和我倒可以讲意大利语,可是和楚克迈尔或者范·德尔·福斯在一块儿,不能表明你知道所有希腊文不规则动词的祈使式怎么变位,那就糟了。虽然你对希腊的现况或许比他们熟悉,不过,你熟悉的并不是希腊人的文化,而是他们的动物本能。"

在去热那亚的前两天,他告诉我,第二天晚上他不去咖啡馆了,晚上九点他在家等我。

那里和上次一样，三千年前的天神们的形象散发出青春气息，就像炉子散发热气一般。变色照片里那位五十年前的天神般的少年看着坐在沙发上的自己已经变得白发满头，似乎有些茫然。

喝过塞浦路斯葡萄酒后，参议员把贝蒂娜叫来，告诉她可以去睡觉了。"科尔贝拉先生走的时候，我自己会送他的。""你看，科尔贝拉，今天晚上请你到这里来，可能妨碍了你到里伏利去寻花问柳，不过我需要见你。明天我要走了，像我这样的年纪，走了以后没准就永远回不来了，特别是乘船走。你知道吗，不管怎么说，我挺喜欢你。你的单纯使我感动，你自我披露的那些风流韵事使我觉得很有趣。另外，我好像明白了，你和某些优秀的西西里人一样，有能力把感情和理智结合起来，因此，我不应该让你心中堆积着疑云，不应该不向你解释我为什么会做出一些怪诞的行为，会在你面前讲出一些你肯定认为只有疯子才说得出口的话。"我赶紧辩解："您讲的许多话我确实不明白，不过我总认为是自己头脑简单，所以听不懂，从来没有认为是您的头脑失常。""算了，科尔贝拉，反正一样。在你们年轻人看来，我们这些老头儿都是疯子，其实很多时候恰恰相反。但是为了把事情讲清楚，我得向你介绍一下我的一桩不寻常的经历。事情发生在我还是照片上那位先生的时候，"他指着那张照片，"应该回溯到一八八七年，对你来讲，这像是史前时代，但对我来讲则并非如此。"

他从写字台后面站起来，挨着我坐到长沙发上。"请原谅，你要知道，过一会儿我得压低声音说话。要紧的话不能大声嚷嚷，只是在歌剧中或是在没有教养的人们之间——两者是一码事——才大声谈情说爱或大声谩骂。好吧，一八八七年，我二十四岁，长得和照片上一模一样，已经在古典文学系毕业了，发表了两本关于爱奥尼亚地区方言的小册子，在大学里引起了轰动。从头一年开始，我就在准备参加帕维亚大学的就职考试。到那时为止，我从来没接近过女人。说实话，在那一年以前和以后，我都没有接近过女人。"我自以为我的脸像大理石一样毫无表情，可是我错了。"科尔贝拉，你这么眨巴眼睛很不礼貌，我讲的是实话。我讲实话，并为此感到骄傲。我知道，人家都说我们卡塔尼亚人老把自己家里保姆的肚子搞大，这可能是事实。不过我不是那号人。当时无论白天或夜晚，我都能碰上许多长得像天仙和半天仙一样的姑娘，但是我没有兴趣去逛圣贝里略区的妓院。另外，当时还有一些宗教观念束缚着我。科尔贝拉，你真应该学会控制自己的眼睛，它们一直在眨巴。宗教观念，对，我说的正是宗教观念。我也说过是'当时'。现在我没有宗教观念了，它们在这方面对我没用。

"你，科尔贝拉，之所以能进报社，很可能是因为哪个当官的写了一张条子。你不了解，为了争取在大学里教希腊文学，准备就职考试意味着什么。需要拼命工作两年，差一点就会叫人发疯。还好我当时的希腊文水平已经相当不错，跟现在差不多。你要知道，我可不是随便说说的，不过还有其他科目，古典著作的亚历山大大帝时期和拜占庭时期的不同版本，拉丁文作家那些一直被人很不恰当地引用的段落，文学和神话、历史、哲学及科学之间的千丝万缕的联系！我重复一遍，逼得人都快发疯了。拼命看书，还得给几个考试不及格的高中生上课，挣点钱供我交付住在城里的费用。我可以说只是在靠黑橄榄和咖啡度日。除了这些，一八八七年夏天还发生了那桩祸事。这年夏天酷热，南边常常有这样的气候。夜里，埃特纳山把白天积蓄了十五个小时的太阳的热量统统散发出来。中午时，摸摸阳台上的铁栏杆就得马上进急救站，铺路的冷凝熔岩好像又要恢复到液体状态，东南风差不多每天都要把黏黏糊糊的蝙蝠断翅刮到你脸上来。我快受不住了。一位朋友救了我。当我正在街上漫无目的地晃荡，嘴里背诵着希腊文诗句，连我也不明白背的是什么时，这位朋友碰见了我。我的模样使他大吃一惊。'你听着，罗沙里奥，你再待在这儿准会发疯的，还谈得上什么就职考试。我要到瑞士去（这小伙子有钱），我在奥古斯塔有一栋三间屋的房子，离海二十米，很幽静。你准备一下行李，带上书，到那儿去避暑吧。一小时后你到我家来，我把钥匙交给你。你会发现那里完全不同。到车站问一问卡罗贝纳的房子在哪儿，大家都知道。你快离开这儿吧，今晚就动身。'

　　"我接受了这个建议，当晚就走了。第二天醒来时，在晨曦中向我问好的不再是院子那头厕所里的污水管，在面前出现的是一个广袤无边的碧净海洋，远方的埃特纳山裹在晨雾中显得不那么可怕了。港口一个人也没有，你对我说过现在也还是这样：景色美丽，绝无仅有。这栋房子的几个房间都很陈旧，里面只有一个长沙发、一张桌子和三把椅子，我就在长沙发上过的夜。厨房里有几个砂锅和一盏老式灯。房后长着一棵无花果树，还有一口井。真是一个天堂。我进村找到给卡罗贝纳家种地的农民，跟他说定隔一两天送点面包、面条、青菜和煤油来。橄榄油我有，是可怜的妈妈给我寄到卡塔尼亚来的。我租了一条小船，下午渔夫把船交给我，里面还有一个鱼篓和几根钓竿。我决定在那儿起码待两个月。

　　"卡罗贝纳说得对：那儿确实完全不同。奥古斯塔虽然也很热，但围墙并不反射热量，人们不觉得难受，相反，倒朦朦胧胧地觉得陶醉。太阳不再像刽子手那样杀气腾腾，而满足于做一个鲁莽然而大方的生命力的赐予者，做一位在海面的每一个细微皱折里嵌进一些滚动的金刚石的魔术师。读书不再是一种折磨，我一个钟头又一个钟头地躺在轻轻摇荡的小舟中，每本书不再是一个需要跨越的障碍，而是一把钥匙，给我打开另一个世界的大门，我已经窥见了这个世界最迷人的方面之一。我常常高声朗诵诗人的作品，于是大多数人不熟悉的、已经被遗忘的神祇的名字重新在海面上回荡。往常，大海只要一听见这些名字就会卷起万丈狂澜，或者就会变得风平浪静。

　　"我完全与世隔绝，这种索居状态只被那个农民的来访所打断，他每隔两三天给我送点生活必需品来。他只待五分钟，因为见我这么喜形于色和不修边幅，准以为我快要得危险的癫狂症了。说实在的，太阳、离群索居、在扑朔迷离的星光下度过的夜晚、静寂、餐风饮露、钻研古老的学问——这一切在我周围造成了一种神秘气氛，为不久出现的奇迹打下了基础。

　　"八月五日早晨六点，奇迹出现了。我刚醒来不久，立即上了船，划几桨就离开了卵石遍布的海滩。我把船停泊在一块礁石脚下,隐蔽在礁石的影子里面。太阳已经升起,发出灿烂的光芒,使拂晓时分白茫茫的海面成了金黄色和湛蓝色。我正在朗诵诗歌时,觉得船沿猛地向右侧倾斜,我的背后好像有谁正抓住右舷想爬上来。我转过身去看见了她:一个十六岁姑娘的清秀面颊露出了海面,一双小手正紧紧地抓住船沿。这位少女嫣然一笑,苍白的双唇微微开启,露出两排尖利雪白的牙齿,和狗的牙齿一样。这不是在你们这些人当中可以见到的那种微笑,你们的微笑总是掺杂着一种附带的表情,或是善意,或是讥讽,或是怜悯,或是残忍,或者是别的。她的笑就是笑,是一种近乎野性的生存的欢乐,一种几乎是神圣的愉快。这种微笑是她使我神魂颠倒的第一样东西,向我展示了业已遗忘的憩静的天堂。海水从她那蓬乱的太阳色的头发中流下,流经一双绿色的大眼睛,流经少女纯洁的躯体。

"我们蒙昧的理性虽然对任何事情都有所准备,但是在奇迹面前却总是暴跳如雷,发现一个奇迹后,总要把它和记忆中的某些平淡无奇的现象相联系,我和其他人一样,认为她只是一个正在游泳的普通姑娘,于是小心翼翼地划着桨,到她跟前俯下身去,朝她伸出双手,拉她上船。然而她用一种奇特的力量直挺挺地从水中站起来,腰部以上全浮出了水面,接着她张开双臂搂着我,我闻到了一阵异香。然后她轻轻滑进船中,她的身体从小腹和臀部以下和鱼一样,覆盖着一层珠母色和湛蓝色的细鳞,最后是一条分叉的尾巴,正在慢悠悠地拍打着船舱的底板。她是一个鱼美人。

"她仰天躺着,双手交叉枕在头下,若无其事地袒露着细软的腋毛、丰满的酥胸和美丽的腹部。她身上散发出一种我刚才误认为是香味的气息,一种神妙的海的气息,一种少女的令人销魂的气息。我们是在阴影里,但是在二十米以外就是阳光明媚、一片欢快的海岸。我也差不多一丝不挂,因此很难掩饰内心的激动。

"她张口说话了,于是除了她的微笑和气息外,还有第三件东西使我更加神魂颠倒，这就是她的声音。她讲起话来略带喉音，温柔悦耳，和谐动听。在她的声音里可以听见夏天慵懒的海涛声，浪花冲刷海滩发出的沙沙声，以及月夜里和风摩挲波浪发出的声音，这些声音似乎在为她的讲话伴奏。鱼美人的歌声，科尔贝拉，是不存在的，人们听后都要销魂的音乐只是她们讲话的声音而已。

"她讲的是希腊语，我费很大劲才能听懂。'我听见你独自一人讲着一种和我的语言相近的话，我喜欢你，把我带走吧。我叫莉海娅，是卡利俄珀[1]的女儿。别相信那些瞎编的关于我们的故事，我们不杀害任何人，我们只给人们以爱情。'

"我俯在她身上，划着桨，注视着她那双微笑着的眼睛。到岸了，我抱着这个散发着香味的躯体，从太阳底下走到浓荫里。她热烈地吻着我，她的吻和你们那种世俗的吻相比，就像葡萄酒和淡而无味的水相比一样。"

参议员低声叙述他的艳遇，我从前老是在心底把自己的各种艳遇和他的艳遇相比，认为他的那些事平淡无奇，因此愚蠢地觉得，我们之间的差距已经缩小，现在我自惭形秽。在爱情方面，他和我之间也有天渊之别。我一点也不怀疑他讲的是真话，哪怕是最多疑的人，只要在场听听他讲话的口气，也会发现这确实是真的。

"那三个星期就这样开始了。细节不需多说，说多了也会刺伤你。只想告诉你一点，在她的怀抱中，我同时享受到最高形式的精神之爱和一种不受任何社会影响的纯真的爱，我们孤独的牧羊人在山上与绵羊在一起时体会到的便是这种感情。如果这个比喻使你觉得恶心的话，这是因为你不能完成从动物性到超人性的必然过渡，在我身上，这两种秉性是重叠的。

"你想想巴尔扎克在《沙漠里的爱情》里不敢刻画的那些内容吧。从她的不朽躯体中，我汲取了强大的生命力，我亏损的元气立即得到补偿，甚至还有所

---

1   希腊神话中的司诗歌和雄辩的女神。

增加。在那些日子里，科尔贝拉，我的爱情超过你们这些唐璜们毕生爱情的一百倍。这是什么样的爱情啊！没有阴谋和罪行，没有勋爵们[1]的干预，没有莱波雷洛们[2]的污言秽语，没有情敌的争夺，没有无病呻吟的叹息，也没有虚情假意的推却，你们可怜的吻不可避免地打上这些印记。说实话，第一天倒是有一个莱波雷洛打扰过我们。这是绝无仅有的一次：十点钟左右，我听见通向海边的小径上传来那位农民沉重的脚步声。我刚用被单把莉海娅不同凡人的躯体遮住，他就出现在门边了。莉海娅没有盖住的脑袋、头颈和手臂使这个莱波雷洛误认为我是在和一个野姑娘谈情说爱，因此对我肃然起敬。他停留的时间比往常更短促，临走时对我眨巴了一下左眼，然后伸出捏紧拳头的右手的大拇指和食指，将将嘴角想象中的胡子，沿着小径离开了。

"我刚才讲过，我们在一起待了二十天，不过，我不希望你因此认为，她和我在那三个星期当中就像俗话所说的那样'朝夕相守'，睡在同一张床上，吃同样的东西，做同样的事情。莉海娅经常出门，往往事先不跟我打一声招呼，就潜进海底消失了，有时一去就是好几个钟头。她差不多总是清晨回来，我们在船上见面，但如果我还在屋里，她就一半露出水面，一半浸在水中，仰卧着，双手使劲在卵石上往后撑，叫着我的名字，要我帮她上岸。'萨萨'，她这么称呼我，因为我告诉过她这是我的爱称。妨碍她上岸的正是使她在海里能活动自如的那部分身躯，她像一只受伤的动物一样使人垂怜，可是只要她的眼角露出微笑，这种可怜样子就立刻消失了。

"她只吃活的东西。我常常看见她从海里冒出来，美丽的背在阳光下闪闪发光，嘴里叼着一条银白色的还在蹦跳的鱼，鱼血顺着她的下巴往下淌。她咬了两口后，就把遍体鳞伤的鳕鱼或鳊鱼往背后一抛，扔回水中，而被鱼血染红的

　　1　勋爵（或译"骑士团长"），歌剧《唐璜》中的人物，对唐璜深恶痛绝，因为唐璜诱拐了他的女儿唐娜·依纳丝。

　　2　莱波雷洛是唐璜的男仆。

她则像小孩似的一面欢叫，一面用舌头把牙齿舔干净。有一次我给她倒了一点葡萄酒；她不会用杯子喝酒，我只好把酒倒在她那微带绿色的小手掌中。她一饮而尽，像狗一样发出'喷喷'声，同时眼里露出惊喜的神色，因为她不熟悉这种味道。她说很好喝，不过后来她再也不喝了。她上岸的时候，有时手里还拿着一大把蛤蜊和海贝，我得费很大劲才能用刀子把贝壳撬开，她却用石头把贝壳砸破，然后吮食还在搏动的蛤肉，把碎贝壳也一块儿吞下去，毫不在乎。

"我刚才讲过，科尔贝拉，她是美人鱼，但同时也是位仙女。很遗憾，在我的叙述过程中不能一直把这两方面结合起来，她的躯体本身却轻而易举地做到了这一点。她不仅在交欢时表现出一种与动物的发情完全不同的喜悦和温柔，而且讲起话来感人肺腑，我只发现为数极少的几位大诗人讲话能有这样的水平。她在所有方面都不愧是卡利俄珀的女儿，尽管她什么文明也不懂，什么知识也没有，对任何伦理束缚都感到愤慨。然而她是各种文明、各科知识、各种伦理观念的源泉的一部分，善于用极美的辞藻表现她在这方面的天生优越性。'我是一切，因为我是没有意外事件的生命之河。我是不朽的，因为从鳕鱼到宙斯的宇宙万物逝世后都汇集到我身上，死亡在我身上聚合后重新变成生命，一个不再是属于个体的、特殊的生命，而是属于万物的因而也是自由的生命。'她接着说，'你很英俊，又很年轻，现在跟我到海底去吧，那儿可以摆脱痛苦，长生不老。到我的住处去吧，它位于静止不动的、黑暗的、高耸的水山下，那儿的一切是安宁、静谧和合乎自然的，你拥有这个住处后，就能进入忘我的境界。我爱过你，请你记住，当你疲倦了的时候，当你再也无法忍受的时候，只需到海边来招呼我一声，我会立即出现的，因为我无所不在，你要安眠的欲望就一定能实现。'

"她给我介绍她在海底的生活，描绘满脸胡子的海神，叙述浅蓝色的洞穴，不过她告诉我，这些都是幻觉，真实的东西隐匿在还要深得多的地方，隐匿在由无形、永恒、无光、无声的水构成的、又瞎又哑的宫殿中。

"有一次她对我说,她要离开我较长一点时间,第二天晚上才能回来。'我要到远处去,我知道在那儿可以给你找到一件礼物。'

"她回来时果真带来一枝特别好看的珊瑚,火红的颜色,中间嵌有贝壳和青苔。我一直把它珍藏在箱子里,每天晚上都要亲吻那些我记得这位无拘无束然而心地善良的莉海娅的手指曾经接触过的地方。一天,玛丽亚把珊瑚偷走了,送给了她的相好。玛丽亚是在贝蒂娜之前在我家干活的女管家。后来我在维基欧桥[1]上的一个珠宝商那里找到了,它已失去了迷人之处,被洗剔、研磨得几乎使我辨认不出。我把它买了回来,夜里把它投进了阿尔诺河,不知多少只庸俗的手已经触摸过它了。

"她还告诉我,她在延续千年的少女时代,曾经爱上不少凡人。他们是希腊、西西里岛、阿拉伯和卡普里岛的渔夫和水手,有的在海里溺毙了。她攀着破碎的船板,在狂风暴雨和雷鸣电闪中出现一刹那工夫,使他们的最后挣扎变成永恒的愉快。'他们都接受了我的邀请来看我,有的马上就来,有的过了一段对他们来讲是很长的时间以后才来。只有一个人始终没有露面。这是一个漂亮的小伙子,皮肤白净,头发火红,我和他是在远方一个海滩上结识的,我们的海[2]在那儿汇入大洋。他的身上散发出一股比那天你给我喝的葡萄酒还要强烈的气息。我想,他再也没露面并不是因为他很幸福,而是因为每次我们见面时他总是喝得烂醉,人事不省,他可能以为我是一个普通的渔家姑娘。'

"三周如一日,那个难忘的夏天的那几个星期很快就过去了。事过境迁以后,我觉得我实际上经历了好几个世纪。这位热情的少女,这头暴烈的小野兽,好比一个深通世故的母亲,只要在面前一出现,就能打破一切传统观念和条条框框。她那纤细的、常常沾满血污的手指给我指出一条既通向真正的永恒的安逸,也通向禁欲主义的道路。这种禁欲主义并非摒弃所有欲念,而是不能接受

1　维基欧桥,或译老桥,位于佛罗伦萨市的阿尔诺河上,桥面两侧是珠宝店。
2　指地中海。

比她的爱情逊色的其他欢悦。我绝不会做第二个不理睬她的召唤的人，我不会拒绝我曾经有幸得到过的那种欢情。

"由于太热，那年夏天甚为短促。八月二十日以后没几天，天上涌现了第一批胆怯的云彩，下了几滴像血一样温暖的雨点。入夜，缓慢的、无声的闪电在远方地平线上交织，这道闪电还没有消逝，那道闪电又已经出现，好像天神的思路一样。清晨，鹌鹑色的海洋像鹌鹑一样为前程未卜而忧虑。到了傍晚，虽然没有微风吹拂，但海面照样层层起皱，它的颜色逐渐变淡，从烟灰到铁灰，一直到珠母色，所有的色调都很柔和，都比前一个色调看上去更为亲切。几抹残云在极远的地方吻着海水，希腊海岸上可能已经下雨了。莉海娅的感情也从热烈转为灰色的温柔。她默默无言，在礁石上久久地仰卧着，注视着不再是静止不动的地平线。她很少离开我。'我还想和你待在一起，如果我现在就到海里去，我的伙伴会把我留住不让我上来的。你听见了吗？她们在叫我呢！'有时，我似乎真的在海鸥的尖叫声中听见一个不同的、较为低沉的声音，我似乎真的在礁石间隐约看见鱼美人们的头发一闪而过。'她们敲着贝壳奏乐，叫莉海娅去参加暴雨节。'

"二十六日拂晓，暴风雨向我们袭击。我们在礁石上发现在远处卷起狂澜的暴风逐渐逼近。在我们的附近，铅灰色的浪潮像一座座大山似的缓缓推进。狂风瞬即来临，它在我们的耳际呼啸，折弯了干枯的迷迭香。我们脚下的海洋愤怒了，吐着白沫的第一个大浪朝我们扑来。'永别了，萨萨。别忘了。'大浪拍在礁石上变成无数水花，莉海娅跳进彩虹色的水花中，我没有看见她随着水花落下来，她好像融化在水沫中了。"

参议员第二天上午出发，我到车站送他。他像往常一样暴躁和尖刻，可是火车开动时，他却从车窗中伸出手来摸了摸我的头。

又过了一天，有人一早从热那亚给报社打电话：夜间，拉·丘拉参议员从驶往那不勒斯的莱克斯号客轮的甲板上掉进了海里，虽然几艘小艇立即下海打捞，但他的遗体没有找到。

　　一个星期以后宣读他的遗嘱：银行存款和家具归贝蒂娜所有，藏书由卡塔尼亚大学继承，在不久前加上的一条中，我被列为带有美人鱼图案的古希腊广口酒坛和阿克罗波利斯出土的《科勒》雕像巨幅照片的继承者。

　　这两样东西寄到了我在巴勒莫的家里。后来发生了战争。当我正在马尔马里卡[1]每天靠半升水活命的时候，"解放者"飞机[2]炸毁了我的家。我回家时，照片已被夜间盗窃者切成一条条，用来扎火把了。广口酒坛成了碎块，最大的一块上可以看见绑在桅杆上的尤利西斯[3]的一双脚，我至今还保存着。书籍堆在大学的地下室里，因为缺少买书架的资金，这些书正在慢慢霉烂。

1　位于利比亚大沙漠北部，第二次世界大战期间曾被意大利侵占。
2　美军在第二次世界大战中使用的四引擎轰炸机。
3　罗马神话中的英雄，即希腊神话中的奥德修斯。

鉴评：三周一世

　　这篇作品作为爱情小说，有点特殊，它写的不是一个现实的爱情故事，而是一个爱情寓言，不是真实的爱情心理，而是一种爱情向往。

　　美人鱼莉海娅的故事，是一则现代神话，她本身是一种爱情象征，一种爱情理想。

　　任何象征、任何理想，都是从一定的历史文化、一定的观念形态和思想体系中脱胎而出的，至少都存在着与一定历史文化、观念形态的血肉联系，发散着这种文化与意识形态的气息。那么，莉海娅作为一种象征代表着什么样的品格？发散出何种文化的气息？体现了什么样的理想？

　　莉海娅神话，出现在二十世纪意大利一个希腊学者的生活中：某年的暑假，他在海边一所幽静的房子里过着与世隔绝、离群索居的生活，一条美人鱼从深海里爬上了他的小船，她名叫莉海娅，是希腊神话中司诗歌与雄辩的女神卡利俄珀之女。这位青年学者拉·丘拉与莉海娅共同生活了三个星期，美人鱼在同类的召唤下终于又回到海里去了。几十年后，拉·丘拉在学术上已经功成名就，誉满全球，最后，他怀着对丑恶的尘世的厌恶与对莉海娅的怀念，投身于大海之中，去与美人鱼永恒结合。

希腊神话中的神明之女，希腊学者生活中的奇迹，这已经标明了莉海娅属于何种文化，体现了何种理想。她是希腊文化的结晶，是希腊文化的象征。

在人类历史上，希腊文化作为"人性展开得最美好的社会幼年时期"的硕果，"显示着不朽的魅力"（马克思语），它曾经被当作一种理想，成为欧洲文艺复兴的巨大源泉而与中世纪的禁欲主义形成强烈的对照。在小说里，莉海娅是以自由、活泼、充满了生命力与野性以及天真的情趣的形象出现在拉·丘拉的生活中的，而当时这位青年学子的生活正有点苦修者的禁欲主义的味道，他为了达到严酷的学院生涯对他的苛刻要求，整天把自己埋在故纸堆中，拼命读书，成了一个蛀书的学究，丧失了青年人活泼轻快的日子，更丧失了青年人那种朝气蓬勃的活力，在那种日常需要（甚至饮食）降低到了最低程度、实在不符合正常人性的生活中，他几乎"被逼得快要发疯了"。正是莉海娅给他的生活带来了清新的、正常的、健康的气息，使他恢复了活力。莉海娅虽然是神话中的女神的女儿，但作为一种爱情的象征，首先是人的、入世的、现实的，与自然的、血肉的、本能的要求契合一致，没有那种出世的、不食人间烟火的、超凡虚缈的"天国之气"。小说里有一个微妙的细节，带有寓意地显示出了莉海娅爱情的这一方面的性质，自然的、野性的、有血有肉的性质，那是拉·丘拉关于生吃海胆的一番话。他赞美海胆"肉红色的筋腱，模样很像女人的某种器官，带着海水和海藻的香味，滋味真鲜美，模样真神圣"，而他这种对"海水和海藻的香味"的带有野性的兴趣，正是来自当初莉海娅生吃海鲜的情景。在这一隐喻联想中，莉海娅无疑象征着自然的、野性的、肉体的、符合本能需要的那种爱情。如果按照某些人类学家的观点，古代民族生活中的石柱与石塔也带有象征男性器官的隐晦含义，那么，在这篇小说里，新鲜的海胆就毫无疑义具有一种性图腾、性器官崇拜的性质，而它正是与海的女儿莉海娅属于同一个天地。

莉海娅是否就只象征着一种自然的、野性的肉体之爱？果真如此，这篇小说关于爱情的理念倒很单纯、很简单了，事实上，莉海娅正好还有另一个方面的象征意义，甚至可以说是更占主导地位的象征意义。

莉海娅神话是由年老的拉·丘拉叙述出来的，是小说的作者在哄骗我们，编造出拉·丘拉生活中的一则神话？还是拉·丘拉在哄骗小说中的"我"科尔贝拉，编造出他自己生活中的一则神话？不论是哪种情况，反正拉·丘拉这个智慧高超、学识渊博、意境高远的老人，充满了对行尸走肉的芸芸众生的藐视和对丑恶现实的愤慨，在他的谈吐里，我们可以听到对生活中那些追求低级肉体享乐、深深陷入淫欲泥潭的男男女女的尖刻的讽刺与无情的嘲笑，而在他的叙述回忆里，莉海娅却闪耀着精神的、灵性的光辉，正与现实生活中的两性关系形成强烈的对照。

她是一切丑恶与虚伪的对立面："没有阴谋和罪行，没有勋爵们的干预，没有莱波雷洛们的污言秽语，没有情敌的争夺，没有无病呻吟的叹息，也没有虚情假意的推却。"

她体现着文化修养与艺术美："她讲起话来感人肺腑，我只发现为数极少的几位大诗人讲话能有这样的水平。"

她代表人类的文明："她是各种文明、各科知识、各种伦理观念的源泉的一部分。"

她代表着万物与生命，正如她自己所说的："我是一切，因为我是没有意外事件的生命之河。我是不朽的，因为从鳕鱼到宙斯的宇宙万物逝世后都汇集到我身上。"

她代表着创造与再生："死亡在我身上聚合后重新变成生命，一个不再是属于个体的、特殊的生命，而是属于万物的因而也是自由的生命。"

她能使人恢复活力，变得健康强壮："从她的不朽躯体中，我汲取了强大的生命力，我亏损的元气立即得到补偿，甚至还有所增加。"

这就是拉·丘拉所描述出来的莉海娅的形象，也是他心目中美好爱情的象征，"最高形式的精神之爱"与"不受任何社会影响的纯真的爱"的象征。当然，莉海娅所体现出来的这一切，其实也就是作者所认定、所表述的理想爱情的各种内涵。在这篇小说里，虽然作者并没有充分地描述拉·丘拉与莉海娅的爱情故事的过程和细节，却把他关于理想爱情的哲理浓缩在拉·丘拉的回忆中，这就是我把它划为爱情小说的原因。

　　但这里还存在着一个需要考究的问题，拉·丘拉在他对莉海娅的回忆中曾经这样说："她给我指出一条既通向真正的永恒的安逸，也通向禁欲主义的道路。"既然莉海娅的确代表着与基督教相对立的多神教文化，她身上体现着与中世纪的反人性相对立的希腊文明的精神，她怎么"通向禁欲主义的道路"？当然，拉·丘拉马上就作了解释："这种禁欲主义并非摒弃所有欲念，而是不能接受比她的爱情逊色的其他欢悦。"看来，拉·丘拉这一解释又体现了作者对爱情、对肉体爱的更深一层的思想，这种思想似乎与中国文学中的"登徒子好色"之说有相通之处，"欲"与"色"，人难免好，但有个讲究的问题，有个口味高低的问题，倘若像登徒子那样好而不择，难免受宋玉反唇一击。意大利人拉·丘拉此说，不过是宋玉式雅士的择食论而已。

　　在谋篇布局上，这篇小说颇有它的特色。它花了不少笔墨写"我"与"我"的女友们的龃龉，写拉·丘拉的性格与高谈阔论，篇幅超过莉海娅爱情故事本身。这似乎有点比例失调，但其中有作者的用意。写"我"的故事，写老学者的愤世嫉俗，都是为了表现出现实的丑恶；表现现实的丑恶则是为了反衬出莉海娅神话的光辉，反衬出理想爱情的美好。为此，写"我"那些尴尬事的玩世不恭的笔调，转述老学者的议论所用冷峻的语言，一到回忆莉海娅故事的时候，就变为了一种礼赞的风格，在艺术上也体现了作者对照的匠心。如果我们再注意到这篇小说是以第二次世界大战时期法西斯统治下的意大利社会为背景，就更能感到作者批判揭露现实生活的意图的可贵了。

寡妇阿芙罗狄西亚

[法国] 尤瑟纳尔
解卫星 译

作者简介

　　尤瑟纳尔（1903—1987），法国著名女作家，出身于比利时布鲁塞尔一个富裕的世家，从小受过良好的家庭教育与文化熏陶，掌握了多种外语，16岁时即开始写作，30年代闻名于文坛。1980年，以其杰出的文学成就当选为法兰西语文学院有史以来第一位女院士。

　　尤瑟纳尔的文学创作成果丰硕，其主要作品有诗歌《幻想园》《众神未死》、小说《阿莱克西或徒劳的搏斗》《东方奇观》《哈德良回忆录》《苦炼》等。

　　人们管他叫"赤鬼考斯提斯"，这是因为他长着棕红色的头发，因为他制造了大量流血事件，尤其是因为他总是穿着一件红色的上衣去逛骡马市场。他每次去那里都蛮横无理地逼迫一个被他吓得魂不附体的农夫把最好的坐骑低价卖给他，不然的话，那农夫就会突然以人们意想不到的方式死去。考斯提斯一直躲在山里,步行从他出生的村子到他的藏身之地需要好几个小时。在很长一个时期内,他所干的坏事只限于各种政治谋杀和抢劫一些消瘦的绵羊。他本来可以平安无事地重返他的铁匠铺而不受任何法律追究,可是他偏偏属于那种觉得自由空气和劫来之食胜于一切的人。于是他又接着作了两三起触犯普通法的凶杀案,这一下可把村里的农夫给惹火了,他们一起发动了对考斯提斯的讨伐。他们像对待恶狼和野猪那样对他进行了围追堵截,终于在圣乔治节的夜里将他拿获了。人们像在屠宰场里宰杀牲畜一样将他的喉管割开,然后将他的尸体横放在马鞍上运回村里。另外三四个被他拖入他的冒险生涯的年轻人也同他一样,身上带着弹孔和刀疮呜呼哀哉了。他们的头颅被插在长柄叉上陈列于村外的小广场上,他们的无头尸体被堆放在墓地的门口。得胜而归的农夫们纷纷摆筵作欢;为了躲避太阳和苍蝇,他们都将百叶窗紧紧关上。老神父的遗孀阿芙罗狄西亚在厨房里一边流泪,一边擦洗她的那些平底杯。她刚刚用这些杯子给那些替她报了仇的农夫敬过烧酒,考斯塔奇[1]六年前在一条荒僻的路上杀害了她的丈夫。

　　阿芙罗狄西亚寡妇擦干眼泪,在厨房里唯一的一只木凳上坐下。她将双手放在桌沿上,然后将下巴放在手背上。她那下巴就像老太太的下巴一样不停地颤抖着。这一天是星期三,她从星期天开始就一直没有吃过东西,也三天三夜没有合眼了。被压抑下去的抽噎使她的胸脯在黑布裙深深的褶子后面剧烈地抖动着。她随着自己的呜咽声不由自主地半睡了过去,她又蓦地重新站了起来:对她来说此刻还不是午睡和忘却的时候。村里的女人们在广场上等了三天三夜,她们每听到一声引起山鸣谷动的枪响都要使劲鼓噪一番,阿芙罗狄西亚的嗓门最大,把所有同伴的喊声都盖下去了,这倒也符合老神父夫人的身份:那位如此受人敬仰的神父六年来一直躺在坟墓里。到了第三天拂晓,当农夫们用一头

1　考斯提斯的昵称。

疲惫不堪的骡子载着他们血肉模糊的战利品返回村子时，阿芙罗狄西亚突然支持不住了。邻居们只好送她回家——她自守寡以来一直住在远离村庄的一间小房子里，但她刚一苏醒过来就坚持要给她的报仇人敬酒。虽然她的手脚仍在发抖，但她还是亲自走到每个人的跟前敬酒。这些人身上那股令人难以忍受的皮子味和疲劳味充斥着整个房间。由于她没能在端给他们的面包片和奶酪里下毒药，便只好偷偷地将唾沫吐在上面，心中暗暗祈望秋天的月亮将高悬于他们的坟墓之上。

　　她本应在这个时候向他们说出她一生的隐私，为了使这些蠢货哑口无言并使他们的种种恶意猜测得到证实，她本应冲着他们的耳朵大声说出这个六年来一直如此容易但同时又如此难以掩盖的真相：她爱考斯提斯。她第一次同考斯提斯相逢是在一条幽径旁的一棵桑树底下，那天她是为了躲避一场冰雹才跑到这棵树下的，就在这个暴风雨之夜他们之间似火的情感以闪电般的速度产生了。回村以后，一种深深的内疚感使她心神不安，不过这种内疚感中恐惧的成分多于后悔的成分。在整整一个星期里，她竭力想摆脱这个对她来说已变得比面包和水更加必不可少的男人，这滋味可真是难以忍受啊！神父的母亲独自在山里经营一个农场，阿芙罗狄西亚借口给婆婆送面粉又第二次进山见了考斯提斯。那时她穿着一条黄色的裙子，他们把这条裙子当被子盖在身上，觉得自己就像是躺在一块从太阳上面撕下来的碎片底下一样。一天夜里，他们不得不藏到一个被废弃的土耳其式客店内的马厩里。路旁长满了栗子树，当她从树下走过时，树上的新枝将一记记清凉的耳光打在她的脸上。在一条小径上，考斯提斯猫着腰走在她的前面，他们的动作若稍重一点就会惊动一条蝰蛇。她第一天竟然没有发现他的颈背上有一道弯弯曲曲的伤痕。他向她投来的目光是那样贪婪和疯狂，仿佛是在看着一件偷来的珍宝。他膀阔腰圆，完全像一个已习惯于过严酷日子的人。她从他的笑声中听到的是安慰，他在同她行欢时总是含糊不清地叫着她的名字，此时他的那副样子可真有个性。

两三只苍蝇在雪白的墙上嗡嗡叫着，她站起身来抡起胳膊将它们轰走。以龌龊之物为食的肥苍蝇实在令人腻烦：它们常常在人们的皮肤上软软地轻轻地爬来爬去。但此时的苍蝇已不仅仅是些这样的害人虫了，它们也许已经在那赤条条的尸体上和那血淋淋的头颅上叮过了。不仅孩子们在这尸体和头颅上连踢带踹，女人们向它们投去好奇的目光，就连苍蝇也去侮辱它们了。啊！她真想一抹布把这村里的一切统统抹掉：这些老太婆的舌头就像胡蜂的螫针一样恶毒，这个喝多了弥撒酒的年轻神父在教堂里高声申斥杀害他前任的凶手，还有这些农夫，他们对考斯提斯的尸体穷追不舍的样子就像是一群大胡蜂看见了一个滴着蜜汁的水果那样。他们真想象不出除了那位已在墓地里最体面的一角下面长眠了六年的老神父以外，阿芙罗狄西亚还会给其他什么人戴孝。她真想冲着他们高声喊道：那个大醉鬼的生死对她来说就像公园深处的木凳一样无关紧要。

　　然而，尽管他如雷的鼾声使她无法入睡，尽管他在清嗓子时那副样子实在叫人难以忍受，但她还是有点惋惜他。这个耳贵目贱、虚荣自负的老头子不仅受了骗，而且还遭了毒手，他的遭遇就像皮影戏里的那些吃醋丈夫的夸张性表演一样滑稽可笑，他的存在往她的爱情悲剧里添加了一些闹剧成分。在考斯提斯偷偷地溜进神父家的那些晚上，阿芙罗狄西亚总是把神父的小鸡掐死让考斯提斯藏在衣服里带走，然后扯开嗓子大骂专干小偷小摸的狐狸，这真是太有趣了。他们还时常津津有味地想象着这样的场面：半夜里，他们在梧桐树下谈情说爱的声音把老神父惊醒了，他起身走到窗前，扒着窗子朝外窥视，看着他们的身影在花园的墙上蠕动，他的心中燃烧着复仇的火焰，但他同时既害怕丑闻走漏出去，又害怕挨枪子，这种矛盾心理使他龇牙咧嘴，不知所措。阿芙罗狄西亚只在一件事情上埋怨考斯提斯，那就是他不该杀掉老神父，因为这老头子一直在身不由己地为他们的爱情充当屏障。

　　自她孀居以后，没有人再猜疑过她在月黑之夜里会同考斯提斯有那种危险的约会，这样一来，她在行欢作乐时没有旁观者了，这对她来说简直就像一盘没有放辣椒的菜那样乏味。当老太太们多疑的眼光碰到她那变得笨重起来的身子时，她们至多只会想到老神父的寡妇可能被一个流动商贩或一个农场工人诱奸了，就好像阿芙罗狄西亚只会同意同这样的人睡觉似的。她必须心满意足地接受这些侮辱人的猜疑，还必须比强压羞恶之心时更加小心翼翼地克制自己的自尊心。几个星期后，当老太太们看到她那藏在一条肥大的裙子后面的肚子又变平了时，都这样自问道：阿芙罗狄西亚怎么会这么容易就甩掉了那个包袱呢？

　　谁也没有料到阿芙罗狄西亚去圣卢卡斯教堂只不过是个托词而已，神父的母亲住的小木屋离村子只有几里路远，谁也没有料到阿芙罗狄西亚就躲在这里。神父的母亲现在已同意给考斯提斯烤面包和补衣服，不过这并不是因为老太太的心地温存，而是因为考斯提斯给她提供烧酒，此外还有一个原因，那就是老太太自己在年轻的时候也喜欢过爱情。阿芙罗狄西亚的孩子就是在这里出世的。这个光溜溜的孩子像一只初生的小猫一样瘦弱，他的父母连给他洗一洗的劲都没费就把他捂在两条草褥子里闷死了。当然，这也是出于无奈。

　　最后，考斯提斯的一个同伴杀死了村长，她的情人越来越怒不可遏地用两只干瘦的手紧握着他的那支旧猎枪。再往后就是那三天三夜了。在这三天三夜里太阳仿佛从血泊中升起，又落在血泊里。今天晚上，一切将在一把节日之火中结束，用来点这把火的一罐罐汽油已堆在墓地门口了。由于人们不愿意费力气掩埋死骡子的腐尸，就在这些腐尸上浇些汽油，然后点一把火将它烧掉。考斯提斯和他的同伴们将得到同样的待遇。阿芙罗狄西亚的服丧期只有短短的几个小时了，这将是充满阳光和孤独的几个小时。

　　她打开门闩，走出房门，来到墓地前的那条狭长的土埂上。那些尸体仍旧堆在石块墙的脚下，阿芙罗狄西亚一眼就认出了考斯提斯：那个个子最大的就是他，她的情人。他的坎肩已被一个贪婪的农夫扒走了，那家伙将在星期天穿着它出来自我炫耀。一行行血泪从他的眼皮里流出来，那上面已叮满了苍蝇，他几乎一丝不挂。地上的血迹已经发黑，两三只狗走过来在上面舔了一阵，然后又喘着粗气回到墙根下面的那一窄条阴凉里去打瞌睡。等到了黄昏时分，太阳就不这么咄咄逼人了，到那时女人们将会三五成群地聚集到这个土埂上来，她们要仔细看看考斯提斯的两肩之间到底有没有一个疤子。男人们会用脚把尸体翻过来，并将那上面被人们扒剩下来的一点衣服用汽油浸透。人们将兴高采烈地把汽油桶打开，就像采摘葡萄的人们在打开酒桶时那样。阿芙罗狄西亚摸了摸他的衬衣上那只被撕得粉碎的袖子，这件她亲手缝制的衬衣是她送给考斯提斯的复活节礼物。突然，她发现考斯塔奇的左肘窝里刻着她的名字。这些歪歪扭扭地直接刻在皮肉上的字母若是被其他人看见，一切真相将立刻在他们的心目中大白，这些字母会像那些在墓地的墙上翩翩起舞的火焰一样使他们心明眼亮。她觉得无数个石块朝她飞来，觉得她被石块埋没了。可是，她不能把这条正在饱含着温情告发她的胳膊拔下来，不能拿烧红的铁棍去烫这些正在毁掉她的字母，更不能在这个已经流了这么多血的身体上再增加一道伤痕。

　　艾蒂安神父的坟上摆满了用白铁皮做的花圈，这些花圈在墓地的矮墙里面闪闪发光。这个凹凸不平的坟头使她猛然想起了老神父那肥胖的肚子。她守寡以后，人们把已故神父的夫人安置在这间紧挨墓地的小茅屋里。这个地方十分僻静，附近的地里只长着坟头，但她对人们这样安置她毫无怨言，因为考斯提斯时常在夜幕降临的时分打这里路过。四下里一个活人也没有，住在旁边那间屋里的掘墓人像死人一样聋。艾蒂安神父的墓穴距小茅屋仅一墙之隔，因而他们觉得仿佛幽灵的眼睛仍在继续注视着他们的每一个亲昵动作。今天，同样的寂静将使阿芙罗狄西亚有可能实现一个计划，这是一个与她那充满了各种计谋及冒失行为的一生相称的计划。她推开被太阳晒裂了的木栅栏门，操起掘墓人的铁锹和镐头便走。

　　坟地里的土又干又硬，阿芙罗狄西亚洒下的汗水远远多于泪水，铁锹不时碰在一块石头上发出铿铿的响声，但在这个偏僻的地方这响声不会惊动任何人，午饭后整个村子都处于沉睡之中。最后，她听到镐下响起了朽木发出的干巴巴的声音。艾蒂安神父的棺材已变得比吉他的面板还脆，阿芙罗狄西亚两镐头就把它砸开了。裂开的棺材露出了老头子的一小堆骨头和一些皱巴巴的祭披残片。阿芙罗狄西亚把这些残骸小心翼翼地堆放在棺材里面的一个角上，然后抓住考斯提斯的两个腋窝将他的尸体拖进了墓穴。往日的情人比丈夫高出整整一头，不过好在这个棺材正好能装下被砍了头的考斯提斯。阿芙罗狄西亚把棺材盖重新盖好，重新将坟头堆起并用花圈把上面的新土盖住——这些花圈当时是用堂区全体教民的钱在雅典买的。此外，她还特意将她刚才拖着考斯提斯的尸体走过的那条小径上的浮土整平。摆在墓地门口的那一堆尸体里现在少了一具，但农夫们是绝对不会挖开所有的坟墓去找它的。

她上气不接下气地坐在了地上，但她马上又站了起来：她开始从这埋尸的活计中感到一种趣味了。考斯提斯的头颅还在那里遭受凌辱，还被插在一把长柄叉上高悬于村子给悬崖和天空让位的地方。在她完成所有的葬仪之前，一切都不会结束。她必须赶紧利用眼前的这几个小时。在这几个小时内，由于天气炎热，人们都躲在家里，他们有的在睡觉，有的在点钱，还有的在颠鸾倒凤，外面的阳光在此时可以自由自在地四处畅行了。

她绕过村子，沿着那条最荒僻的坡路朝高处走去。几乎每一家门口都有一只瘦骨嶙峋的狗在门槛里面的那一丝阴凉里打瞌睡，阿芙罗狄西亚在走过时往每只狗身上踢一脚，借此把那些无法在它们的主人身上雪报的仇恨发泄在它们的身上。由于有一条狗在挨踢以后竖起全身的毛站了起来并冲着她狂吠，她只好止住脚步，好一阵抚摸和哄逗才使它平静下来。空气被太阳烤得像一块被烧到白热状态的铁一样滚烫灼人，阿芙罗狄西亚把披肩盖在了额头上：在完成任务之前绝不能倒地毙命。

她终于顺着小径来到了一块白煞煞、圆溜溜的空地上，再往上就只有布满山洞的悬崖峭壁了。只有考斯提斯之类的绝望者才敢到那样的山洞里去冒险，来到这里的外乡人若显出要进洞的样子，就会立即听到农夫们扯开粗粝刺耳的嗓子喊他们回去。悬崖峭壁的上头除了展翅翱翔的雄鹰和无边无际的天空以外，就什么都没有了，只有雄鹰才能辨别得出天空中的道路。考斯提斯及其同伴的五颗脑袋在长柄叉上做着各种怪相，这些怪相只有死人才能做得出来。考斯提斯的双唇紧抿着，好像在思考一个生前没有来得及解决的问题，比如说到市场上去买匹马，或是再绑架一个什么人以获得一笔赎金。在这五个人中，只有考斯提斯没有因死亡而显得面目全非，因为他活着时脸上也从来没有血色。阿芙罗狄西亚走上前去把考斯提斯的头颅紧紧捧在手里，那头颅在脱离长柄叉时发出一声响，这响声活像是一块绸布被撕破时发出的声音。阿芙罗狄西亚打算把它埋到自己家里的厨房下面，或把它藏到一个不为人所知的山洞里。她一面抚摸着这颗头颅，一面向它担保说："我们得救了。"

广场的下面有一棵梧桐树，这棵树长在农场主巴西尔的地里。阿芙罗狄西亚走到树下席地而坐。在她的脚下，一块块顽石飞速朝山下的平川里滚去，远处的森林仿佛是一层覆盖在地面上的细小的青苔，在最远处，大海在远山张开的双唇后面隐隐可见。阿芙罗狄西亚心中暗暗想道：如果她当初能说服考斯提斯逃到那万顷碧波之上的话，那她今天就绝不会在这里摆弄一颗血淋淋的头颅了。从她惨遭不幸的那天起，她一直不得不把满腔的哀怨埋藏在心里，此时，这一腔哀怨化作号啕大哭爆发了出来。她像殡葬仪式上的哭丧妇那样恸号着，把双肘支在双膝上，用双手捧着湿漉漉的双颊，让如泉的泪水尽情地流到考斯提斯的脸上。

"喂！神父家的寡妇，女贼！你到我的果园里来干什么？"

老巴西尔手持一把砍柴刀和一根棍子站在高处往下欠着身子。他那副怀疑和狂怒的样子更使人觉得他像一个用来吓鸟雀用的稻草人。阿芙罗狄西亚惊跳了起来，赶忙把考斯提斯的头颅藏在围裙里面：

"巴西尔大叔，我只在你的地里偷了一点阴凉，因为我太热了，我想凉快凉快。"

"你把什么东西藏在围裙里了？穷寡妇！贼！你偷了一个南瓜还是一个西瓜？"

"我是个穷女人，巴西尔大叔，我只拿了一个红瓤西瓜。就一个黑子红瓤西瓜。"

"拿出来给我看看，骗子，骚货！把偷我的东西都交出来！"

老巴西尔挥着手里的棍子朝坡下跑来。阿芙罗狄西亚用双手捏紧围裙的两个角，拔腿朝悬崖的方向跑去。山坡越来越陡，小路也越来越滑，仿佛残阳将一滴滴黏稠的鲜血洒在了上面似的。巴西尔早已停止追赶了，现在他站在那里大声嚷叫着要阿芙罗狄西亚回去，因为她脚下的那条小径已消失在一堆崩塌的乱石之中了。阿芙罗狄西亚听到了他的喊声，但这喊声被呼啸着的晚风撕得粉碎，因而她并没有听清他到底喊了些什么。这喊声只在她的心里激起了一个念头：快些逃离村庄，甩掉谎言和伪善的折磨，将来她老了以后肯定是个无人喜爱的老太婆，啊，早些摆脱这无穷无尽的酷刑吧！突然，她脚下的一块石头滚下了绝壁，好像在给她指出她的命运之路。阿芙罗狄西亚紧抱着那颗血肉模糊的头颅跳下了万丈深渊，跳进了茫茫的夜色。

鉴评：把爱情刻入生命

在司汤达举世闻名的长篇小说《红与黑》里，两个女主人公最后的爱情结局，恐怕凡是读过这部杰作的人都是不会忘的。

于连被处决后，他的一个情妇玛蒂尔德小姐来到停尸的地方，"以超人的勇气"把于连的头放在她面前一张大理石小桌上，吻着他的额头，接着，在马车里把她曾经如此深深爱过的那个男人的脑袋抱在自己的膝上，陪送着棺材到墓地去，最后，由她亲手埋葬了情人的头颅，还叫人向旁观的人群抛撒了数千枚银币。

另一个情妇德·瑞那夫人则表现得很简单，她没有去找任何方法自寻短见，但在于连死后三天，她抱吻着她的孩子们离开了人世。

司汤达笔下的玛蒂尔德小姐的情态是旁若无人，豪放外露，有声有色，根本不在乎贵族上流社会对于连这个平民"小野心家"的憎恶与蔑视，也不顾及自己作为侯爵小姐、作为朝廷大臣之千金的身份，带有明显的对立性与反抗性，而其勇气之中又掺杂着有意标榜的虚荣心成分。

司汤达以短短一个句子写出来的德·瑞那夫人的情状，虽然简单得多，但是更为深沉执着，她痛苦而死，就像一朵被摘下来的花，由于断了生命的来源而很快枯萎了。

尤瑟纳尔笔下的这个希腊寡妇，则既有玛蒂尔德那种出于爱的超人勇气，也有德·瑞那夫人那种同生共死的决心，她冒着生命危险亲手埋葬了被处决的强盗情人的尸体，然后，抱着他的头颅从悬崖上跳进了万丈深渊。

作为一篇爱情小说，这个短篇对阿芙罗狄西亚与情人的爱情，几乎没有作什么直接的描写，主要描写抢劫、凶杀、村民的复仇、强盗身首异处的尸体暴晒于烈日之下等等似乎无关的情节，但所有这一切都集中导致阿芙罗狄西亚抱着情人头颅的纵身一跳，正是从这一跳里，一种强烈、执着、勇敢的逆抗性的爱情突显了出来，在这里，主题表现显示出了最大的力度。

这完全不是文明社会里柔和与优美的爱情故事，它发生在落后、野蛮的山区，它充满了剽悍暴烈的力与残忍血腥的罪恶。为什么一个具有极高的文化修养与精致的艺术趣味的女性作家，会对一个如此带有野味与血腥气的故事感兴趣？也许，她特别看重的，是这个凶狠的强人一爱起来就把情妇的名字刻在自己胳臂上的那种傻劲，这个背离了妇道的女人一爱起来就情愿为这男人赴汤蹈火的勇气；也许，在她看来，这种强烈、粗犷、充满了力度的感情表现，由于在温文尔雅、苍白纤细的现代文明人身上愈来愈少见，反而显得更为宝贵，更值得被引入艺术表现的领域。

脸上的红月亮

［日本］野间宏
高慧勤 译

作者简介

野间宏（1915—1991），日本著名小说家，中学时期即受法国象征主义诗人的影响。1935 年，入京都大学法文系，接触了马克思主义，并参加地下反战活动。1941 年被征入伍，服役于菲律宾，1943 年，因思想进步而被捕入狱。战后开始写作，1946 年发表的小说《阴暗的图画》成为"战后派文学"的代表作，1952 年发表的长篇小说《真空地带》轰动文坛。

死了丈夫的堀川仓子，脸上常带着忧戚的神情。有些日本女人，姿容端庄妩媚，美得高雅绝伦，令人不可仰攀，堀川仓子当然不属于这种类型。而且，也不同于眉眼口鼻虽然不大匀称，却反而显得更加标致的那种。总而言之，她的面孔只不过长得周正而已，貌虽美，但并不出众。然而，不知怎的，她年轻的生命，仿佛突然遭到什么意外的变故，脸上总好似有些愁眉不展的样子。这恰好给她平添无限的风韵，别具魅力。在她宽阔而白皙的前额，富于表情的薄嘴唇上，不时流露出一种痛苦的神情。

北山年夫也承认，同堀川仓子见面的次数愈多，她的神态在他心上也印得愈深。一年前，北山从南洋回来，在朋友开的公司里找到一份差事，办公地点在东京站附近一座大厦的五楼上。此后，北山年夫常在走廊上、电梯里或厕所门口遇见仓子。每次，都从她脸上看出那种不可捉摸的痛楚神情。仓子的面孔，对北山那颗破碎的心来说，既是一种精神上的慰藉，同时又给他带来了苦恼。

他不知道仓子多大年纪。其实，北山从来就没有猜疑过她的年龄。因为仓子的美貌，一上来就把年纪给遮盖过去了。这也许是北山年夫长久没有见过国内女子的缘故。要不然，就是他曾经沧海，一直远离异性，独自过活的关系。而且，他压根儿就不曾想过，仓子是结过婚的女人。他把仓子的年纪估计得比实际上要年轻得多。这么年轻，脸上的神情为什么会那样痛苦，他觉得很奇怪。仓子把自己的心情完全摆在脸上，这在日本女人中也是很少见的。

仓子供职的八千代新兴产业公司，就在北山办公室的对面，中间隔着一条走廊。走廊又长又暗，两边全是办公室，格局都一式一样。北山跟她有时在走廊里相遇，有时擦肩而过，短暂的一瞬间，根本没法仔细打量她的面孔。但是，每当在阴暗的走廊里看见她的面孔，或者一同挤在电梯里，隔着别人的肩背和她打照面时，北山便觉得，仓子那张俏丽的面庞，光艳照人，宛如夕阳残照，在宁静迥远的天空下，从轮廓分明的山峦和地平线上即将隐没之际，刹那间又发出最后一道极其强烈的光芒，灿烂夺目。开头他只注意仓子的脸，直到近来才发觉，她痛苦的神情，也从她娇小的身躯上流露出来。和她的丰容相反，她打扮得很素净，穿一套深色衣裙。北山觉得，正是她这蕴含痛苦的身姿，在自己的记忆中勾起一段辛酸的往事。的确，仓子的那种美，和北山苦痛的内心十分合拍。为什么她的容貌和自己的心境会那么吻合、那么熨帖呢？北山很纳闷。总之，仓子的面孔牵惹起北山内心的痛苦。有时他下楼会突然觉得，有什么东西猛地使他的心抽紧了。起初不知道这是怎么回事,后来明白了,是仓子那神情痛楚的面容潜入他的心头,是仓子那张脸揪住了他的心。北山审视心头这张面影,愈发感到心痛,神思愈发恍惚,仿佛两条腿都不听使唤了。一种莫可名状的悒郁犹如一道闪电,掠过他的心头。一直从他记忆深处翻腾起来,向他袭来,来势那么凶猛,他简直招架不住,整个儿给压垮了。"啊,不行!"他蓦地站住脚,摇着头。"不,不行!"他有些昏昏然了,不知怎么办好。他意识到,一些连他自己也不能同意的否定人生、否定人类的想法,在他心里奔涌而来。那简直是难以忍受的时刻,如同电光一闪,使他浑身上下,直至手指尖,都好像在冒火。"不,我从没有那么想过……我为什么要去否定人类……我要做个真正的人。我是个纯朴的人,对人类充满信心。"他这么暗暗私语。可是,以前上战场打仗时,那些不同常人的人,给他留下的印象,现在又苏醒了。他感到人性中那一份不加掩饰的兽性正张牙咧嘴,向自己猛扑过来。他看到自己身上分明留有一些无情的牙印,那是战友们在战场上给他留下的创伤。他也明白,在战友身上,自己也准会给他们留下同样的创伤。一想起人在战场上,面临生死关头,所表现的利己的丑态,他简直不寒而栗。

堀川仓子的身影,之所以能唤起北山年夫对战争的回忆,发出否定人类的慨叹,也是因为当他回首往事时,想起和仓子同样痛苦的一个女人。所以,一看见仓子,北山便想起自己当兵时,心里怀念着那个女人,一边行军跋涉的可怜模样。

北山年夫有过一个恋人,但从没打心眼里爱过她。或者说她是北山从前失去的另一个恋人的替身罢了。北山爱过一个姑娘,但她早就跟北山撒手分开了。那姑娘人品并不出众,在热情奔放的青春时期,遇上那样一个姑娘,实在是北山的不幸。北山也不能免俗,跟一般热恋中的年轻人一样,把自己的意中人加以美化,叨念她实际并不具备的种种长处,把她捧上爱情的圣坛。然而,北山无法冲破家庭的阻拦,也无力挑起生活的重担,对她的离去虽然不免有些怨愤,心里却总不能忘情于她。后来，便是他所不爱的那个姑娘出现在他面前。她在北山工作的那家军需厂当办事员，一心爱上了北山。她和北山头一个恋人不同，很快把自己整个儿交给了北山。那姑娘长脸，细颈，瘦腰身，看来弱不禁风，但人挺聪明，同北山的性情和教养很相称。虽说那次失恋的痛苦，北山已经能够克制，可是他毕竟不能长久忍受孤独，有位姑娘爱上自己，也可以满足一下他的虚荣心，他又没有坚毅的意志，能断然拒绝姑娘的爱。她信赖北山，把一切都奉献给了他。然而，北山也正因为轻而易举地得到了她的爱，反而不知珍惜，那是北山终生再也得不到的无价之宝。他李代桃僵，拿她权且充当自己的意中人。跟她不过是虚应故事而已。可不，他打量她的眼光是那么冷酷无情，每逢摸到她单薄而缺乏弹性的胸部，好像心都凉了。拿她的乳房和头一个爱人那丰满的双乳相比，总感到不满足，似乎欠缺点什么，好像心也揪了起来。她的前额不宽，白里透青，颧骨略高，在某种意义上，颇有点现代风度。可是，北山认为她不够媚，引不起自己的情致，很是烦恼。当他一把扳过姑娘的面孔，看着她浓妆艳抹，化妆得那么拙劣，觉得是对自己的一种侮辱。当然，北山对她也并不总是那么冰寒雪冷的。彼此接触愈多，她对北山愈是一往情深，北山就愈觉得是个沉重的负担。自己仿佛给姑娘的一腔热爱团团围住，不免感到腻烦。

北山入伍之后，还在国内时便得到了她的死讯。她这一死，倒叫北山认清自己对她的虚情假意、自己的罪孽。因为，当了新兵整日价吃苦受难，日久天长终于懂得了爱情的可贵！"入伍当兵，始知娘亲"，这话虽是一个刚入伍的新兵说的，可是躺在兵营的床铺上，北山也未尝不思念母亲，忆念爱情，咂摸热爱别人的高尚情操。从某种意义上来说，这些回忆颇为甜蜜，但也很有戏剧性。堂堂一个男子汉，年纪过了三十，裹在毯子里，流着眼泪啃面包。当兵的生活，成天除了上操还得挨体罚，他终于从中悟出，人生别无所求，唯有爱情才是最有价值的。他挨过皮靴底的打，用冰冷的手，摸着又紫又肿的脸颊，不禁想起母亲轻柔的手，想起死去的情人那双温软的手。到了前线之后，这种思念愈发强烈。在国内时，他们这些一块儿吃苦的新兵，还能同病相怜，说说心里话。在幽暗的厕所旁谈上两句，相互安慰一番。可是，上了前线，冒着枪林弹雨，口粮又缺，不消说跟长官和老兵，即便新兵之间，也难以推心置腹了。面临激烈的战斗，北山知道，只有靠自己才能保存自己的性命，由自己来安慰自己的痛苦，用自己的手来给自己送终。就像把水装在背壶里一样，各人把自己的精力存在自身这具皮囊里。壶里的水绝不能分给别人喝，更不能浪费自己的精力去搭救别人。体力只要比别人差那么一丁点儿，在战场上马上就成为一个落伍者，死神会立刻降临到他头上。挨饿的当口，把自己的口粮分给别人，那无异于自取灭亡。为了一点点食物，士兵之间就可以造成隔阂，彼此反目成仇。

在极度紧张的白刃战之后，北山追念前事，想起三十几年来，他接触过许多人，无论是亲友还是同事，除了母亲和他死去的恋人，没有一个是真心爱他的……战斗中，有时敌方散兵阵地突然停止射击，战场上一片死寂。北山操作的是四一式山炮，从瞄准镜中望出去，越过横无际涯的草原，搜索树丛后面的射击目标。那时节，眼前仿佛看到过去真心爱过自己的母亲和死去的恋人，正翩然向自己走来。死的恋人，左脚走路有向外撇的毛病，老也改不了。在瞄准镜里，她左脚就那么一撇一撇地向自己走来，一径走进自己的这颗痛苦的心房里。北山又热又累，筋疲力尽，看着她那毫无风韵的走相，心里不免为之一颤。想起从前和她一起散步时，看她左脚走路的样子打心里瞧不起，出言刻薄。"我对不起你，对不起你啊！"临阵对敌，北山在心里这么喊着。那是把一切都奉献给了自己而毫无反悔的恋人，他意念中紧紧搂抱着她的身影，一面忍受战斗的痛苦。

从中国转战到南洋一带后，对他这个新兵来说，并不是去对敌作战，而是跟日本兵争斗。因为天热，军马长了鞍疮，马背上皮开肉绽，即使放上鞍鞴也不能骑用，于是便叫新兵代替战马拉炮车。酷暑难当，部队白天无法行军，大多趁夜凉赶路。午夜一点起床，一点半出发，上午十一点宿营。可是，宿营的时候，新兵还要侍弄马匹，清点弹药，检修大炮，准备口粮，所以，一天只能睡上两个小时。疲劳不堪，拉着大炮寸步难行。那些有四五年军龄的上等兵，对他们这些当马用的新兵便拳打脚踢。也多亏这些老兵的打骂，新兵才捡了一条性命。新兵的敌人并不是前方的外国兵，而是身旁的四年兵、五年兵、下级军官和将校们。

北山年夫一面挨老兵的打骂，心里想着恋人，一面拉着炮车的纤绳，在草丛中啾唧的虫声里，拖着大炮前进。

"你在想什么呢？还在想那件事吗？"当两人一场欢愉之后，恋人见他一言不发，动也不动地躺在那里，便哀怨地问道。她很清楚，自己未能使北山感到惬意，猜他准还在思念昔日的意中人。

"没想什么。"他连忙否认，可是口气之间却没有否认的意思，倒不如是在默认她的话。

"我除了爱你，就没法活下去，不管你怎么看待我。"她时常给北山写信说，"有朝一日你会明白我的心迹。不过，到那一天，我恐怕已经不在人世了……"她的话，语气平常，却句句都有一颗赤诚的心在。北山每一想起她来，心里便感到痛悔，觉得应该去承受一切磨难。

"尽量地折磨我吧。"他心里一边说，一边在五年兵的皮鞭下拉着炮车前进。菲律宾士兵烧焦的甘蔗田，在远处低地上连成黑黝黝的一片。士兵们走在海边上，扬起一片尘沙，热带常见的一轮又大又红的月亮冉冉升起。月光把士兵生热病后蜡黄的脸和汗水浸透了的衣服照得发红。队伍拖拖拉拉，不成体统，走进山里的羊肠小路。

"二号三号换班！"分队长在后面用沙哑的声音喊道。接班的士兵默无一言，喘着气从后面赶上来，防毒面具垂挂在胸前，汗水浸透的上衣沾满了尘土，好像长了黑苔似的。

北山年夫把二号炮车的纤绳交给接班的士兵。同三号炮车上卖鱼出身的二等兵中川一起离开了队列。可是北山记不得自己是在什么时候把纤绳交给接班的,更不清楚是怎么离开队伍的。他的脖筋暴起,两眼发花,心跳得直撞胸膛。他同二等兵中川两人愣了一会儿,好不容易才赶上队伍。他们从换班士兵手中接过马缰绳,战马身上光光的,瘦骨嶙峋。可是他们俩已经没有力气和战马一同前进了。十多天来,绑腿从未打开过,两条腿早就麻木了。每爬一步坡,都好像会失去好多鲜血似的。

"干什么!"当代理分队长的长官,赶到队尾,举起鞭子朝他们攥着缰绳的手抽了下来。

"你们俩坠在马身上,马早就累垮了,你们不知道吗?你们死了有人顶,马死了拿什么替?这么热的鬼天气,别叫我一次一次教训你们。"

他们默默望着长官,沮丧地松了缰绳,离开战马径自走着。然而,他们一步也迈不动。不论怎么大口呼吸,肺里好像还留着恶浊的气体,憋得喘不过气来。防毒面具压在右肩上,绳攀仿佛勒得自己不能呼吸似的……山坡的表皮,白天吸足了太阳的热气,到了夜晚便蒸腾出来,炙烤着士兵们被汗水和尘土堵塞了毛孔的身躯。所谓行军,不过是走在前边的队伍拖着后面的人跟着走罢了。

"我走不动了。"卖鱼的二等兵中川隔着北山牵着的那匹战马说。这句话,中川不知说过多少回了。他的声音深深地潜入北山年夫那颗疲惫的心里。中川的体力已经消耗殆尽,简直再也没有气力挪动自己那副大骨架了。

"这回我可真的要完了!说什么也走不动了。"说着,他仍让战马拖着走了半小时。

队伍向萨马特山挺进。倘若不急速前进,粮多弹足的敌兵会从右侧抄袭过来,准会遭到他们致命的打击。所以部队一刻也不休息,继续赶路。

"我要松手了……松开了。"

听中川的声音,北山感到战友已经筋疲力尽。话的尾音渐渐微弱下去。起初还想向北山呼救,末了已不再有这种意思,仿佛是说给自己听似的,或者说在他生命的最后一刹那间，他的意识在回顾自己的一生，声音是那么凄惨，直透北山的心底。可是北山对战友，也已无能为力，哪怕拍拍肩膀，给他鼓鼓劲也罢。再说，北山如果帮了别人，自己就会支撑不住，落得同归于尽。中川的声音把他的心都喊软了，可是他硬是克制自己，不为所动，自顾自默默地往前走。

"我松手了！"于是，二等兵中川松开缰绳，腿一软就不再走了。他作了死亡的抉择，葬身在平沙旷野之中。他的身子一直被奴役的绳索缚住，仿佛只有一死才能得到解脱。他轻轻摇了摇头，便倒在沙土上。中川平时有点迟钝，记性不好，常挨老兵的打骂，人生一世，就这么结束在萨玛特的山坡上了。北山年夫为了自己活命，居然对战友见死不救……等北山复员回来，老母已经不在人世了。

开春后不久，有一天北山年夫和女同事汤上由子一起走出办公室。在电梯前的楼道口，同下班的人群挤在一起。小卖部旁边的××物资专卖部前边，人头攒动，没铺桌布的台子上，陈列着大堆日用品。他们俩挤过人群，刚走到门口，忽听得汤上由子不管周围那么多人，大声喊着："堀川！堀川！"左面报摊旁，人群里有个女人回过头来，正是堀川仓子那满蕴着痛苦的脸。大楼外面阳光明亮，她在人群里，脸上挂着一丝笑容。

"就回家吗？一道走吧。"汤上由子向走过来的堀川仓子说，并且把仓子介绍给北山年夫。

三个人挤在赶路回家的人群里，并肩向东京站走去。汤上由子夹在中间，她丈夫已经死在战场上，有个孩子还很小。可是三个人里数她性格开朗，就跟她走路一样，脚步踏实地走在人生的大路上。长发飘拂，披在穿着蓝外套的后背上。

北山年夫走在她左面，已经过了三十五岁，看上去比年纪显得老。因为长年服役，浑身自有一派军人风度。虽然神态上有点放浪不羁，还带些倦怠，但经过军队生活的磨炼和战争的煎熬，仍让人感到他坚毅的心性。并且走起路来，迈着大步,不失军人本色。

走在右面的是堀川仓子,那天她换了身春装,穿的是一套天蓝色的条纹西式衣裙,色彩明丽,在夕阳残照下的站前广场上,显得十分柔和而协调。但是即使和心胸坦荡、无拘无束的汤上由子走在一起,她仍是把自己的心扉关得紧紧的,沉默寡言,只管低头迈着细碎的步子走路。

在售票处排队的时候,汤上由子把右手提的那只大包袱往前一举,既非给堀川仓子瞧,也不是给北山看,嘴上说道:"今儿个就为这奔忙。"

"什么?"堀川仓子问。

"没什么。拿去变卖。是件皮货,还是熊皮呢。"说着汤上由子从包袱里掏出一只黑脚爪,淘气地把熊掌晃了两三下,自己倒扑哧先笑了起来。堀川仓子也跟着笑了笑。

"皮货?"北山年夫问,想到汤上由子的生计竟要靠这只可笑的熊掌来维持,心里不禁怅然。

"是啊,说是能卖到四千块钱呢。就是小了点,价钱也就便宜得多了。都说'卖掉吧''卖掉吧',我也给他们说得心动了。其实,也真没别的可卖的了。"

"我也是靠卖家当来糊口的。"堀川仓子接口道,说着把带笑的脸转向北山年夫。

"你也这样!这日子真叫人受不了。"汤上由子说。

"话又得说回来,有东西卖还不好!"北山年夫的语气带些嘲讽。两个女人在他面前突然揭开自家生活的内幕,他听了有点发窘,一时竟至语塞。

"总也有个山穷水尽的时候啊!连一年都维持不了的。你说是不是?"汤上由子侧过脸去征求堀川仓子的意见。

"可不。"堀川仓子使劲摇了摇头说,"我真有些发愁。"她缩着下颏,脸上掠过一道对生活深感不安的阴影。

电车里挤得一塌糊涂。三个人给挤散了。北山年夫站在人群里,连身子都动不了，心里寻思道：威胁这两个女人生活的，同样也使他的前途暗淡无光。眼下他在朋友开的这片店做事，店里经销五金、食具和儿童三轮车，但库存无几，难以为继。虽说北山原先在军需厂工作过，可是六年的军队生活，把他的办事能力全毁掉了。

堀川仓子在四谷站下了车。车里稍微松动一些，北山年夫和汤上由子面对面站在中间一道门口。

"她挺漂亮吧？"汤上由子问。

"唔。"北山年夫若有所思地应了一声。

"难道你不觉得她漂亮？"

"不，挺漂亮。确实很漂亮。"北山年夫连忙回答说。但是，堀川仓子那种痛苦的神情，他却找不出恰当的词来形容。既不能说是漂亮，也不是美丽，仿佛有什么东西一把抓住他的心，令他震撼不已。

"真的，我很想知道她年轻时的模样。对于美男子，我现在已经心如死灰了，可是见到漂亮女人，还忍不住要看看。"

"哦，是吗？"

"你知道吗？她跟我一样呢。"

"一样？"

"嗯，她丈夫也死在军队里了。"

"唔。"北山嘴上若无其事地应着，却再也说不出别的话来。他觉得堀川仓子的身影倏然间闪现在自己面前。仿佛又看到了她的面孔。她脸上那种极具魅力的美，似乎一直潜入自己的心田。直到此刻他才明白，仓子脸上那种痛苦的表情，所为何来。

听汤上由子说，堀川仓子是恋爱结婚的。婚后三年，丈夫被征入伍，一去就不复返了。他们两人相亲相爱，无比幸福，然而，战争却毁掉了她的幸福。最近有人向她提婚，她始终拿不定主意。

北山年夫在新宿站同汤上由子分手，便朝车站前的一条小胡同走去。他住的公寓里变压器坏了，回到住处也没有电灯。一想到要在黑洞洞的屋里百无聊赖地挨时光，便懒得回去了。他走进一家小餐馆，要了一盘煎肉饼和一杯咖啡，把用办公室电炉做好的饭也拿出来一道吃了。等第二杯咖啡时，他点上一支烟，心里仍在琢磨两个年轻寡妇的事。战争给人造成的摧残和痛苦，北山是深有体会的。他想起那只黑熊掌，脸上露出一丝笑意，心里却十分痛楚，笑容还没在脸上绽开便随即消失了。堀川仓子的面庞却又兜上他的心头。想必当初她丈夫一定很爱她。她爱丈夫，也不亚于丈夫之爱她。现在她失去了亲人，究竟靠什么力量支持她活下去的呢？失去了所爱，她的一腔热爱又将向何处倾注呢？难道会像那落日的余晖，把天空照得亮如白昼，而后突然消歇下去？难道说，是破灭的爱情消损了她的容颜？是虚耗的爱情赋予她的面庞以这种不可言传的异样的美感？

　　北山年夫走出餐馆，又踅回车站前鳞次栉比的摊贩之间。街上飘散着廉价炸鱼的油腻味，昏暗的灯光刚刚照亮人的面孔，看得出一张张嘴巴在嚼动。蓦地他看见斜对面菜馆门口有个男人在舔盘子。那是个年轻人，面孔瘦削，脚上穿着布鞋，身上是一套又窄又小的旧军服。北山心里想："这个人一定饿得很了。准是在什么地方打短工的。"他脑海里浮现出区公所贴在电线杆上的招工广告："每日付酬××元，兼包住宿。"那人究竟靠什么过活呢？卖着吃？准是没东西可卖了……照他那副身架，肯定挣不了几个钱……可是我，也无能为力啊。北山望着那人专心致志在舔盘子的嘴巴。嘴唇很厚，舔得湿漉漉的，油光晶亮。霎时间，这张嘴仿佛变成他在战场上打死的那头猪噘着的嘴巴。他感到浑身一阵燥热，无端地厌烦起来。"啊，讨厌！"北山一面克制自己这个意念，一面继续往前走。他心里火烧火燎，不断喊着："全是猪，一群猪！"在他脑海里，这猪嘴一个劲地嚼着。他想起在林加延湾抢他水壶的那个家伙，当了五年兵的松泽上等兵……还有自己对口粮斤斤计较的心理……讨厌！讨厌！他脑海里那个湿漉漉的猪嘴，依旧在不停地嚼着。他心想，那人的嘴是猪嘴，我的也是猪嘴，啊……都在一个劲儿地嚼着。忽然，他愣在那里不动了，闭起眼睛，摇了摇头。脑海里的猪嘴不见了，昏黑的眼前仿佛升起一团浓烟烈雾。他慢慢睁开眼睛，重新走起来。这些阴沉沉、火辣辣的回忆，已经像潮水一般退了下去。每当这类讨厌而又难以排遣的回忆过后，他的心情更加黯然，感情上留下斑斑伤痕。北山一面走，一面琢磨自己的心情。他想道："不论在感情上我多么想否定人生，但毕竟是一时的感慨罢了，依旧笼统地肯定人生，照常吃饭、走路、呼吸。"但是，能吃会走的人，并不是个个懂得爱情的人。他们给送上战场，准会和我一样，只顾自己。为了一点口粮，恐怕也会相互仇视，对战友见死不救……他想起母亲，听人说她是空袭时给烧死的。有人说，母爱是盲目的。然而，除了母亲，又有谁能爱别人呢？在战场上，肯把自己口粮分给别人的，除了母亲，又有谁能做到呢？不，连母亲这样做，也是不可思议的。于是，母亲的身影在他心头又幻化成恋人的倩影。……他又想起死去的恋人，明知她已经不在人世了，但他还需要她的爱。难道说，为了懂得爱情的价值，就非得打这一场仗，夺走几千万人的生命吗？他从人群里挤了出来，走到闹市的尽头，又踅了回来，走进人群，直到浑身冻得冰冷，才回到黑洞洞的公寓里。

北山年夫和汤上由子、堀川仓子，下班回家的路上，常常一起去喝茶。不久，便成了他和堀川仓子两人相对了。他并不把自己对她的感情看成是爱恋之情。的确，仓子的美貌，他看了很动心，但并没到神魂颠倒的地步。她的丰姿使他想起自己的往昔，认清自己惨痛的前半生。与她相会是痛苦的，但他却需要这种痛苦的感受。倘使有人说，他心里未尝不夹带着爱的根苗，他也许不会否认，不过，他可不是为了这个才去追求仓子的。再说，北山很清楚，她死去的丈夫依然占据着她的心。

"听说从前你很幸福。"有一天北山试探地问。

"嗯，是很幸福来着。"她回答说，接着又直截了当地补充道，"说老实话，我确实使我丈夫生活得很幸福。他死了，我觉得问心无愧，没有什么可抱憾的。为他，我该做的，全做了。当然，那一阵子我自己也非常幸福。"

"如今的世上，像他这样幸福的人，大概还会有吧?"

"从前他可挺不幸的。家庭拖累得他好苦。不过，我相信，和我一起过的那三年，他准很幸福。"

"后来就应征入伍了?"

"可不。"

"是当官吗?"

"哪儿呀，走的时候只戴了一颗星。"

"哦。是在南方战场吗?"

"嗯，在南洋。病死在战场上的。"

"离开你，他一定很痛苦吧?"

"不错。他嘴上说这是次公费旅行，可我知道他的心思。"仓子有些羞涩的样子，却又果决地说。

"是啊。"

"我丈夫死后，别人都说我可怜，其实，我倒觉得我丈夫怪可怜的。谁想得到自己会那么死去呢? 我没法不老这么想他。"

"……"

"归根到底，人一死不就全完了吗? ……全都完了。"

"……谁说不是呢。"

"倘若我丈夫情愿那么死，他，自然会死而无憾……"

"我周围全是这样一些人呢。"

"你是说汤上吗?"

"嗯。"

"我看她活得挺起劲的呢。"

仓子既然向自己敞开心扉，谈起过去，北山年夫便向她讲起自己从前的一段恋爱。

"我本来就在想，你一定历尽沧桑，遭到过不幸。"她说。两人走出那家铺子，她说还要卖些东西，便朝车站走去。

北山年夫站了一会儿，望着她的背影在站前广场上熙来攘往的人群中时隐时现。"究竟是什么支持这个女人活下去的呢？不是已经没人会抱着她，热烈吻她的面颊吗？"北山年夫望着仓子的背影，心想，"为什么身遭不幸，容貌却变得这么动人呢？"他一动不动地凝目望着仓子，没有意识到自己问得多古怪。他忽然觉得广场上弥漫着悲凉的气氛，不知是自己的内心感受，抑或是她的身影所流露出来的情调？高楼大厦倒塌之后，上空愈发显得辽阔，柔和的暮色洒了下来，连同这悲凉的氛围，正悄悄地爬上这些经历过战乱的人的心头。

一天，有个一道从南洋复员的朋友来看北山。那人大学出身，是最后一批从国内增援到他们联队的新兵。刚到南洋的时候，胖墩墩的，因为酷暑难当，不到一个月工夫，眼看着瘦了下去。看他身体衰弱，北山年夫便常常照顾他。因为他为人不虚伪，不像常见的某些知识分子，当了兵，禁不住老兵的拳打脚踢，轻易地屈服跪倒，用金钱和物质来孝敬他们。他复员后，托老同学的情，在浜松街附近一家小公司里上班。他常来看北山年夫，发一通牢骚然后回去。

"这回可抓住你了。我最近来过几趟，你知道吗？走到水果店拐角，一看你屋里没点灯，真是好不扫兴。我拖着两条腿，一步一步往回走，那样子你就想想看吧。"片冈三郎往墙上一靠，用惯常的语气说。

"哼，你这么胖，即便失恋，也不会落泪的。"

"我几次三番出来访友，想找人说说心里话，你就不体谅体谅人家的心情！"

"无非是铃木大拙[1]不名一文时的心情罢了。"

1　铃木大拙（1870—1966），日本佛学家，著有《禅思想史研究》等书。

"正是呢。我这一向真个是身无分文，清心寡欲。不过，看你这神色，倒像挺有心事似的。天天晚上不在家，是不是在谈情说爱呀？"

"你说什么？谈情说爱？"北山年夫吞吞吐吐地说，"日本有值得你爱的女人吗？"

"有没有，另当别论。反正男人是爱女人的。尽管打了败仗，男人总需要女人，女人也少不了男人。"

"就你这么个大块头，还想谈情说爱？"

"那可不。只要谈得起来，准保苗条。"

两人开始在电炉上烤白薯吃。

"我眼看也吃不上饭了。"片冈三郎说，"所以，下个月打算搞点外快。"

"唔？"

"给你也找点活怎么样？"

"搞翻译吗？"

"哪里，搞黑市。"

"黑市？"

"其实，也就是推销药品，这事上班时抽空都办得了……你不是也叫苦连天了吗？"

"可不是，我也实在走投无路了。不过，叫我去当跑街，可不大在行。"

"这话也是。"两个人都不言语了，过了片刻，片冈三郎又说，"最近回了一次老家，遇见山仲那家伙，咱们这帮人，一个个全很惨。"

山仲也是和他们同时复员的。

"那家伙怎么样？"

"怎么样？卖巧克力哪。就是那种巧克力板糖。批发到手后，拿到乡下去走街串巷。"

"唔，真是山仲那家伙吗？"

"就是他。其实，卖巧克力也相当不错。别看山仲，卖巧克力板糖，比咱们可阔气得多了。听说一块糖批发价七元五角，卖给乡下杂货店是八元五角，一个月就能赚进三千五百元。可是，你猜山仲那家伙起初卖巧克力看中什么地方来着？热海！他以为在那儿钞票会像潮水一般源源不断地涌来。结果是打错了算盘，一块也没卖掉。背着糖走上站前那个斜坡的时候，他说当时他想起了木曾义仲[1]的结局。"

"义仲？"

"不错。木仲最后负了重伤，不是对他手下家将说过吗？'区区铠甲，平日里不当回事，如今竟不堪其重。'山仲那家伙也说，背上背的巧克力糖，像是一块块钢板。要真是钢板，还不把牙齿崩掉？难怪一块也没卖掉。"

"是啊。"

"你怎么不笑？连我这点幽默也不灵了……总而言之，咱们这些人都很潦倒。复员回来，房子给烧了，穿的也没有，眼见得房东又要撵搬家，用人的地方处处满额，往后究竟如何是好……前些日子，二月里大冷天，倒发放什么蚊帐……谁有钱买那种东西……即使有钱买，还不是马上转手到了黑市……再说，那些黑市商人自有他们的鬼算盘，专门在救济物资上打主意，投机倒把……你知道昨天发放的是什么吗？军用枕头套和儿童鞋……"

"……"

"要不，我也去谈谈恋爱？"

"你谈不了。"

"也许是……说不定我就得老这么胖下去了。"

"你都吃些什么？"

"小饭摊卖的煎土豆肉饼呀。"

1　木曾义仲（1154—1184），日本平安时代末期的武将。两岁时父亲被杀，义仲在木曾山内长大，故得名木曾义仲。官至征夷大将军，战死于粟津原。

"煎肉饼？那我也爱吃，可我怎么就吃不胖呢？"

"因为你在谈情说爱嘛！"

两人都笑了起来。

北山年夫并没想到自己在恋爱。不过，他觉得需要堀川仓子。同她相对之时，感到她跟自己一样，心里也怀有同样的痛苦。看见她的面孔才意识到，自己已把战场上所吃的苦头忘记了，只想浑浑噩噩地混日子。的确，刚回国的那阵子，国内面目全非，使他痛心，可是现在，那种印象已经开始淡漠。即或看到被战火烧得黑乎乎的断壁残垣，路旁排得长长的摊贩，以及街上人头攒动的人群，也都不以为意了。甚至于觉得仓子痛苦的神情，能把他心头的阴云给驱散掉。

下班后，他们两人时常到银座去。她住在娘家。据说亲戚故旧也和他们住在一起，所以家里很挤。一过八点，她便要回家，北山年夫也并不怎么挽留。他打算在生活里迈出新的一步。然而，又不知如何提起话头才好。要迈出这一步，需要甩掉过去压在身上的重负。但他感到束手无策。

"生活还得下去吧？"他试探地问。

"还行。"她回答说。

"不要紧吗？"

"嗯，不要紧。"

沉默片刻，北山又说：

"毕竟你的生活要比我的坦直得多。"

"是吗？"

"一个人能使别人幸福，可不容易。我从来没遇到过这种人。当然，我自己也没这种本事。可是你做到了，所以你才能活下去。"

傍晚时分，马路的上空春光融融。晴朗的天色，带点黄苍。两人坐在咖啡馆二楼的窗前，谈了好半天。北山提到自己念大学时，不顾母亲的期望，从法律系转到美学专业，母亲虽然担心他毕业后找不到工作，但还是高高兴兴地答应了他。为了他，母亲牺牲了自己的一生。

"真想再见一见母亲啊！"他说。堀川仓子一直默不作声。北山恍然明白，是自己的一席话牵惹起她对丈夫的忆念。

"当兵六年，固然把我的生活搅得一团糟，但我不信，就不能从中振拔出来……终有一天，我会找到什么力量的……一定能鼓起勇气，我什么都可以干。好在军队把我造就成这样一副体魄。"

他给仓子讲了讲战争的情景。他说，支持自己熬过战争的苦难的，并不是靠他的什么学问，而是他内心的痛苦。

"我一见到你，就想，应该……为你做点什么。可我顶清楚，我无能为力。实在是无能为力。"仓子仿佛透不出气来，断断续续地说道。北山不知说什么好。两人默默相对了好一会儿。

有一天，北山年夫上楼，看见堀川仓子正弯腰站在三楼楼梯上。

"怎么了？"

"脚在那儿扭了一下，"仓子回头见是北山年夫，便说，"方才在想心事来着。"北山发现仓子脸上掠过一道凄然的神色。

下班后，两个人在一起，漫无目的地向吴服桥走去。堀川仓子从来没有这样的消沉。北山年夫虽然同她并肩走着，却觉得此刻她的心，全然不在北山身上，仿佛深藏在她身体里的什么地方。那晚有风，路上尘土飞扬，搅得白蒙蒙一片，木板桥咯吱作响。两人沿着河边，向日本桥一带走去。

"脚好了吗？"隔了一会儿，北山问。

"脚？"仓子转过脸反问。散乱的秀发遮到脸上。

"是啊，刚才你不是在楼梯上扭了一下，瘸了吗？"

"哦，已经好了。近来也不知怎的，总是提不起精神来。方才就因为想心事，心不在焉。"

"……"

"从前我可从来不这样。也不知什么缘故，这些日子突然变得意兴阑珊。"

"怎么，你?"

"嗯，奇怪吗?"

两人绕过人群，出了公园，又向银座走去。

"平时总是你破费，今天我来请你。"

"这一向也不过是喝一杯咖啡罢了。"

"不过，我该请请你。今儿个我身上有点钱。"

他们吃了餐便饭，因想喝杯好咖啡，便进了另一家店。两人心里似乎都有话，又非说不可似的。可是，谁也没有开口。

"北山先生，"仓子终于先打破沉默，一边照例躲着北山凝视的目光，"前些日子你说，会找到什么力量的，看来已经找到了吧?"

"哪里，没那么容易啊。但我现在又在开始奋斗。我有股劲头，打算边工作边奋斗。总有一天，像我这样的人也能变成好人。我总想，变成好人之后再死。"

"……"

"我毕竟熬过这场战争活了下来。要是不能改好，还不如当初就死掉。"

"我也在想，将来一定会有幸福的一天。"

"谁幸福? 日本人吗?"

"不……"她闪烁其词地说。

"……"

"近来我一直在想，应该给你介绍个可意的人。"

"唔?"北山顿住了话头，半响没作声，玩味着仓子话里的含义。

"不胜感谢。"他冷冷地说，"倒是你的事怎样了?"

"我的事?"堀川仓子略微仰了仰脸。

"听说你在考虑结婚。"北山年夫仍然神情冷漠地说。

"嗯，你已经听说了？"堀川仓子仿佛被他的冷言冷语镇住了似的说。

"听说了。"

"可我，"她期期艾艾地说，"可我，哪有这份心思。北山先生，依你看，我该结婚吗？"

"当然，我看还是结婚好。"

"是吗？"

两颗心终究没有靠拢，坐在咖啡店最里头，默无一言。等到他们走到有乐街时，已经相当晚了，早就过了八点。

站台上一伙浓妆艳抹的女人在等车，是从酒吧间下班回家的。昏暗的路灯下，响起一阵阵艳笑。他们俩离开这些人，并肩站在站台的另一头，好像在眺望深夜里伸向远方的街头。

到站的全是市郊电车，市内电车一直等不到。

"她的生活果真能维持下去吗？说是卖家当过日子，卖光了又怎么办呢？"北山年夫看着堀川仓子一动不动站在自己身旁，望着昏暗的路灯，不禁替她寻思起来。

"我该怎么办？到底在追求什么呢？难道我在向她求爱？一个女人，战争里失去了心爱的丈夫；而一个男人，在战争时期死去了情人才懂得爱的价值，两人结合在一起……这倒颇像小说。"北山年夫猛然觉得身旁这个娇小的生命在动。短裙下露出两条小腿的堀川仓子的身体里似乎有个可怜的生命，不论走到哪里，都在散播着深沉的痛苦。这痛苦宛如一头野兽，暂时乖乖地潜伏在她生命的深处。

"不，我要的不是她。她要的也不是我。她说过，对于我的痛苦，她无能为力。而我对于她的痛苦，也是爱莫能助……然而，这个苦命人，虽然近在咫尺，对她的命运，我竟然无能为力……说明我只能顾自己的生存……而她也只是顾她自己。只能作如是想，此外还能怎样？"

又开来一辆郊区电车。

"上车吧。"堀川仓子蓦地迈开步子边走边说。

"为什么？"北山年夫跟在她娇小的身躯后面问。

"上来吧……总能到家的。"她回头看了一眼，便不管北山年夫，径自上了车。他感到仓子脸上闪现着青春的魅力，也跟着上了车，几乎撞到她身上。在车厢里，他们没怎么交谈。

"怎么了？为什么要乘这辆车？"

"不为什么。只觉得再也等不下去了。"谈话中断了。

两人之间的气氛有些窘。北山年夫感到，站在自己左边，手扶皮吊带的仓子，身上洋溢着一种迷人的力量。

"下车后，离家还远吗？"过了一会儿北山问。

"嗯。"她眼睛依旧望着前面，回答说。

"要走几分钟？"

"十五分钟左右。"

"这么说，不大安全吧？"

"嗯。"她扭过脸来说，"前几天，街坊上还有人挨劫呢。不过只抢走一把阳伞。"

"那我送送你吧？"北山说。可是仓子默不作声。北山看她面容凄然，轻轻摇了摇头。两人站在那里，近在咫尺，两颗心却十分疏远，无法靠拢。

过了目黑和涩谷，到了新宿站。北山年夫还没打定主意，要不要送仓子回家，却已经陪她走到了中央线的站台。

"送送你吗？"北山又问了一遍。仓子依旧默默无言。

电车里空空荡荡，两人在车门口面对面站着。窗口吹来的晚风，轻拂她垂肩的秀发。她那娇小的身躯，略微偏向左边，孤苦无告地站在自己身旁。北山意识到，在战败后的艰难时世里，仓子终究会生活不下去的。"过不多久，就该糊不上口了……这个月，虽然能多拿几个工资，全得填进肚子……她们公司恐怕情况也差不多……”于是，他想象站在旁边的仓子，身子愈来愈小，终于失去生命力，像粉屑尘埃一般，不知飘到何处……

他对仓子已经没什么话可说了。他知道，不论自己说什么，都说不到她的心坎上。仓子心里确实藏着深痛巨创。这痛苦眼见得要把她压垮。然而，我却不能解除她的痛苦，对她丝毫也不了解。我只知道自己的痛苦，也只看重自己的痛苦……仅此而已……

北山年夫看见仓子抬头正望着自己。在薄暗之中，她那惨白的面孔就像浮在眼前。北山凝视着仓子的俏脸……暗想：这脸上确实隐含着战争带来的痛苦。他多么想闯进她那痛苦的心里去。像他这种人，只要还保留着真诚的坦率，就会去抚慰她的痛苦……倘使两人能心心相印，分尝彼此的痛苦，能够推心置腹，赤诚相见……那么，人生岂不有了新的意义吗？……然而，他觉得那是办不到的事。

电车已经到达仓子要下车的四谷站。北山仍然凝视着她苍白的面庞。无意中发现仓子的白脸上有颗小小的斑点。奇怪的是，这颗斑点竟能扰乱他的心思。而且，这斑点是那么细小。若有若无，简直看不出来。或许是煤屑或灰尘什么的。要不也许是透过脂粉露出来的一颗黑痣。总而言之，这颗斑点扰乱了他的平静的心境。他产生一种冲动，想看清她左眼上的这颗斑点，于是集中注意力，凝视着这颗斑点。然而，使北山心烦意乱的，并不是仓子脸上的斑点。他觉得自己内心的一角，也有个类似的小点。他很清楚，他心里那颗类似的小点意味着什么，他审视着心里的那颗斑点。蓦地，那颗斑点开始膨胀起来，愈来愈大，一直逼近他的视野。进而又幻化成眼前的物象，映入他的眼帘。他不由得心里喊道：“啊！”他在堀川仓子的白脸上，看到那颗斑点渐次增大，变成一个又红又大的圆点，像是在仓子脸上升起的一轮又红又大的热带的圆月。他仿佛还看见士兵们一张张患热病的黄脸，还有不成次序、逦迤而行的队伍。

车声隆隆，震撼着北山年夫的身子。电车声中，好似夹着卖鱼的二等兵中川"我走不动了"的喊声。"我要松手了，松开了！"和着电车的声响，从北山年夫的脚下响起。一股滚烫灼人的东西在他身体内翻滚。"我要松手了，松开了！"他感到二等兵中川身子离开自己，被推向死亡，而把二等兵中川推向死亡的，也正是北山他自己。

　　电车发出隆隆的声响，穿出隧道。北山年夫隐忍着内心这股黯然的思绪。"毫无办法。我能有什么办法呢？只因为想保全自己，才对中川见死不救。就是为了保全自己啊！除此而外，难道还会有别的生存方式吗？"他平静地扪心自问，"真是无能为力。即便到现在，我依然故我。倘若处在与当年相同的境地，恐怕对别人仍然会见死不救的。不错，我现在依旧在明哲保身。所以，对仓子的痛苦，我也爱莫能助。"他感到仓子内心的某种气息，正从她那苍白的脸上向自己扑来。"我无法投入仓子的生活里，我只能存在于自己的天地中。"他觉得，要和仓子的内心息息相通，他做不到。"做不到！对别人的生存，我什么也做不到！一个只顾自己的人，怎能顾到别人的生存！"

　　电车到了四谷站，停了下来，车门打开了。他看见堀川仓子在望着自己，她的右肩好像在向北山示意，心想："要不要送她到家呢？"又一转念："不，不行！"

　　"再见吧！"说着点了点头。

　　"哎。"她下意识地把头一仰，脸上浮出一丝痛苦的微笑。

　　她下了车，门关上了，电车又开了起来。他看见仓子在窗外朝车厢里找他，她留在月台上，离自己越来越远。车窗上的破玻璃从她面前掠过。他本人也在她的生活里一掠而过。他感到在他们二人的生活之间，有块透明的玻璃，正以无限的高速，飞掠过去。

鉴评：爱的窒息

在中国的旧小说里，相悦的男女似乎特别"爽快"，见面仅只一两次，即可"私订终身""山盟海誓"，或"成其好事""巫山云雨"。对此，我一直有点疑惑，在封建礼教占统治地位的社会里，在男女交往极不充分并有种种规范的现实条件下，两性之爱竟能如此轻易成全，如"入无人之境"？如果我这疑惑是有根据的、可以成立的，那么旧小说戏曲中这样的性爱描写，就只能归之于写作这些篇章的那些才子的性情似乎太"爽快"了。他们总急于见到笔下的男女成其好事，也就顾不得爱情发展过程中的曲折反复以及性爱双方情爱心理的细致变化了，他们只顾得上写出爱情故事线索的顺当流畅，正像在中国传统的人物肖像画里，画家只满足于线条轮廓的勾画。

其实，作为人类高级心理活动的爱情，其成分是复杂的，意识与潜意识、理性与非理性等成分与因素，在其中杂然相混，而这些成分的化合、运动、演绎，又造成了极其微妙曲折的心理过程，它在现实生活条件的制约、影响与作用下，又产生了种种难以预料的变化，因此，在实际生活中，由好感、相悦、钟情到结出爱情之果，实需通过漫长曲折的心灵幽径。爱情是一种相当娇气的感情，它需要有正常的精神气质、思想情感、心灵状态等先备条件，也需要有适合的土壤、环境、气候等后备条件，只有在这些方面具备了必要的条件，它才能够茁壮成长。

野间宏的《脸上的红月亮》就提供了这样一个证明，虽然这一对男女彼此早已属意，心心相印，但他们之间的爱意却在过去心灵创伤阴影的干扰下，在战后日本凄凄惨惨生活的压抑与窒息下，不久就枯萎而死，甚至没有来得及绽出一片绿芽。

小说的重点是写心灵创伤的阴影对爱意的扼杀。在北山年夫这一方面，战争期间一次行军中，他对同伴见死不救，这事成了他耿耿于怀的一块心病，这种心病使他在丈夫死于战争的堀川仓子面前有了难言的隐私。他难以想象这一心病、这一隐私可以见容于与仓子的爱情生活中，这一隐私能向有战争造成的心灵创伤的仓子披露吗？如果不能披露，那不就成为需要坦诚真挚的爱情生活中的一块暗疮？那还如何能以自己爱情的力量把沉溺在忧伤与消沉中的她托起来、使她得到幸福？于是，这种心理障碍就使他裹足不前，并且由裹足不前进而把他心里对仓子的柔情活活地窒息死。

在仓子这方面，她女性的柔弱使她在丧夫的哀痛中不能自拔，不论她自己是否知觉，她所需要的是一种能够把她从郁郁寡欢的心境中、从战后暗淡萧条的生活阴影中拽出来的爱情，她等待着这种爱情，但北山年夫并不试图向她提供这种爱情，也没有能力提供这种爱情，于是，正像作品最后所暗示的，她从他的身边走开了。

作者野间宏中学时期就受过法国象征主义诗人的影响，在大学里，他学的又是法文专业。毫无疑问，他创作个性里流动着法兰西文化的血液。《脸上的红月亮》是他战后一九四七年的作品，从这里，我们可以看出有着某些与法国存在主义文学大师萨特著名哲理剧《间隔》相似的东西。在《间隔》

里，三个男女人物都有自己的隐私，这种隐私还成为他们互相间隔、互相戒备的根由，使他们之间直露的性爱关系也难以建立起来，甚至发展到别人的存在对自己来说无异于地狱的程度。萨特的《间隔》于一九四三年上演，一九四五年出版，我有理由相信，在此之后的《脸上的红月亮》是野间宏受了《间隔》影响后的产物。在这篇小说的男主人公北山年夫身上，我们就可以认出有《间隔》中加尔森这个人物淡淡的身影，即使是淡淡的身影，但只要沾上一点点"别人就是地狱"这一哲理的气味，只要有一点点对别人封闭自己内心的倾向，爱在这种人身上就难以成活。

第四十一个

[苏联] 拉甫列涅夫

王庚年 译

作者简介

拉甫列涅夫（1891 — 1959），出身于教师家庭，毕业于莫斯科大学法律系。参加过第一次世界大战。十月革命后，在国内战争中担任前线炮兵指挥员，后因健康原因，改做政治工作与宣传工作。从 1924 年起，完全从事文学创作。其重要作品有小说《风》《功勋》《水手们》，剧本《决裂》《祝福海上的人们》《美国人民的声音》等。

第一章

本章为作者根据需要所写。

天亮前，哥萨克马队刀光闪闪的包围圈北部一段，刹那间被机枪喷射出的一阵瓢泼似的滚烫子弹所突破。红色政委叶甫秀可夫凭着狂热而拼命的冲击，从突破口闯了出来。

从沙土松软的盆地里，从致命的重围中冲杀出来的，总共只有红色的叶甫秀可夫、二十三名战士和玛琉特卡。

一百一十九个人和几乎所有的骆驼都直挺挺地留在冰冷的沙坡上，葬身在枝干扭曲低矮的盐木[1]树下和枝条绯红的柽柳丛中。

当有人向布雷加大尉报告说，一部分残敌已经突围逃脱的时候，他用兽掌一般的大手捻了捻上唇毛茸茸的髭须，张开铁烟灰缸似的大嘴，打了一个呵欠，懒洋洋地吼道："让他们逃吧！用不着去追，不值得累我们的马，他们在沙漠里自己会完蛋的。集队——回营！"

这当儿，红色的叶甫秀可夫率领着二十三名战士和玛琉特卡，灵巧得像草原上狂怒的野狼，眨眼之间已经脱身，消失在无边无际的沙漠里了。

读者可能早已按捺不住，想知道"红色的叶甫秀可夫"这称呼从何说起。

且听我依次讲来。

原来，当高尔察克驱赶着庞大的队伍，像一枚前细后粗的蠢瓶塞，将奥伦堡的交通线堵了个严严实实，一辆辆火车头被抛到一边，任凭它们在死岔线上生锈的时候，整个土尔克斯坦共和国[2]之内，染皮子用的黑色颜料就脱销了。

接着，炮火连天、兵荒马乱和大量需要皮革的时期来到了。

人们被迫离乡背井，舍弃了令人愉快的安逸，被抛到冷热不定、晴雨难测、子弹尖利的呼啸不绝于耳的环境里，当然十分需要结实的衣物。于是皮外套就时兴起来了。

皮外套在各处都习惯于染成黑色，透出一种青钢锭的光泽，颜色显得威严而刚毅，和皮外套主人的神情十分相近。

1　盐木，藜科矮小乔木，树干粗糙，不长树叶，有固定流沙的作用，见于中亚盐漠及沙漠地带。
2　即土尔克斯坦苏维埃社会主义自治共和国。成立于 1918 年 4 月，但几个月后，反革命势力勾结外国干涉者推翻了这一政权。

于是这种染料在土尔克斯坦一下就用完了。

革命军司令部只好征收民间私存的各种德国合成染料。那是费尔干纳地区乌兹别克妇女用来把她们织披肩的丝线染得五彩缤纷，干嘴唇的土库曼娘儿们用来染彩色帖金毡毯的材料。

当时万般无奈，不得不用这些颜料染新羊皮了。结果，土尔克斯坦的红军队伍就泛出了霓虹的斑斓色彩：红、橙、黄、绿、青、蓝、紫，色色俱全。

说来也是叶甫秀可夫命该如此，军需仓库按司令部名单发放军装时，那个麻脸的值班员竟发给了他一套鲜红色的皮衣皮裤。

叶甫秀可夫从小生就一张红脸膛，连雀斑也是火红色的。脑袋上不是头发而是一头细软的绒毛。

可资补充的是：如果说叶甫秀可夫那五短粗壮的身躯一向给人以椭圆形的印象，那么穿上这一套红色的皮衣裤，就与复活节染的红蛋颇为相近了。他背上十字交叉的武装带活像字母"X"，令人觉得，假使政委要转过身来，胸前也会出现另一个字母"B"[1]：

"耶稣复活了！"

当然不会有这种事。叶甫秀可夫根本就不相信耶稣和复活节那一套。

他只相信苏维埃，信仰第三国际，信任肃反委员会，信赖粗壮有力的手中握着的那支沉甸甸、乌黑锃亮的七星手枪。

跟随叶甫秀可夫从马刀组成的死亡包围圈里冲杀出来、奔往北方的二十三名红军战士，和其他红军战士一样，都是些极普通的人。

玛琉特卡在他们中间可算得一个特殊的人。她是个父母双亡、孤身一人的渔家女儿，自幼生长在阿斯特拉罕[2]附近一处芦苇丛生的三角洲上的渔村里。

早从七岁开始，她就骑上了满是鱼内脏油渍的长板凳，穿着难于弯腿的防

1　字母"X"和"B"分别为"耶稣""复活"两个词的第一个字母。
2　伏尔加河上一个港口城市，距伏尔加河流入里海处百余公里。

水橡胶裤，用刀剖那些银亮滑腻的鱼肚子，她这样整整坐了十二年。

在城乡普遍号召志愿参加红军（当时叫赤卫军）的日子里，有一天玛琉特卡突然把剖鱼的刀往长板凳上一截，站起身来，就穿着自己那条难于弯腿的硬裤子，报名参加赤卫军去了。

赤卫军起初把她赶了出来，后来见她天天跑去不肯罢休，才经过一阵又吵又笑的争论把她收留下来，让她享有和其他战士同等的权利，只不过叫她写了一份保证书，要放弃娘儿们的生活方式，而且直到劳动彻底战胜资本之前永不搞生儿育女那一套。

玛琉特卡身材纤细，像岸边的一根芦苇，棕黄色的辫子盘在头上，戴一顶褐色的、帖金人那种没帽缘的皮筒帽。玛琉特卡生就一双神情不定的吊眉眼，像猫眼一样闪着熠熠的黄光。

玛琉特卡生活中最主要的是幻想。她酷爱幻想，同时还特别喜欢作诗。无论在什么地方，只要能弄到一小块纸片，她就要拿铅笔头在上面写些字体歪斜、字行下倾的诗句。

这件事全队都知道。队伍只要一开进有报馆的城市，玛琉特卡就要跑到报馆办公室去要回一大张白纸来。一边用舌尖舐着激动得发干的嘴唇，一边仔仔细细地誊写着碎纸片上的诗句。每首诗之前都有标题，每首诗的结尾处都留下签名："玛丽雅·巴索娃作"。

各式各样的诗全有：有谈革命的，有讲斗争的，也有歌颂领袖们的。其中有一首讴歌列宁的诗这样写道：

> 列宁是我们无产阶级的英雄，
>
> 我们把你的塑像树在广场中，
>
> 你一手推翻了那沙皇的官殿，
>
> 一只脚却深深地扎根于劳动。

把诗稿送到编辑部去了。编辑们个个瞪大了眼睛，死盯盯地望着这位细条儿身材，身披皮外套、肩背卡宾枪的姑娘，十分诧异地接过诗稿，答允她仔细读过后再谈。

玛琉特卡坦然地望了望所有在场的人，扭身走了。

直接负责这事的编辑部秘书拿起诗稿，认真地读起来。只见他不断地耸动着双肩，浑身颤抖着，难以遏制的大笑使他的嘴也咧开了。工作人员都围拢过去。秘书一边朗读着，一边笑得喘不过气来。

编辑们笑得前俯后仰，趴在窗台上摇来摆去：那年代编辑室里是没有家具的。

第二天早晨，玛琉特卡又出现了。她倔强地径直望着秘书不住抽搐的面孔，收拾起纸片，一边拖着长腔说道：

"这么说，是不能采用喽？加工得还不到家吗？这些东西我真是从内心里，简直是用斧头劈出来的，左削右砍，结果还是不能用。好了，我再加把力气吧——真是毫无办法！这些东西，害人精，怎么这样难作呢，啊？"说着耸了耸肩，把皮帽子往头上一按，扭身走了。

玛琉特卡作诗总不见有什么成就。不过，她打枪却能百发百中，是叶甫秀可夫队里的神枪手，在战斗中从来不离红色政委左右。

叶甫秀可夫指点着：

"玛琉特卡！看！一个军官！"

玛琉特卡眯起左眼，舐着嘴唇，不慌不忙地移动着枪筒瞄准。枪声一响，肯定弹无虚发。

她每次开过枪都要补上一句：

"第三十九个，害人精！第四十个，害人精！"

"害人精"[1] 是玛琉特卡讲话时的口头语。

---

[1] 按原文直译应为"鱼霍乱病"，但考虑到玛琉特卡并不骂粗鄙话，而原文有"祸害"之意，故译为"害人精"。

她不喜欢骂人的话。人们当着她的面破口对骂粗鄙话的时候，她往往紧蹙眉头，愠怒地默不作声，满面通红。

玛琉特卡对自己在司令部写下的保证书，真的做到了恪守不渝。整个队里，没有哪个人能自夸得到过玛琉特卡的垂青。

有一个新参军的，名叫古恰的匈牙利人，一连几天用调情的眼风撩拨玛琉特卡。有一天夜里，他钻进了玛琉特卡的住处。结果，只落得个丢人现眼的下场。玛琉特卡用手枪柄教训了他一顿。匈牙利人连滚带爬地勉强逃开了：被敲掉了三颗牙齿，鬓角也挨砸破了口子。

红军战士们平常都喜欢和玛琉特卡善意地开玩笑，但是在战斗中他们爱护她甚于爱护自己。

他们的身上也流露出不自觉的温情。在那色彩缤纷的皮外套硬壳下，他们心里也隐隐地依恋着家乡孤苦的娘儿们炽热而温存的肉体。

逃往北方，进入前途渺茫、冰天雪地的沙漠里的二十三名战士，红色的叶甫秀可夫和玛琉特卡就是这样一些人。

暴风雪的二月，呼啸的旋风夹着银亮耀眼的白雪遮天盖地而来，沙丘之间的陡坡、坑洼都铺上了柔软的冰雪绒毯。人们在天地莫辨的暴风雪中匆匆逃亡。头顶上空不停地呼啸着，有时候听得出是狂风呜呜作响，有时候又像敌人追击的子弹划破长空正发出令人生厌的尖叫声。

脚上穿着长筒毡套靴显得异常笨重，踏进积雪和流沙，连拔脚都艰难。遍体粗毛的骆驼饿得气喘吁吁，呜呜地哀鸣着，喷吐着白沫。

狂风卷净浮雪的沙原上，到处闪烁着盐沙晶莹的光辉。周围数百里的天空，顺着四面低垂的天际尽头，有一条整齐而模糊的细线与大地分割开来，恰似用砍肉刀割过一般。

说实在的，本章在我这部小说里完全是多余的一章。

假如我一开始就写出以下各章所要叙述的内容，当然会简单扼要得多。

可是,读者有必要了解这支古里耶夫[1]特种部队残部从何而来,怎么会出现在卡拉—库都克井西北六十多里的地方,为什么在红军队伍里竟然有一名妇女,怎么政委叶甫秀可夫是红色的,以及读者必须预先知道的许多其他情况。

于是根据实际需要,我写出了本章。

不过,请各位相信,本章实在并没有任何价值。

第二章

本章里,一个小黑点出现在地平线处,当距离很近时才辨认出是近卫军中尉戈沃鲁赫·奥特洛克。

从漳戈尔德井到绥库都克井的距离是一百四十里,而从绥库都克井到乌什干泉还得走一百二十多里。

夜里,叶甫秀可夫停住脚步,把枪托在爬满一地的树根上一顿,放开冻哑了的嗓子喊了一声:"停止前进!宿营!"

点着了盐木树的碎树枝,燃烧起油烟浓重的火焰,火堆周围的沙地烘湿后形成了一个黑圆圈。

从驮包里取出了大米和羊油,铁锅里的粥煮开了,散发着呛人的羊膻味。

大家紧紧地挤在火堆四周坐着,默不作声,牙齿咯咯地打战,人们竭力使自己的身体摆脱暴风雪冰冷的魔爪无缝不钻的袭击,他们径直把脚伸向火堆烘烤着,毡靴粗糙的皮面不断吱吱咝咝地响着。

从一旁白蒙蒙的雪雾中,不时传来扣着绊脚索的骆驼所发出的凄凉的驼铃

1　城市名,位于乌拉尔河口,现为哈萨克苏维埃社会主义共和国省会之一。

声。

叶甫秀可夫用冻得发抖的手指卷了一支喇叭烟。

他喷出一口烟，透着烟气吃力地说道：

"必须讨论一下，同志们，也就是说，应当往哪儿去？"

"不管你往哪儿跑，"篝火对面一个半死不活的嗓子搭了腔，"总归也是要完蛋！退回古里耶夫根本不可能，哥萨克那帮土匪抢先占去了，可除了古里耶夫，连个能转身的地方也没有。"

"难道不能去希瓦[1]吗？"

"嘿——嘿！亏你说得出口！穿过卡拉库姆大沙漠，走他足足的一千二百里路，又是冬天，吃什么？裤裆里的虱子再多也变不成焖肉块儿吧？"

响起了一片哄笑声。这时，那个半死不活的嗓子又绝望地添了一句：

"反正一样——死路一条！"

叶甫秀可夫一身红铠甲里的心也愁得紧缩着，不过，他外表没有显示出来，只是愠怒地打断了那人的话头：

"你这个软骨头！别在这儿扰乱军心！哪一个笨蛋都会死，问题是要动脑筋，想办法不死。"

"可以往港口亚历山大罗夫斯克[2]去，那边是自己人，渔民多。"

"不行，"叶甫秀可夫很快地接着讲道，"已经得到情报，邓尼金早派陆战队登陆了。港口克拉斯诺伏斯克[3]和亚历山大罗夫斯克都落在白党手里了。"

不知谁在酣睡中呻吟了一声。

叶甫秀可夫往篝火烤热的膝盖上拍了一巴掌，说道：

"算了吧！路只有一条，同志们，往咸海去！我们无论如何也要挣扎到咸

1　城市名，位于花剌子模绿洲上，现为乌兹别克加盟共和国省城之一。

2　亚历山大罗夫斯克和克拉斯诺伏斯克是里海东部的两个港口市镇，后者现为土库曼加盟共和国省会之一。

3　同上。

海，附近沿岸总有牧民游牧，我们住上一阵就绕道去卡查林斯克[1]。我们的军部就在那儿，到了卡查林斯克就等于到了家里。"

他刀劈斧砍地说完话就沉默了，连他自己也不敢相信能走得到。

躺在他身边的一个战士问道：

"不过，去咸海的路上我们吃什么呢？"

叶甫秀可夫同样决断地回答说：

"只好勒紧裤腰带喽！又不是什么王公贵族！莫非要给你吃大鱼大肉才行吗？就这个样子你也能走。暂时我们还有大米，面粉也还有一些。"

"三天三夜的路吗？"

"怎么会只有三天三夜！到车尔内什湾[2]就要跑十天的路。骆驼一共六头。粮食吃完就宰骆驼，反正它们也没有什么用处。宰掉一头，就把肉驮到另一头背上，再往前走。我们这样就能走到目的地。"

大家都不吱声。玛琉特卡趴在篝火边，双肘撑着地面，两手托着头，那对猫眼一样的亮眼睛一动不动地盯着篝火出神。叶甫秀可夫有些心神不宁。

他站起身来，抖了抖皮外套上的浮雪。

"讲完了！我的命令：拂晓出发。也许不是所有的人都能走到，"政委的嗓音像受惊的鸟儿颤抖了一下，"但是，必须前进……因为，同志们，革命要发展……为了全世界的劳苦大众！"

他逐个地仔细看了看二十三名战士的眼睛。没有看到过去一年已经习惯了的那种光辉。眼色黯淡，躲闪着，浓密的睫毛下掩饰着绝望和不信任的神情。

"先宰骆驼吃，吃完骆驼再互相残杀，人吃人。"

又一次沉默下来。

1　卡查林斯克位于流入咸海的锡尔河畔。
2　咸海西北部的海湾之一。

突然，叶甫秀可夫喑哑地吼叫起来，嗓音像娘儿们那样尖厉：

"没有议论的余地！晓得革命的职责吗？闭嘴！我下了命令，已经最后决定了！谁不服从就枪毙谁！"

说着他咳嗽起来，坐下了。

那个用步枪通条搅着粥的战士忽然打趣地迎着风喊起来：

"喂！别流鼻涕了！喝粥吧！能让我白煮一场吗！勇士们，虱子都饿瘪了！"

人们用调羹舀着油乎乎的稠粥。怕它变冷，所以尽管烫得嘴痛，也大口大口地狼吞虎咽着。不过就在他们吞咽着的当儿，嘴唇四周还是凝结了厚厚一层冻硬了的讨厌的膻羊油。

篝火将尽，不过有时在夜色中迸散出一阵阵金橘色的火星，人们挤得更紧了，睡着了，不断发出鼾声，呻吟着，在梦中咒骂着。

快天亮时，肩头一阵急促的推搡惊醒了叶甫秀可夫。他吃力地睁开冻在一起的眼睫毛，浑身猛地一震，麻木的手习惯地抓住步枪。

"等一下，别急着喊人！"

俯身站在那儿的是玛琉特卡。一对猫眼在暴风雪灰黄色的迷雾中熠熠闪光。

"你有什么事？"

"快起来，政委！先不要喊！你们睡觉的时候，我骑着骆驼在附近转了一圈，吉尔吉斯人的骆驼队从漳戈尔德井的方向过来了。"

叶甫秀可夫翻了一个身，没好气地反问道：

"有什么骆驼队，扯谎干什么？"

"是真的……说谎不得好死，害人精！都是牧民打扮！骆驼有四十来头！"

叶甫秀可夫蓦地跳起身来，把两根手指插到嘴里打了一个呼哨。那二十三名战士吃力地爬起身，活动着冻僵了的、仿佛不是自己的肢体。可是听到说有骆驼队，神志立刻清醒过来了。

实际爬起来的先后只有二十二名战士，最后一个没有起来，躺在那儿裹着马披。马披随着下面的呓语中挣扎着的躯体而抖动着。

"发高烧！"玛琉特卡把手指探进对方的衣领，很有把握地点着头说。

"唉，真见鬼！怎么办呢？给他多盖几条毯子，让他躺着吧！返回来之后再带他上路。骆驼队在哪个方向，刚才你说过吧？"

玛琉特卡用手向西面一挥：

"没有多远！十二里左右。那些家伙真有油水。骆驼上的驮包大得很哩！"

"好，这下子活得成了！可千万不能放跑了。在远处望得见时就从四面八方包围上去。要舍得两条腿跑路。一部分往右，一部分往左，行动！"

队伍拉成了一条线，在沙丘间迂回着。人们弯着腰，精神抖擞地急速前进，浑身都暖和起来。

在一座沙丘上，从沙浪形成的褶皱顶端处人们望得见，在平展如毯的沙原尽头有一长串黑乎乎的骆驼身影。安置在驼峰间的驮包沉甸甸地摆动着。

"上帝派来的！到底大发慈悲了！"麻脸的莫罗堪教徒[1]葛沃兹节夫欣慰地唠叨着。

叶甫秀可夫按捺不住，冲了他几句：

"上帝？……不知道要跟你说多少遍，根本没有什么上帝，一切靠的都是体力！"

不过，没有时间争论。人们按着口令连蹦带跳地往前奔跑着，利用着沙原上每一个褶皱，每一处树丛枝干密集的地方，把枪托握得紧紧的，连手指都疼了。他们知道，不管怎样也不能放骆驼逃走，那样就等于白白放弃了希望、生命和活路。

骆驼队不紧不慢安然自在地走着。已经看得见骆驼背上的花毛毯和地上走的吉尔吉斯人。他们穿着棉袍，戴着有护耳的狼皮帽子。

1　莫罗堪教：十八世纪六十年代在俄国产生的一个否认一切宗教仪式的教派。

红色的皮外套一闪，叶甫秀可夫在沙丘顶上直起身来，摆着端枪要射的姿势，亮出铜喇叭似的嗓子高喊道：

"站住！有枪的把枪撂到地上！不许乱动，要不，就统统把你们干掉！"

还没等叶甫秀可夫把话喊完，那些吉尔吉斯人就吓得撅着屁股扑倒在沙地上了。

红军战士从四下里飞快地跑上去，累得气喘吁吁。

"小伙子们，快抓骆驼啊！"叶甫秀可夫吼着。

从骆驼队里蓦地响起一阵整齐的枪声。排枪声淹没了叶甫秀可夫的吼声。

凶狠的子弹嘘嘘地呼叫着。叶甫秀可夫身边的一个战士一头栽倒在沙地上，直挺挺的胳臂一动不动。

"卧倒！……朝他们这帮魔鬼狠狠地打！……"叶甫秀可夫吼着，一面扑倒在沙坑里。响起了密集的枪声。

不知道是什么人正从卧在地上的骆驼背后射击着。不像是吉尔吉斯人。枪打得既有准头又有节奏。子弹嗖嗖地径自钻进红军战士身边的沙土里。

沙原上响着激烈的步枪对射声，但是过了一阵，骆驼队那边的枪声就冷落下来。

红军战士一蹦一蹿地紧缩着包围圈。

直到距离三十步远近，叶甫秀可夫仔细观察的时候，才在一头骆驼的背后看到一个毛皮帽子上套着白色长耳风帽的脑袋，脑袋后下方肩膀上有一枚金肩章。

"玛琉特卡！看！一个军官！"他转过头去向从后面爬上来的玛琉特卡招呼着。

"看得见。"

她不慌不忙地移动着枪管瞄准，"砰！"枪响了。

说不清玛琉特卡的手指是冻僵了，还是因为她异常激动和跑得太急而颤抖了一下，总之她刚刚来得及讲出："第四十一个，害人精！"只见那个头戴白色长耳风帽，身穿蓝色皮袄的人，从骆驼背后爬起身来，把步枪举得高高的，刺刀上耷拉着一块白手帕。

玛琉特卡把枪抛到沙地上，就哭开了，抹着眼泪，弄得污垢满面的脸上黑一条白一条的。

叶甫秀可夫连忙朝军官跑去。有一个战士从后面跑到他前面去了，一路挥舞着刺刀，准备狠狠地捅那军官一下子。

"别动他！……抓活的！"政委嘶哑地吼着。

扭住了穿蓝皮袄的人，把他摔倒在地上。

跟军官在一起的五个人被炽热的子弹撂倒了，再没有从骆驼后面爬起来。

红军战士欢笑着，骂着玩笑话，牵着穿在骆驼鼻子上的铁环，几个一串地系在一起。

那些吉尔吉斯人屁股一扭一扭地追随着叶甫秀可夫。他们扯住他的皮外套，拉着他的胳臂、裤子、武装带，一味地唠叨着，可怜巴巴地眨着小眼睛望着他的面孔。

政委挣脱身子，跑到一边，发着脾气，但是他本人却也被怜悯心折磨得蹙着眉头，尽管他不断地用手枪戳他们的扁鼻子和饱经风霜的瘦颧骨。

"站开，别纠缠！不准有任何反对意见！"

一个满嘴白胡子，身上皮袍很讲究的上了年纪的人扯住了叶甫秀可夫的皮带。

他话说得又急又快，不断讨好地唠叨着："长官……您办得可不妥当……吉尔吉斯人过生活离不开骆驼。吉尔吉斯人失掉骆驼只有死路一条……长官，您可不能这样啊！您要钱用，我们可以给。银币、沙皇的钱……克伦斯基的纸币……您讲一讲你们需要多大的数目才能把骆驼还给我们？"

"可是，你要知道，你这榆木脑袋：眼下我们没有骆驼也是只好等死呢！我并不是抢劫，而是根据革命的需要，暂时征用。你们这些鬼东西，就是用腿走，好歹也能走得到家，可我们那样就非完蛋不可！"

"长官！可不好哇！还给我骆驼，赎金随您要，拿克伦斯基钱吧！"吉尔吉斯人坚持自己那一套。

"哼，见你的鬼去吧！我既然说过了，也就是决定了，没什么好讲的。拿张字据就完事了。"说着，他塞给吉尔吉斯人一张用化学铅笔写在报纸片上的收据。

吉尔吉斯人把字条摔在沙地上，扑倒身子，捂住脸号啕大哭起来。

其余的人站在那里一声不吭，在那些斜视的黑眼里默默地闪着泪花。

叶甫秀可夫转过身去，这时他想到了俘虏住的军官。

只见那人站在两名红军战士之间。军官安详地站着，斜岔开右腿，脚上穿着瑞典高筒皮毡靴。他抽着烟，眼望着政委，嘴角上留着讥讽的微笑。

"你是什么人？"叶甫秀可夫问道。

"近卫军中尉戈沃鲁赫·奥特洛克。可你是什么人？"军官吐出一口烟之后也同样地问着。

他抬起了头。

当他望着红军战士们的面孔时，叶甫秀可夫和其余所有的人都看见中尉有一双碧蓝碧蓝的眼睛，恰似两丸法国上等蓝靛浮游在雪白的肥皂泡沫之中。

第三章

本章述说在中亚旅行途中没有骆驼的诸多不便以及哥伦布同行者的感触。

近卫军中尉戈沃鲁赫·奥特洛克本来应该是玛琉特卡歼敌记录上的第四十

一个。

可是玛琉特卡却由于手已冻僵或者因为过分激动而没有击中目标。

结果,中尉就成了世上计算活人时的一个多余数字了。

依照叶甫秀可夫的命令搜查俘虏的衣服和裤子的口袋。在他鹿皮上衣的后襟里发现了一个秘密的小口袋。

当红军战士的手接触到那个小口袋时,中尉突然猛地往上一蹿,像一匹受惊的马驹,死命地挣扎起来,不过战士们牢牢地抓住了他。他颤抖的嘴唇和苍白的脸色暴露出他有多么激动和惊慌。

叶甫秀可夫把搜到的粗麻布面的小公文包放在自己的军用图囊上,小心地打开它,目不转睛地盯着几份文件,仔细读过后,摆了摆头,沉思起来。

所有的文件都证明,近卫军中尉戈沃鲁赫·奥特洛克、瓦季姆·尼古拉耶维奇,受全俄最高执政者高尔察克将军任命,作为他的全权代表,派驻邓尼金将军统治下的外里海区临时政府[1]。

有一个信封中言明,其秘密使命必须由中尉本人口头向德拉琴珂将军报告。

叶甫秀可夫将文件整理好,小心翼翼地塞进怀里,向中尉问道:

"您的秘密使命是什么呢?军官先生?您作为红军战士手里的俘虏,您的责任是毫无保留地全盘坦白出来。我就是指挥全队的政委阿尔森吉·叶甫秀可夫。"

中尉那对碧蓝的眸子抬起来望着叶甫秀可夫,双脚"咔"的一声打了个立正,嘴边掠过一丝嘲弄的微笑,说道:

"叶甫秀可夫先生[2],认识您,实在是非——常荣幸!遗憾的是:敝政府并未授予本人全权与这样一位知名人士进行外交谈判。"

1　外里海区临时政府(又译为"里海以东地区临时政府"),1918 年 7 月至 1919 年 7 月以靠近伊朗什哈巴德城为中心的反革命白卫金政权,隶属邓尼金建立的南俄政府。

2　着重点处原文为法语。

叶甫秀可夫面颊上的雀斑气得比脸色还白。中尉是在全队众目睽睽之下嘲弄他的。

政委嗖地一下子抽出了手枪。

"你这个白蛾子！别装蒜！或者全坦白，或者吃我一枪！"

中尉耸了耸肩膀。

"你是个蠢货，尽管还是个政委。你打死我，你就什么也得不到了！"

政委垂下了枪，破口大骂起来。

"我有办法挤出你的脓水，你这个烂疖子！到时候你就会求饶的！"他狂吼着。

中尉一边的嘴角上仍然挂着同样的微笑。

叶甫秀可夫吐了一口唾沫，走到一边去了。

"政委，怎么搞？送他上天堂，怎么样？"一个红军战士问道。

政委用指甲搔着自己脱着皮的鼻子。

"不……使不得。这是个来头不小的家伙。应当押解到卡查林斯克去。到那儿，在司令部里一切都可以从他身上查问出来。"

"哪里还能拉扯他这个鬼东西？我们自己都不一定能走得到呢！"

"莫非我们连军官也开始招募了吗？"

叶甫秀可夫挺起胸膛高声呵斥道：

"这与你们有什么相干？我带上他，一切由我负责。就这么办！"

他转过身来，看见了玛琉特卡。

"噢！玛琉特卡！我把这位大人就交给你了，要加意留神看管。要是跑了，我要剥掉你七层皮！"

玛琉特卡二话没说，把枪往肩膀上一背，走到俘虏面前。

"喂，随我来。你归我看守。不过，你别以为我是个女人，你就能钻空子溜走。你跑上三百步远，我也能撂倒你。上一次没打准，你别指望下一次，害人精!"

中尉乜斜着眼，嘻嘻地笑着，文雅地躬身为礼。

"当这样美丽的女骑士的俘虏，实在是受宠若惊哩。"

"什么?……你还敢嚼舌头?"玛琉特卡凶狠地扫了中尉一眼，一字一顿地说，"废物! 你大概除了参加舞会跳舞，别的什么也不会干吧? 空话少说! 甩开蹄子，起步——走!"

这一天他们在一个小湖畔宿营。

咸涩的湖水透过薄冰散发出一股霉臭和碘酊的气味。

个个睡得很死。从吉尔吉斯人的骆驼上扯来的毛毡、毯子把身体裹得严严实实，连头都包了起来——暖和得好似天堂一般。

睡觉前，玛琉特卡把中尉的手、脚都用骆驼缰绳捆了个结实，还在中尉的腰里沿着皮带扎了一圈绳子，缰绳的另一头系在自己的胳臂上。

四下里响起一片粗俗的笑声。金鱼眼的谢勉内依喊叫起来:

"快看哪，弟兄们——玛琉特卡热心地用魔法让人家迷恋她哩。用捆仙绳当红线呢!"

"割你舌头喂狗吃，害人精! 还开玩笑! ……要是真逃跑了呢?"

"傻丫头! 莫非他有两个脑袋不成? 往沙漠里逃有什么好处?"

"管他沙漠不沙漠，反正这样牢靠些。你快睡吧，半疯半傻的家伙!"

玛琉特卡推了中尉一把，给他盖住毛毡，自己就躺在旁边睡下了。

躺在毛毡下面，盖着细绒松软的毛毯，睡得十分香甜。毛毯散发着草原七月天的热气和苦艾的芬芳，给人以浩瀚沙漠那种辽阔空旷的感觉。浑身舒坦，仿佛在甜蜜的瞌睡中正躺在有催眠曲伴奏的摇篮里。

叶甫秀可夫在毯子下面鼾声如雷，玛琉特卡含着幻想的微笑说着梦话，戈沃鲁赫·奥特洛克抿住又薄又好看的嘴唇，直挺挺地仰天睡着。

只有一个执勤的哨兵没有睡觉。他坐在毡毯边上，在双腿膝盖上横放着那支比老婆和情妇都亲近得多的步枪——永不离身的伙伴。

他凝视着白雪皑皑中的昏暗去处，从那里不断地传来低沉的驼铃声。

现在有四十四头骆驼。尽管艰难，但是旅途已经畅通无阻了。

红军战士们心里的疑虑已不复存在。

风大了，越刮越猛，发出凶恶的呼啸声，毛茸茸的雪片灌进哨兵的衣袖里。他尽量蜷缩着身子，把毡毯的另一边扯起来披在脊背上，立刻抵挡住了严寒冰刀般的侵袭，冻僵了的身躯渐渐暖和起来。

风雪、昏暗、荒漠。

骚乱不安的中亚国土。

"骆驼在哪儿？……骆驼，见你妈的鬼！……该死的……麻脸猪猡！睡着了？……睡着了？……你知道你惹下了什么祸吗，坏蛋？我要抽你的筋，剥你的皮！"

哨兵的肋部挨了皮靴可怕的一击，疼得他天旋地转，他睁着眼睛朝四下里不安地张望着。

风雪与昏暗。

清晨朦胧的雾幕。茫茫的沙漠。

没有骆驼的身影。

放牧骆驼的地方只留下了骆驼和人的足迹。那是吉尔吉斯人尖头靴子的脚印。

看得出，有三个吉尔吉斯人整夜悄悄地跟踪着队伍，利用哨兵睡觉的机会赶走了所有的骆驼。

红军战士们聚在一起，一声不吱。骆驼不见了。往哪个方向追赶呢？在茫茫的沙漠里既赶不上又无法寻觅……

"狗杂种！枪毙你也不多！"叶甫秀可夫朝哨兵吼着。

哨兵一声不响，眼泪凝结在睫毛上，闪闪发亮。

中尉从毛毯里钻出来，吹了一声口哨，讥讽地说道：

"苏维埃的纪律真不错哩！一群糊涂虫！"

"你给我闭嘴，大坏蛋！"叶甫秀可夫狂怒地猛吼一声。接着用冻得嘶哑变音的嗓子发出喃喃的低语：

"喂，站着有什么用？出发吧，弟兄们！"

只剩下十一个人，一个跟一个地，穿着破烂不堪的衣服，东摇西晃地爬着一座座沙丘。

十几名战士像路标一般直挺挺地冻僵在凶险的路上。

这天清早，一个战士浑浊无力的眼睛最后睁开了一下，冻肿的双腿像两根粗木头，一动不动地僵硬了，已经讲不出话了，嘴里发出临死前咝咝的喘气声。

红色的叶甫秀可夫走向挺在地上的那个人。这时的政委，脸已经和皮外套不是一个颜色了。

面孔干瘦、苍灰，连雀斑也带有古铜钱的锈色。

他望着，摇摆着头。接着叶甫秀可夫手枪冰冷的枪管砰的一声，那人深陷的太阳穴上留下了一个几乎没流血的、又圆又黑的伤口。

大家只草草用浮沙掩埋了一下就继续往前走了。

皮衣裤已经拉扯磨烂了，皮毡靴也开绽透底了，脚上裹着毛毡片，冻坏的手指用破布条缠着。

走路的只剩下十个人，被风吹得摇来摆去。

只有一个人直着腰，走得很平稳。

那就是近卫军中尉戈沃鲁赫·奥特洛克。

红军战士们不止一次地向叶甫秀可夫提议：

"政委同志！总押着他走有什么用呢？白让他吃一份口粮。再说，他的衣裳、靴子都挺好，不如分一分哩。"

可是叶甫秀可夫禁止触动中尉。

"或者把他押送到司令部，或者我和他死在一起。他能提供很多情况。白白打死这种人是不行的。他逃脱不了自己的命运。"

中尉的双肘处系着缰绳，绳子的另一端扎在玛琉特卡腰里的皮带上。玛琉特卡勉强挣扎着向前走。在她那苍白如雪的脸上，只有那对塌陷得大大的眼眶里依然闪烁着猫眼似的黄色光泽。

而中尉却满不在乎，只不过略显得苍白而已。叶甫秀可夫有一次走到中尉面前，仔细看了看他那对碧蓝的眸子，喑哑地吼着问道：

"鬼晓得你是怎么回事！莫非双股血管的吗？样子不怎么强，可拖起来却抵得上两个人。你身上哪儿来这股力气呢？"

中尉又撇起嘴唇，露出习惯性的讥讽微笑，沉静地回答道：

"你不会懂得的。这是文化的差别。你用肉体来压制精神，我则用精神控制肉体。我能命令自己不受痛苦的折磨。"

"噢，是——这——样。"政委拖着长腔讲着。

那些沙丘坡相当陡峭，流沙又松又软，而且形成了一层一层的沙浪。沙丘顶上狂风吹得流沙发出凄厉的咝咝声，恰似蛇鸣一般。一座连一座的沙丘仿佛永远没有止境。

人们不断跌倒在流沙里，满嘴牙齿咯咯作响。经常有人吃力地哀号着：

"我走不动了！让我歇一歇吧！一点力气也没有了！"

这时叶甫秀可夫就走过去连骂带打地把他们扯起来。

"快走！干革命就不兴开小差！"

于是爬起来又往前走了。

后来，有一个人爬上了又一座沙丘顶，他突然转过身来，露出一张万分吃惊的面孔，带着哭声高叫道：

"咸海！……弟兄们哪，咸海！……"

接着他就脸朝下扑倒了。叶甫秀可夫拼命跑着爬到沙丘顶上。

炫目的湛蓝色刺得干燥而炽热的双眼直冒金星。他眯缝着眼睛，痉挛的手指在沙地上乱抓乱挠着。

政委不晓得哥伦布其人，也不知道西班牙海员们高叫"大陆"时，他们也曾同样扑在船上乱抓乱挠过。

第四章

本章内玛琉特卡第一次和中尉谈话。政委为海上探险队操持装备。

第二天，快走到海岸时碰到了一个吉尔吉斯人的游牧村落。

起初，隔着几座沙丘就吹过来一股烧干马粪发出的浓烈烟气，闻着那气味，人们的胃火烧火燎地痉挛起来。

从远处就能望见那一个个的圆顶帐篷，接着短腿上长着长毛的猎狗狂吠着冲了过来。

吉尔吉斯人都聚在各自帐篷的门口，诧异而怜悯地望着走近的人，看着一具具东摇西晃的人架子。

一个塌鼻梁的老头先捋捋稀疏的胡须，再抚着自己的胸膛，点着头说道：

"各位好！你们这是往哪儿去呢，先生？"

叶甫秀可夫虚弱无力地握了握伸过来的木板一样的又粗又硬的手掌。

"我们是红军。去卡查林斯克。接待我们吧，当家的，给点吃的。将来苏维埃一定会替我们酬谢你们的。"

吉尔吉斯人的胡子由于连连点头而抖动着，他一迭声咂着嘴说道：

"哎呀……啧啧……红军。布尔什维克。从省里来的吗？"

"不，先生。我们不是从省里，是从古里耶夫城一步一步走来的。"

"古里耶夫? 哎——呀, 哎——呀! 越过卡拉库姆大沙漠吗?"

吉尔吉斯人窄小的眼睛里流露出惊惧和尊敬的神情, 佩服这位身穿褪色红衣裤的人: 他竟能冒着二月里的严寒, 穿过可怕的卡拉库姆大沙漠, 一步一步地从古里耶夫走到咸海这里来了。

老头拍了几下巴掌, 叽里咕噜地对应声跑到近前的几个妇女讲了几句话, 然后拉住政委的胳臂说道:

"走, 先生, 快进帐篷里去。先稍稍睡一阵, 睡醒再吃羊肉饭[1]。"

人们半死不活的身子才挤进烟雾弥漫的暖和的帐篷, 就像驮包似的瘫倒在地上, 一动不动地直睡到黄昏。吉尔吉斯人煮了很多羊肉饭, 殷勤款待着客人, 亲昵地抚摸着红军战士瘦得突出来的肩胛骨。

"请吃吧, 先生, 多吃些! 你们都瘦成了一包骨头, 多吃点, 身体会好起来的。"

大家贪婪地吞咽着, 又急又猛, 常常噎着。肚皮不断填进油腻的羊肉饭, 很快就胀得溜圆了。许多人都吃得直恶心, 有的人跑到旷野去, 用发抖的手指探进喉咙, 猛吐一阵, 再赶回来重新大吃。直吃得困顿不堪, 满身大汗, 才躺下来重新睡去。

没睡觉的只有玛琉特卡和中尉。

玛琉特卡坐在余炭微红的火塘边, 经历的苦难似乎没有给她留下什么影响。

她从挎包里掏出那截最心爱的铅笔头, 在一张向一个吉尔吉斯女人要来的《新时代报》[2]的画页副刊上, 一笔一画地勾着字母。整张画页上刊出的是财政部部长卡阔夫采夫伯爵的一张肖像。现在卡阔夫采夫高高的额头上和浅色的胡须上都落满了玛琉特卡一行行往下倾斜的诗句。

玛琉特卡腰间照旧围着一圈缰绳, 另一头交叉着紧绑在中尉背在身后的手

1　羊肉饭: 流行于我国新疆以及中亚和伊朗一带, 是一种杂有羊肉或鸡肉, 加上葡萄干之类的干饭。

2　《新时代报》, 1868—1917 年在彼得堡出版的反动报纸。1917 它成为反动势力的传声筒。

腕上。只在让中尉吃饭的时候，玛琉特卡才解下他手上的缰绳，他一离开饭锅，就又把他捆上了。

红军战士们嘻嘻哈哈地起哄。

"看哪，多像牵狗链子的女人呀！"

"迷上了吧，玛琉特卡？拴吧，把小宝贝捆结实点。要不然，万一有个仙女驾着仙毯飞来，把心爱的小白脸偷走，可就糟糕了！"

玛琉特卡根本不屑搭理他们。

中尉坐着，肩膀靠在支帐篷的木柱上。那一对碧蓝的眸子紧盯着铅笔尖下艰难的笔画。

他向前探着身子，轻声问道：

"你在写什么？"

玛琉特卡透过低垂下来的一绺鬈发斜扫了他一眼，说了一句：

"跟你有什么相干？"

"可能需要写封信吧？你口述，由我来写吧。"

玛琉特卡吃吃地笑了。

"看你这个机灵鬼！那样我必得给你松开绑，那时你就会兜脸给我一拳，拔腿跑掉。看错人了，小伙子，我根本不用你帮忙。我不是写信，是作诗。"

中尉的睫毛忽闪忽闪地眨着，他离开木柱，探着身子：

"作——诗？你——作——诗？"

玛琉特卡停下运转艰难的铅笔，满面绯红。

"你挤眉弄眼干什么？嗯？你觉得唯独你配参加舞会跳舞，我只是个乡下的傻丫头吗？我并不比你更傻哩！"

中尉本要摊手耸肩，但手腕动弹不得，只好叉了叉胳臂肘。

"我从来没认为你傻。只不过感到奇怪。莫非现在是写诗的时候吗？"

玛琉特卡干脆放下了铅笔，把头往后猛地一甩，锈铜色的头发撒满肩头。

"看你这样子真是个怪人。按你的想法，诗必得在鸭绒垫子上才能写出来吗？要是我心里激动得开了锅似的，又怎么办呢？比如现在我正幻想着把我们忍饥挨冻穿过沙漠的情景表达清楚！把一切说个痛快，让别人也感动得喘不过气来。我的心血都倾注到诗里去了！只是，人家总不愿意让我高兴高兴。总是说，还要多学习学习。可是，你哪儿找得到时间学习呢？我只好简单地按照心里想的写！"

中尉慢慢地露出了微笑。

"你还是读一读吧！真有趣。我还是能理解诗的。"

"你不会理解的。你身上的血是老爷的血，软绵绵的。你写诗总是写花了，女人了，可是我的诗写的都是穷人，是革命。"玛琉特卡不无哀愁地说着。

"怎么不能理解呢？"中尉回答着，"也许你那些诗的内容对我来说是陌生的，不过，人们彼此永远是可以理解的。"

玛琉特卡犹豫不决地让画面上的卡阔夫采夫双脚朝天了。她眼睛望着地面。

"好吧，见你的鬼，你就听吧！只是不准笑话我。也许你的老子请家庭教师教你有二十来年，可我一切都是自学的。"

"不！……我保证一定不笑话你。"

"那你听吧！这儿什么都写了：我们怎么跟哥萨克作战，又怎么逃到草原上。"

玛琉特卡咳嗽了一声，把嗓音压得低低地读起来，眼里闪动着杀气腾腾的凶光。

> 沙皇的刽子手和鹰犬——
> 哥萨克展开了进攻战。
> 我们向敌人猛射子弹，
> 红军战士个个是好汉。
> 哥萨克人多实难敌对，

我们不得已只得撤退。

叶甫秀可夫英勇一挥，

命令突破猎狻的包围。

我们用机枪奋力扫射，

根本不考虑个人死活。

全队壮烈献身多磊落，

二十几个突围奔沙漠。

"可是再往下去，"玛琉特卡突然停下来说道，"把脑袋想裂了也弄不好，害人精。不晓得，那些骆驼怎么写进去呢？"

中尉沉默了一会儿。当他开始答话的时候，他那对蓝色的眸子由于昏暗已经看不清了，只在眼白的地方显得有些湿润，辉映着火塘中暗红色炭火的愉快光泽。

"是啊……真好！很富有表现力，很有感情，你懂吧？看得出，是发自内心的东西。"这时候中尉整个身子猛地痉挛了一下，仿佛哽往了，匆忙地接着说道，"只是请别生气，诗本身非常糟糕，功夫不到家，没有技巧。"

玛琉特卡伤心地把那张报纸撂在膝盖上，默默地望着帐篷顶。后来她耸了耸肩，说道：

"我原来就说很有感情。我诉说这一切的时候，我的心都淌泪水哩。说到功夫不到家，——那是到处都是这么讲的，跟你说的完全一样。'您的诗没有很好加工，不能刊登。'可到底又该怎样加工呢？其中有什么诀窍吗？您是位知识分子，大概知道吧？"玛琉特卡激动得甚至称中尉为"您"了。

中尉沉默了一阵。

"很难回答。你要明白，诗歌——是艺术。任何一种艺术都要求有一定的学识，因为它有自己的章法和规律。举例来说，假如一位工程师不通晓架桥的所有章法，他或者架不起桥，或者乱造一通，根本不能用。”

“那到底是架桥。为架桥当然要学好数学和其他属于工程方面的种种学问。不过诗歌是从小就在我内心里装得满满的了。大概是天才吧？”

“那又怎么样呢？天才也得靠学识才能发展。当工程师的不当医生，自然和他从小倾向于建筑有关系。但是他假如不学习，他连鬼也当不成一个哩！”

“真的吗……想不到有这么多名堂，害人精！好吧，等打完仗，我一定要去上学，让他们教会我写诗。你说，有这种学校吗？”

“想必是有的。”中尉沉思着答了一句。

“我非去不可。正是这些诗使我整个生活苦恼极了。心里燃着一股火，恨不得把这些诗印到一本书里，到处都署上我的签名‘玛丽雅·巴索娃作’。”

火塘熄灭了。黑暗中狂风呜呜，在帐篷的毛毡间翻腾着。

“你听我说，士官生，”玛琉特卡突然说道，“你的手大概很疼吧？”

“不太厉害！就是麻胀得很！”

“这样吧，你对我发誓你不想逃跑，我就松开你的绑。”

“可我往哪儿跑哇？逃往沙漠里吗？想送给野狼吃掉吗？我又不想跟自己做对头。”

“不行！你要发誓。你学着我说：我向为争取自己权利的、贫穷的无产阶级发誓，我在红军女战士玛丽雅·巴索娃面前发誓，永远不想逃跑。”

中尉复述着誓词。

捆得紧紧的绳扣松脱了，放开了麻木的手腕。

中尉惬意地活动着手指。

“哎，你睡吧。”玛琉特卡打了一个呵欠，说道，“现在，如果你再跑，你就是最坏的坏蛋。给你一块毛毡，盖上吧。”

“谢谢你，我有皮袄盖。祝你晚安，玛丽雅……”

“父称是菲拉托芙娜。”玛琉特卡自尊地作了补充，说着就钻进毛毯里去了。

叶甫秀可夫急着让军部知道自己的情况。

当时很需要在村落里歇息一阵，暖和一下身子，吃几顿饱饭恢复体力。这样过了一个星期，他们决定沿着海岸出发，绕道咸海镇，从那里再去卡查林斯克。

第二个星期，政委在和来访的吉尔吉斯人谈话中了解到，离当地七八里远的地方有一只渔船，那是秋季的暴风雨抛到海湾岸上的。吉尔吉斯人都说那渔船还十分完整，一直这样停在那儿，可能渔民都淹死了。

政委走去看了。

船本身几乎是新的，坚固的黄栎木船。暴风雨并没能毁坏船身，只不过帆破舵亡而已。

叶甫秀可夫和红军战士商议时，认为应当立刻派一部分人走海路，在锡尔河口上岸。渔船载四个人和一小部分辎重是绰绰有余的。

"这样比较好，"政委说道，"第一，俘虏可以更快地押送到。要不，鬼晓得在路上会出什么岔子。可这个人是一定要押解到司令部的哩！第二，司令部得知我们的情况，肯定会派马驮些军衣和其他物品来接应我们。"

如果遇上顺风，行船三四天就可以横渡咸海，第五天就可以走到卡查林斯克。

叶甫秀可夫写了汇报，把汇报缝进了包中尉文件的那个麻布面的小公文包。那些文件他一直深藏在自己皮外套里面的衣袋里。

吉尔吉斯人用一块一块的棉布补好了船帆，政委用断木板和从船上拿来的铁罐子钉成一把新舵。

一个天寒地冻的二月清晨，当低低的太阳宛如一个光亮的铜盘沿着碧空冉冉升起的时候，骆驼把船拉到海上冰水相接的地方。

把船推进了海水，让即将出发的人上了船。

叶甫秀可夫告诉玛琉特卡:

"由你当班长! 全部责任在你身上。监视好士官生。要是让他跑了,你最好也别活在世上。不管他是活的还是死的,你都得把他弄到司令部去。万一无意中撞见白匪的话,绝不能把他活着交出去。好,开船!"

第五章

本章除去鲁滨孙不必长久等待星期五之外,全部剽窃自丹尼尔·笛福的作品。

咸海是一个令人愁闷的海。

平平的海岸、苦艾、荒沙和消长不定的沙山。

咸海上的岛屿恰似平底锅烙出来的煎饼,又平又亮,摊开在水面上,几乎看不出岛岸,岛上也没有任何生物。

飞禽不落,寸草不生,只有夏天才闻得到活人的气息。

咸海上最大的岛是巴尔萨-克尔麦斯岛[1]。

岛名有什么含义——谁也不清楚。不过,据吉尔吉斯人说,那意思是"人的死亡"。

夏天,渔民由咸海镇乘船上岛。巴尔萨-克尔麦斯岛附近渔产特别丰富。鱼儿游动往往使海水翻腾得像锅里的开水一样。

可是到了秋天海风吹起排排浪花的时候,渔民们就急忙逃避到咸海镇附近平静的海湾去了。一直到来年春季也没有人露面。

1　咸海西北部的平原岛,面积一百三十三平方公里。

如果海风来到之前还不能把岛上的鱼全部运走，那时就把腌好的咸鱼像垒木柴垛似的堆放在通风的板棚里贮藏过冬。

　　不过，在特别寒冷的冬季，当海水从切尔内什湾一直冻到巴尔萨-克尔麦斯岛的时候，大批饿狼就交了好运，可以顺着冰径直跑到岛上，饱尝咸鲤鱼的风味，甚至不离地方就胀死了。

　　结果开春时节，当锡尔河的春汛水裹着大量泥沙将冰层冲破的时候，渔民回到岛上，竟一点也找不到秋天堆在岛上的咸鱼了。

　　狂风在海上咆哮肆虐、兴妖作怪的季节是从十一月到第二年二月。其余的时间只不过偶然有些短时间的风暴而已。到了夏季，咸海反倒不起风波，恰似一面宝镜。

　　咸海确实是令人愁闷的海。

　　咸海只有一点招人喜欢——水色碧蓝，蓝得出奇。

　　深广的蓝色，天鹅绒一般，闪烁着蓝宝石的光泽。

　　这一点记载在所有的地理书里。

　　政委打发玛琉特卡和中尉上路的时候，曾推测最近一个星期内是风平浪静的天气。许多吉尔吉斯人根据从古代传下来的经验也都这么说。

　　正因为如此，所以玛琉特卡和中尉，还有两名习惯于水上作业的战士谢勉内依和维亚希尔，这才乘船顺海路向卡查林斯克进发。

　　补好的风帆欢快地鼓起了肚子，系在挽套中的船舵懒洋洋地发出吱扭吱扭的响声，浓密而油亮的浪花在船舷边嬉戏着。

　　玛琉特卡把中尉的双手完全松开了——反正人从船上是无处可逃的。他坐在谢勉内依和维亚希尔中间，手扯着那两根帆索。

　　正好像俘虏在自己押运自己。

　　他把两根帆索分别交给两个红军战士之后，就躺在船底，半盖着毛毡，悄悄地微笑起来。他是不是对自己那些中尉式的神秘念头微笑呢？除了他本人，谁也无从知道。

　　这使玛琉特卡很不安。她想："他为什么总是这样吃吃地笑呢？要是有什么喜事或是回家，也还值得。可现在却只有一种结局：在司令部审问完之后，肯定被干掉。真是呆头呆脑，神经病！"

　　中尉继续微笑着，并不知道玛琉特卡在想些什么。

　　玛琉特卡按捺不住，开了腔：

　　"你在哪儿学会不怕水的？"

　　中尉想了想，回答说：

　　"在彼得堡……我有过一只游艇……很大的。经常在近海一带航行。"

　　"什么样的游艇？"

　　"是那样一种船……有帆的。"

　　"噢，懂了！我对游艇了解得大概不比你差。在阿斯特拉罕资产阶级的水上俱乐部里，我看都看腻了。那儿游艇多得要死，都是雪白的，又高又漂亮，像一只只白天鹅。我不是问那个，我想问你船的名字？"

　　"叫'奈丽'。"

　　"这是什么名字呢？"

　　"那是我姐姐的名字。船是为了纪念她的。"

　　"正教好像没这么个名字。"

　　"我们叫'叶琳娜'，'奈丽'是英国的讲法。"

　　玛琉特卡沉默下来，看了看白蒙蒙泛着寒光的太阳。这时落日正在往蓝天鹅绒似的海水里下沉着。

　　她又开了腔：

　　"水！碧蓝碧蓝的海水。里海的水是绿色的，可是这儿，你看水有多么蓝啊！"

　　中尉仿佛自言自语地说道：

"按弗雷尔色度表，这水接近三度水。"

"你说什么？"玛琉特卡不安地转过头来。

"我在自言自语。讲水。我曾经在水文地理书里读过，在这个海里，水的颜色蓝得特别耀眼。学者弗雷尔曾编出过一个海水各种色泽的色度表。最蓝的是太平洋的海水。这里的海水按照他的色度表应当接近三度。"

玛琉特卡眯起眼睛，好像在竭力设想着弗雷尔的色度表，上面涂有一条条深浅不同的蓝色。

"多么蓝哪，想不出什么可以跟它比的。蓝得好似……"她睁开了双眼。突然，她猫眼一样的黄亮眼珠死死地盯在中尉那对碧蓝色的眸子上，猛地向前凑近，浑身一震，好像发现了什么不同凡响的东西，吃惊地张着嘴。接着，她低声地感叹道："我的亲妈哟！……你这两个眼珠，蓝得简直是两汪海水呀！我这样看着，仿佛见到其中有什么熟悉的东西哩，害人精！"

中尉沉默着。

天边一抹血红的晚霞，海水在远处泛着深蓝色的光泽，袭来一股冰冷的寒气。

"东边起风了。"谢勉内依说着，连忙扭动身子，尽量把破大衣裹得紧些。

"最好别突然起风哟！"维亚希尔搭着腔。

"没有关系。再有两个钟头我们就能看到巴尔萨岛了。要是真的起风，我们就在那儿过夜。"

大家都沉默了。

一排排铅灰色的海浪推过来，船开始有些颠簸了。

毛茸茸的深蓝色的天空上伸展着一条条浅色的云带。

"一点没错。海风来了。"

"巴尔萨岛应当很快望得见了。一定在左前方。那个岛真是该死的地方。四面一片荒沙，简直愁死人！只有风呜呜地吼……啊呀，快放，死人，快放帆索！

那又不是你的将军吊带!"

中尉没能及时放帆索,船一歪,船舷贴近水面一划而过,溅起的浪花劈头盖脸地泼在身上。

"这怎么能怪我呢?是玛丽雅·菲拉托芙娜掌舵失手了。"

"那是我失手吗?你清醒点,害人精!我从五岁就开始掌舵了!"

滚滚的海浪从后面追逐着木船,浪涛又高又黑,像无数蛟龙的脊背,而一张张呲呲吼着的大口正竭力想咬住船舷。

"哎呀,妈呀!……快点赶到巴尔萨岛就好了。黑得什么也看不见。"

维亚希尔仔细向左边望了望,快活得高声喊道:

"有了!看,这鬼岛就在那边!"

透过浪雾和黑暗,隐约地显出一条低平发白的光带。

"转舵往岸上去。"谢勉内依刺耳地尖叫着,"上帝保佑我们能到岸吧!"

船尾被浪拍得砰的一声,船肋骨不断发出嘎吱嘎吱的音响。一个浪头泼落到船上,灌进一脚深的水。

"快舀水!"玛琉特卡猛跳起来,尖声地叫着。

"舀?……没有瓢呀,见鬼!"

"用帽子舀!"

谢勉内依和维亚希尔立刻扯下皮帽子,发狂地往外泼水。

中尉迟疑了一下,摘下自己的圆顶皮帽,也扑过去帮忙。

白色的低平地带向木船漂浮过来,渐渐变成了平坦的、镶着一圈积雪的沙岸。那里浪花翻腾,沙岸更显得一片雪白。

狂风呜呜地怒吼着,掀起一排排山丘似的波涛,发出轰隆隆的巨响。

狂风猛扑船帆,吹得那帆像一个孕妇的肚子胀得溜圆,还不断地撕扯着帆布。

旧帆布突然像放炮似的,轰的一声胀破了。

谢勉内依和维亚希尔向桅杆窜去。

"扯住两头!"玛琉特卡从船尾处尖厉地断喝一声。她整个胸脯都顶在舵柄上了。

一股旋风似的冰浪呼啸着从后面撞到船上,把船冲得完全倒向一侧。冰浪像沉重的肉冻子似的,从船面上滚滚而过。

当帆船恢复平稳时,里面的水几乎平了船舷。桅杆跟前既没有谢勉内依,也不见维亚希尔,只有破帆的湿布片噼啪乱响。

中尉坐在齐腰深的水里匆忙地画着十字。

"魔鬼! ……怕湿有鬼用? 舀水呀!"

玛琉特卡生平第一次狠狠地把中尉臭骂了好一阵。

中尉像一只受惊的狗崽子,稀里哗啦地㧟着水。

玛琉特卡对着黑夜,迎着风浪的呼啸声,拼命地喊着:

"谢——勉——内——依……维——亚——希——尔!"

浪花拍打着船舷。听不到一点人声。

"多半淹死了,这两个家伙!"

狂风把半沉的船推上了岸。周围海水沸腾、喧嚣,激浪从后面推送着,船底擦着沙滩,发出沙沙的响声。

"下水!"玛琉特卡一边喊着,跳出船去。中尉也翻身跳到水里。

"拉船!"

两个人一起抓住船头。激浪卷起的浪花打得连眼睛都睁不开,他们死命地拖着船,把它拉到了岸边。沉甸甸的木船嵌进泥沙里。玛琉特卡拎起三支步枪。

"你带那几个口粮袋! 拖起走!"

中尉顺从地执行着命令。他们好不容易来到没有水的地方。玛琉特卡把枪抛到沙地上。中尉把几个口袋垛在一起。

玛琉特卡又一次朝着茫茫的黑暗处高喊:

"谢——勉——内——依！维——亚——希——尔！"

仍然没有回声。

她往口袋垛上一坐，扯着娘儿们的嗓子号啕大哭起来。

中尉站在她身后，下巴一阵阵抖动着，牙齿发出很响的咯咯声。

可是，他耸了耸肩，迎风说了一句：

"活见鬼！……简直是段真正的传奇：鲁滨孙和他的伙伴星期五！"

第六章

本章中进行第二次谈话，同时证明海水在列氏二度[1]时对人体极为有害。

中尉碰了碰玛琉特卡的肩膀。

几次他试着讲话，都因为下巴抖个不停，说不成句。

他只好用拳头支着下巴说道：

"你哭也不顶用。应该走了！不能总坐在这儿！我们会冻僵呢！"

玛琉特卡抬起头，绝望地说道：

"能往哪儿走呢？我们这是在岛上呀！四面都有水哟。"

"应该走。我知道这儿有板棚。"

"凭什么你晓得？你来过这儿吗？"

"没有，根本没来过。我在中学念书时读过，说这儿的渔民盖板棚存鱼。必须找到个板棚。"

"哎，就是找到了，往后又怎么办呢？"

1　一种从冰点到沸点之间分为80等分的温度计，为法国列奥谬尔于1730年发明，也称"列氏温标"。列氏1度=1.25摄氏度。

"早晨总会比晚上聪明点。快起来吧，星期五!"

玛琉特卡大吃一惊，仔细看了看中尉。

"大概你发疯了吧? ……哎哟，我的天哪! ……我可拿你怎么办哪? 不是星期五，是星期三!"

"没关系! 别在意。这个我们以后再谈。起来呀!"

玛琉特卡顺从地站起身来。中尉俯身去拾枪。可是姑娘一把扯住了他的胳臂。

"不许动! 别捣乱! ……你发过誓，说不逃跑啊!"

中尉抽回胳臂，嘶哑而奇怪地大笑起来。

"看得出，发疯的不是我，而是你! 你动动脑筋嘛，我现在还有心思逃跑吗? 我想扛枪是因为怕你负担过重。"

玛琉特卡沉静下来，可是却温和而严肃地说道:

"你肯帮忙，我谢谢你。不过，命令是要我押送你的……就是说，我既然负责，我就不能把枪交给你。"

中尉耸了耸肩，拎起几个口袋先往前走了。

带雪的沙土在脚下簌簌作响。低矮、平坦、令人生厌的沙岸漫无边际地伸延着。

在远处，有什么东西被雪盖住，显得灰蒙蒙的。

玛琉特卡背着三支步枪，勉强支撑着往前走。

"没关系，玛丽雅·菲拉托芙娜! 再坚持一下! 那就应当是板棚了。"

"快点走到吧，一点力气也没有了。全身都冻僵了。"

那确是一座板棚。他们闯了进去。里面一片漆黑，散发着鱼腥气和盐锈味儿，令人作呕。

中尉用手探索着一垛垛架好的鱼。

"啊，有鱼! 起码不至于挨饿了!"

"弄个火亮就好了……可以四下里看看，说不定我们能找到个避风的地方呢。"玛琉特卡有气无力地说道。

"算了，这儿就不用指望电灯了。"

"把鱼点燃也好……鱼真够肥的。"

中尉又大笑起来。

"把鱼点燃？……你可真是发疯了。"

"发疯干什么？"玛琉特卡委屈地回驳说，"我们伏尔加河那一带地方烧鱼可烧得多咧。比烧木柴还要干净。"

"头一回听说……怎么点燃呢？……火石、火绒我这儿有，可是引火的刨花……"

"唉，你真是个就会跳舞的人哪！……看得出，从来都是娇生惯养的。给你，拔出子弹头来。我从板墙上再扯点薄木片来。"

中尉手指已经冻僵，好不容易才拔下三颗步枪子弹的铅头。玛琉特卡这时拿着一把小木片摸黑过来，碰着了他。

"往这儿撒火药！……撒成一小堆……把火石、火绒交给我！"

火绒燃起一颗橙黄色的火星，玛琉特卡把它放到火药堆上。火药咻咻地响起来，慢慢地燃成黄色的火苗，于是架上了木片。

"好了，"玛琉特卡非常高兴，"拿鱼来……越肥的越好……"

往燃着的木片上横竖交叉地架着大咸鱼。鱼身很快卷翘起来，蓦地腾起了一股油烘烘的火焰。

"现在就剩往上面架鱼了。鱼足够烧半年哩！"

玛琉特卡向四下里张望着。火焰熊熊，阴影在大垛大垛的鱼堆上闪动着。板壁上到处是洞隙和裂缝。

玛琉特卡在板棚里到处转了一圈，最后在一个角落的什么地方喊叫起来：

"有个好整齐的角落呀！架好鱼，别把火弄灭。我在这儿把两边板壁堵严实。搞个真正的房间。"

中尉在篝火边坐下来烤火,浑身缩成一团。在那边角落里,咸鱼噼里啪啦地被玛琉特卡捧弄得山响。最后听她喊道:

"好了! 拿火来吧!"

中尉倒提着一条燃着火的鱼,向角落走去。

玛琉特卡用鱼垒成了三堵墙,里面形成了一块丈把宽的空地。

"进来,把火生好。空地当中放好了鱼。我去那边把东西都搞过来。"

中尉把燃着的鱼放进架好的鱼垛下面。鱼缓缓地勉强燃烧起来。玛琉特卡回来后,把枪靠在角落那里,把几个口袋堆放在一边。

"唉,害人精! 真可怜那两个弟兄。白白地淹死了!"

"能烤一烤衣服就好了。要不我们会冻病呢。"

"为什么不烤呢? 这鱼火又旺又热哩。脱下衣服来,烘干吧!"

中尉犹豫起来。

"您好好烤一烤吧,玛丽雅·菲拉托芙娜。我先到那边等一会儿。过后我再烤。"

玛琉特卡同情地望着中尉冷得发抖的脸。

"哎呀,我看你真是个傻瓜。满脑袋老爷绅士那一套。怕的又是什么呢? 裸体女人你就从来没见过?"

"我根本不是由于……可能您会感到不好意思呢?"

"废话! 人都是肉长的。有多大区别呀!"她差不多是喊着说道,"脱光了吧,你这木头人! 看你冷得牙都咯咯打战,放机关枪似的。我跟你在一起,简直是活受罪哟!"

衣服晾在架好的步枪上烤着,冒着水蒸气。

中尉和玛琉特卡隔火对坐,心满意足地不断转着身子,就着熊熊的篝火烘烤着。

　　玛琉特卡目不转睛地盯住中尉瘦削、白嫩的脊背细看。她哼了一声说道：

　　"害人精，你白得真厉害呀！没错，过去肯定净用牛奶给你洗澡来着！"

　　中尉满脸通红，转过头来想说点什么。可是他迎面看到的却是玛琉特卡圆润高耸的乳房，乳峰上正晃动着黄色火焰的亮光。他赶紧低下了那对碧蓝的眸子。

　　衣服全烤干了。玛琉特卡披上了皮外套。

　　"应该睡一会儿。待天亮时风可能就停了。走运的是船没有沉掉。趁着没海风的时候，或许哪时能好歹漂到锡尔河口。在那儿我们肯定能碰到渔民。你躺下吧，由我看着火。我困的时候就喊你起来。我们轮流值班好了。"

　　中尉在自己身下铺好衣服，蒙上皮袄就睡了。他睡得很不安稳，一声声地呻吟着。玛琉特卡一动不动地望着他。

　　她耸了耸肩，说道：

　　"真成了我的累赘了！病倒喽！怎么会不冻病呢！在家里大概早就会把他裹在丝绸的鸭绒被里了。唉，生活呀，害人精！"

　　清早，当晨曦的微光透过棚顶裂缝照进来的时候，玛琉特卡唤醒了中尉。

　　"记住，你注意添火，我去岸边走一趟，看一看，也许我们的人已经游了上来，正在什么地方坐着呢。"

　　中尉勉强坐起身来，两手紧按着太阳穴，嗓音十分低沉：

　　"头疼得要命。"

　　"没什么……那是因为又劳累又有烟熏。很快会过去的。从口袋里掏出点饼来，再烤上条鲤鱼，你就吃饭吧。"

　　玛琉特卡说着提起一支步枪，用皮外套的衣襟擦了擦枪，就走出去了。

　　中尉跪起来，爬近篝火，从一个口袋里取出一块已经湿透了的硬饼，咬了一口，嚼了几下，饼从嘴里掉了出来，接着他一头栽倒在火边的沙地上。

　　…………

玛琉特卡摇晃着中尉的肩膀，绝望地呼喊着：

"起来呀！……起来吧，要命鬼！……大祸临头了！"

中尉眼睛瞪得大大的，嘴也大张着。

"跟你说话哪，快起来！遭了大殃了！船让浪头冲跑了！现在我们没有活路了！"

中尉死盯着她的脸，一声不响。

玛琉特卡仔细看了看他，"哎呀！"一声发出低沉的惊叹。

中尉碧蓝碧蓝的眼珠茫然地瞪着，一副疯狂的神色。他的头歪向一边，面颊无力地贴在玛琉特卡的手背上，滚烫得像一团火。

"到底冻坏了，这个弱不禁风的鬼东西！我可拿你怎么办呀！"

中尉动了动嘴唇。

玛琉特卡俯下身子，只听他说道："米哈伊尔·依万诺维奇……别给我打一分……我没记熟……明天我一定准备好……"

"你胡诌些什么呀？"玛琉特卡打了个冷战。

"特列佐尔[1]……叼过来……山鸡……"中尉蓦地大喊一声，跃身而起。

玛琉特卡吓得往后一闪身，两手捂住了脸。

中尉又倒下了，十指在沙地上乱抓乱挠。

他低声呓语着，说得飞快，字句含混不清，不断地被话噎住。

玛琉特卡绝望地往四下看了看。

她脱下皮外套，铺在地上，然后吃力地把中尉毫无知觉的身体架着拖起来，放在皮外套上，用皮袄盖严实。

玛琉特卡自己可怜巴巴地蜷缩在他身边，混浊的泪水顺着干燥的面颊缓缓地流淌着。

1　猎狗常用的名字。

中尉折腾着，不断掀开盖在身上的皮袄。可是玛琉特卡每次都坚持再盖成原来的样子，从脚到下巴把他裹得严严实实。

后来，见他的头歪在地上，又垫上口袋让他枕着。

玛琉特卡仰头向天号啕大哭起来，一边泣诉着：

"他就要死了！……我怎么跟叶甫秀可夫说呀！……噢，你多倒霉哟！"

她俯下身，凑近烧得浑身滚烫的中尉的面庞，仔细地看着他那双茫然失神的蓝眼睛。

她只觉得胸口里刀割似的心痛，伸手理平了中尉蓬乱的鬈发，双手轻轻地捧起他的头，亲昵地低语着：

"呶，你就是我蓝眼睛的小傻瓜！"

第七章

本章开始犹如一团乱麻，行将结束时自见丝缕分明。

一排排银亮的军号，军号上系着小铃铛。

军号声声，小铃铛也发出悦耳清脆的音响：

"丁零零，丁——零——零。"

"丁零，丁零，丁——零——零。"

军号吹出自己特殊的调子：

"嘀——嗒，嘀——嗒，嘀——嘀——嗒。"

毫无疑问是进行曲。果真是进行曲。当然是阅兵式上总要奏的那一种。

操场也是那个操场，四周枫树叶在灿烂的阳光下闪闪发亮，宛如绿色的绸缎。

军乐队队长正在指挥乐队。

队长背朝乐队站着。从他军大衣后下摆开衩的地方，向上伸出一条火红色的、又粗又长的狐狸尾巴。尾巴尖上缠着一个小金球，球上嵌着一把调音叉。

尾巴上下左右地摆动着，调音叉定音，同时指挥大铜号和长号何时起奏。如果哪个乐师粗心大意拖了板，调音叉立刻就在他脑门上猛敲一下。

乐师个个拼命地吹奏着，那样子实在令人百看不厌。

士兵当然是士兵，分属近卫军各个团队。军乐队是由各团队抽来的士兵混合组成的。

不过，个个乐师都根本没有嘴……鼻子下面光板溜平。军号嘴儿都插在每一个乐师左边的鼻孔里。

他们用右鼻孔吸足气，再用左鼻孔把气吹进军号里，所以军号的声音很特殊，又响亮又快活。

"准备操练，分——列——式！"

"分列式开始！……枪上——肩！"

"团——队开始！"

"营——队开始！"

"连——队开始！"

"从右边，以排为单位进行……第一营，开步——走！"

军号声：嘀——嗒，嘀——嗒，嘀——嘀——嗒。

小铃铛：丁——零，丁——零，丁——零——零。

上尉史维措夫穿着长筒漆皮靴，踏着花样翻新的舞步。他的屁股绷得又紧又平，好像美味的火腿。嘭——嚓，嘭——嚓。

"好样的，小伙子们！"

"噢——噢——噢，汪——汪——汪！……"

"中尉！"

"中尉！中尉去见将军！"

"哪一个中尉？"

"第三连的。戈沃鲁赫·奥特洛克去见将军！"

将军骑着马，立在操场中央，红脸膛、白胡须。

"中尉先生，怎么搞得这样不成体统？"

"嘻——嘻——嘻！……哈——哈——哈！"

"你发癫了吗？……还敢放肆地笑？……我要把你——你知道你在和谁打交道吗？"

"哈——哈——哈！……阁下，您并不是将军，不过是一只公猫！"

将军骑在马上，从头到腰确实很有将军的气派。不过，从腰往下却只见两条猫腿。假如是什么良种猫，也罢了，但是不然。完全是那类最常见的普通猫，那类猫容易脱毛，而且毛色不匀，总是灰溜溜地满院子乱窜或在房顶上游荡。

猫爪子紧紧地撑着马镫。

"我把你送交军事法庭，中尉！没听说过的名堂！在近卫军时一个军官的脐带竟全翻了出来！"

中尉仔细一看，吓得目瞪口呆。脐带从垂着的围巾穗子下面真的钻出来了，像一根绿色的细肠子，脐带顶端就是肚脐，画着圆圈飞快地旋转着，圆圈转得越来越大。中尉一下子用手抓住了脐带，可是它却滑脱了。

"抓住他！他违背了军人誓言！"

将军抽出踩在马镫上的猫脚，张开利爪伸过来抓他。猫脚上戴着银马刺，可是装马刺星轮的地方却嵌着一只眼睛。

一只司空见惯的眼睛。圆圆的黄眼珠，目光犀利，直透中尉的心扉。

那眼睛亲切地眨动一下，说起话来，不清楚是怎么一回事，眼睛本身说话了：

"不要怕！……不要怕！……到底还是缓醒过来了！"

一只手托起了中尉的头。他睁开眼睛，看到了一张清瘦的面孔，几绺鬈发垂在额前，再就是那双亲切的黄眼睛。

"你真把我吓得够呛，可怜的小家伙。整整一个星期跟你一块儿活受罪。我想我是护理不好了。只有我们两个孤苦伶仃地留在岛上。既没有一点药，也没有一个人当帮手，只好靠点开水照顾你的病。从一开头你就吐个不停……水简直坏透了，又挺咸，你根本受用不了。"

这些亲切而又忐忑不安的话好容易才进入中尉的意识。

他微微欠起身来，不理解地瞠目环顾着。

四下里尽是鱼垛，燃着篝火，步枪通条上挂着锅，开水在锅里翻滚。

"这是怎么了？……什么地方？……"

"莫非你全忘记了？没有认出来吗？我是玛琉特卡呀！"

中尉用他那细嫩得透明的手擦了擦额头。

他终于恢复了记忆，带着倦意的微笑，轻声地说：

"对了！……想起来了。鲁滨孙和星期五！"

"哟，怎么你又说胡话了？你总惦记着星期五罢了。我也不知道现在是星期几，早就记乱日子了。"

中尉又露出一丝微笑。

"不是日子……是这样的名字……有个故事，讲一个人在船破之后漂流到一个荒岛上的遭遇。他交上一个朋友，名字叫星期五。你一直不曾读过这故事吗？"他往皮衣上躺下去，咳嗽起来。

"不，我读过不少故事，可是不晓得这一个。你就躺着吧，安安静静地躺着吧。别多说话。病还可能再犯呢。我给你煮点鱼吃，恢复一下体力。大概整整一个星期，除了水，你什么也没有吃过。看你这样子浑身都透明了，像蜡捏的。你就躺着吧！"

中尉倦意沉沉地闭上了双眼。他脑子里响起一下一下碰撞水晶玻璃时发出的清脆音响。他回忆起系着小水晶玻璃铃铛的军号，于是吃吃地笑出声来。

"你怎么了？"

"没什么，回忆罢了……我病里说胡话的时候，正做着一个极好笑的梦。"

"你做梦的时候，喊叫得可厉害哩！又下命令，又骂粗话……吵得一塌糊涂。大风呜呜地怪吼，四下里一片空旷，在荒岛上只有你我孤单单的两个人，你又总是昏迷不醒。那时候，我真害怕极了。"她冷得缩起身子来，"简直不知道该怎么办！"

"那你是怎么对付过来的呢？"

"就这样对付过来了。其实最要紧的还是担心你会饿死。除了水，什么东西也没有。那些剩下的饼，全都用开水泡软喂给你吃光了。现在只有周围这些冻鱼。可是对一个病人来说，咸鱼又算得了什么吃食呢？不过，我一见你缓醒过来，睁开了眼，我心上的石头也算落地了。"

中尉伸出手来，把虽有污垢但细长好看的手指压在玛琉特卡的臂弯上轻轻地抚摸着，说道：

"谢谢你了，亲爱的！"

玛琉特卡满脸绯红，拉开了他的手。

"不用谢！……不值得感谢。依你说应当怎么办？难道能见死不救吗？我是人还是野兽呢？"

"不过，我是士官生……是个敌人。值得照顾我吗？再说，你也差不多只剩一口气哩。"

玛琉特卡沉默了片刻，抖动一下身子表示不理解，挥了挥手，咯咯地笑起来。

"哪里说得上是敌人？胳臂都抬不起来了，还算什么敌人？我也是命里注定该和你在一起。我一下子没瞄准，放了空枪。那是生来第一次。咴，因为这个就只好服侍你一辈子喽。给你，吃吧！"

她把煮鱼的小锅递到中尉面前,里面浮着一块琥珀色的、油汪汪的鱼脊肉。喷香而透明的鱼肉散发出一股称心可口的气味。

中尉从锅里捞起那块鱼肉,大口大口地吃着。

"只是咸得可怕。喉咙都刮疼了。"

"简直没有办法对付。水要是淡的也好些——可以先泡一泡去点咸味儿。现在真是倒霉透了,鱼咸水也咸! 祸不单行,害人精!"

中尉推开了锅。

"怎么? 不想多吃点吗?"

"不吃了,我吃饱了。你自己吃吧。"

"让它见鬼去吧! 过去一个星期我真受够它的罪了,嗓子里总好像有一团刺。"

中尉用肘支撑着上身斜躺着。

"唉!……能吸口烟有多好!"他愁闷地叹息道。

"想吸烟? 你尽管直说嘛。谢勉内依的口袋里剩有马合烟。浸湿得不厉害,我已经把它烤干了。我知道你迟早要想吸烟的。会吸烟的人病好之后特别想烟想得厉害。在这儿,拿去吸吧!"

中尉异常激动地接过烟荷包,连手指都发抖了。

"你真称得起一个金不换的人哪,玛丽雅! 比奶娘还强哩!"

"也许你离开奶娘就没办法生活吧?"玛琉特卡冷冷地说着,自己反而脸红了。

"可惜没有纸。你那位红色政委把我所有的纸都没收了,我又丢了烟斗。"

"纸……"玛琉特卡沉吟起来。

接着,她果断地把盖在中尉身上的皮外套翻过来,伸手探进衣袋,掏出一个小包。

她解开小包上扎的带子,递给中尉几张纸片。

"呶，拿去卷烟吧。"

中尉接过纸片仔细看了看。他抬起头，注视着玛琉特卡，碧蓝的眼里闪烁出不理解的目光。

"这是你作的那些诗呀！你难道疯了吗？我不用！"

"用吧，你这个鬼人！别抓我的心了。害人精！"玛琉特卡喊着说道。

"太感激你了！这件事我一辈子也忘不了！"

他从一张纸片的边上撕下一小条，裹上马合烟，吸燃了。透过冉冉腾起的那缕蓝色的烟雾飘带，中尉凝神地望着远方。

玛琉特卡目不转睛地盯着他，出人意料地问道：

"我这样望着你，可无论如何也不懂，为什么你能长出一对这样蓝的眼睛呢？我生来从没在什么地方看到过这样蓝的眼睛。蓝得像一汪海水，甚至能淹死人呢！"

"我也不清楚，"中尉回答道，"从生下来就是这样。很多人都讲这颜色十分罕见。"

"一点不假！……还是抓你当俘虏的时候，我就想过：他怎么长这样一对眼睛呢？你的眼睛实在危险！"

"对谁危险？"

"对娘儿们危险呗。一下子就钻进人家心窝里去了！能撩动春情呢！"

"也撩动了你的春情吗？"

玛琉特卡羞得满脸绯红。

"你这个鬼东西！不许你问！好好躺着，我去打水来。"

玛琉特卡站起身来，若无其事地拎起了锅。但是刚要走出鱼垛墙的时候，她却快活地转过身来，像早先那样说了一句："呶，你就是我蓝眼睛的小傻瓜！"

第八章

本章读者自会一目了然。

三月的太阳——回春的力量。

三月天,煦日照耀着咸海,抚爱着,用炽热的牙齿轻轻地咬着,搔弄着人的血脉。

中尉到外面来已经第三天了。

他坐在板棚墙边晒太阳,一对眼睛闪烁出重生的喜悦,向四外张望着,眼珠碧蓝碧蓝的,像一汪海水。三天来,玛琉特卡把整个沙岛巡视了一遍。

最后这一天傍晚,她回来时兴致很高。

"喂! 明天我们搬家!"

"往什么地方搬呢?"

"那边,在远处,离这儿差不多有十五六里。"

"那边怎么样?"

"我找到渔民一间房子。简直像王宫! 又干爽又牢实,甚至窗上的玻璃都没有坏。房里有火炉和一些破旧的锅、碗、瓢、盆,还能将就着用。最主要的是有一张木床。可以不再睡泥地了。真恨不得能立刻就动身到那边去。"

"谁又能想得到呢?"

"我说的就是这个意思! 另外,我还有收获,求之不得的收获哩!"

"是什么?"

"发现他们有个暗角,砌在炉子后面,是藏粮食用的。还真剩下点吃的。大米和面粉,有十多斤。虽说有点发霉,还是可以吃的。大概是秋天暴风来得早,渔民们慌着收拾上船，忙乱中忘在那儿了。现在生活可不用愁了！"

清早他们就搬家去新地方了。前面走的是玛琉特卡，浑身连背带驮，活像一头骆驼。她把所有的东西都揽到自己身上，一点儿也不准中尉动手。

"去你的吧！还得再累坏了呢。多保重点吧。你不用怕！拿得动哩！我外表瘦瘦的，其实身体还蛮结实呢。"

快晌午的时候才走到那座房子，清扫了积雪，用绳子套好了扯掉合页的木板门。满满地塞了一炉灶咸鱼，点燃后，两个人幸福地微笑着在炉边烤火。

"多舒服呀！……简直是帝王的生活！"

"你真是好样的，玛丽雅！这一辈子我都要感谢你的。没有你，我早没命了。"

"明摆着的事嘛，你这个白面书生！"

她沉默了一会儿，在火上搓着手，说道：

"暖和倒是挺暖和……不过，往后我们干什么呢？"

"有什么好干的？等着呗！"

"等什么？"

"等春天来。已经没有多久了。现在是三月中旬。再过两个星期左右，渔民大概就会来这儿往外运鱼了。嗷，也会顺便把我们救出去。"

"能那样当然好。像这样靠冻鱼和发霉的面粉过日子，我们是拖不长久的。最多支持两个星期左右，时间再长可就要完蛋了，害人精！"

"这说的算什么口头语——害人精？从哪儿学来的？"

"我们阿斯特拉罕一带地方都这么讲。渔民们常用它代替骂粗话。我不喜欢说粗话，可是有时候也真气得难过，就讲这句话解解气。"

她用步枪通条拨弄着炉灶里烈焰熊熊的鱼块儿，开腔说道：

"你跟我念叨过一个故事，讲荒岛上的生活，还有星期五……这样空坐着有什么意思？我最爱听故事了。以前，村里的娘儿们常常聚在我姨妈家，请顾格尼哈老太太去讲古,她可能有百多岁了。她还记得拿破仑哪!只要她一开口说话,我就一动不动地坐在角落里听,生怕漏掉一个字,甚至紧张得浑身发抖呢。"

"你说的是鲁滨孙吗?有一半差不多全忘掉了。我是很久以前读的了。"

"你回想回想嘛。把你记得的都讲出来就行了!"

"好的。尽力而为吧。"

中尉半合着眼,沉思起来。

玛琉特卡把皮外套摊在木床上面靠近炉火那边的角落里。

"坐到这儿来吧!这边暖和多了。"

中尉爬到那角落里。炉火散发着喜人的热气。

"喂,你怎么了?开始吧!真让人急得慌。我最喜欢听这一类故事哩。"

中尉胳臂肘支着膝盖,手托着下巴,开口讲道:"从前,在一个叫利物浦的城市里,住着一个很有钱的人,他的名字叫鲁滨孙·克卢佐……"

"那个城市在什么地方?"

"在英国……住着一个很有钱的人鲁滨孙·克卢佐……"

"等一下……你是说一个很有钱的人吗?为什么所有的故事净讲有钱的人和帝王将相呢?连一本讲穷人的都没有吗?"

"不知道,"中尉感到莫名其妙,"我脑子里一向没出现过这种念头。"

"那些故事肯定是有钱人自己写的。大概跟我一样。我想作诗,可是作诗的才气不够。我真想好好地写一篇关于一个穷人的故事。没关系。将来我认真地学习一番,到那时候我一定写得出来。"

"是的……就这样,这位鲁滨孙突然异想天开,要周游世界各国,看一看人们都怎样过生活。结果,他就坐上一艘大帆船,从那个城市出发了。"

炉火噼啪作响。中尉讲话的音流像节奏分明的滴水,有板有眼,娓娓动听。

他慢慢地回忆,尽量描述出所有的细节。

玛琉特卡屏息静气地听着,在一些特别精彩的地方还兴奋得感叹不止。

当中尉详尽地叙说鲁滨孙那艘帆船如何覆没的时候，玛琉特卡轻蔑地耸了耸肩，问道：

"什么？这样说来，除了他之外，所有的人都淹死了吗？"

"是的，全都丧命了。"

"肯定，他们的船长是个榆木脑袋，或者就是他在船翻之前已经醉成一摊烂泥了。一辈子我也不相信，一个好船长能让一船人白白地送命。我们在里海那时候，翻船的事就够多的了，可是每次最多淹死两三个人罢了。"

"那为什么？我们不是也死了谢勉内依和维亚希尔吗？可见，你就是一位坏船长，或者你在翻船之前已经烂醉如泥喽？"

玛琉特卡一下子怔住了。

"噫，你倒会讲歪理钻空子，害人精！呶，接着说呀！"

讲到星期五露面时，玛琉特卡再次打断了中尉，说道：

"唔，就因为这个你才叫我星期五的吧？你仿佛就是鲁滨孙本人吗？你说过，星期五是黑人，对吗？说起黑人嘛，我倒是见到过。在阿斯特拉罕的马戏团里有过一个。毛发长长的，嘴唇厚厚的，那副样子吓人得很哩！我们跟在他后面跑，比着样子给他看，向他喊：'喂，吃点猪耳朵吧！'他气得要命，抓起一把石子就追着我们打。"

故事讲到海盗的袭击时，玛琉特卡目光炯炯地望着中尉，说道：

"十个人打一个，这帮流氓，害人精！"

中尉讲完了。

玛琉特卡带着幻想的神情，全身缩成一团，斜靠在中尉肩上。她睡意蒙眬地唠叨着：

"这真是太好了。你肯定还知道好多故事吧？那就这样，你每天给我讲一个。"

"怎么样，难道你觉得称心吗？"

"太称心了。从心眼儿里喜欢哩。我们就这样消磨夜晚吧,时间不知不觉就过去了。"

中尉打了个呵欠。

"你想睡觉了吗?"

"不是……只不过病后软弱罢了。"

"噢,你这软弱的人哪!"

玛琉特卡又一次抬起手来,满腔柔情地摸弄着中尉的头发。中尉惊诧地抬起头来,碧蓝碧蓝的眸子凝视着玛琉特卡。

碧蓝的眼睛里流露着一股爱抚之情,径直冲进了玛琉特卡的心窝。玛琉特卡如醉如痴地俯身相就,凑近中尉消瘦的面颊,把自己又干又粗的双唇紧紧地压在他没有刮过的硬胡子楂上。

第九章

本章证明:尽管心不承认法则,但是存在毕竟决定意识。

近卫军中尉戈沃鲁赫·奥特洛克本来应当是玛琉特卡歼敌记录上的第四十一个。

现在他却成了少女欢乐簿上的第一名。

玛琉特卡的内心深处萌发了对中尉无限的依恋:喜欢他清瘦的细手,爱听他柔和的说话声,而最使她为之倾倒的是那对碧蓝碧蓝的眸子。

由于有这对碧蓝清澈的眸子,整个生活都充满了光明。[1]

1　最初的版本这一句是:"由于这双眼睛、这对碧蓝清澈的眸子,玛琉特卡心底升腾起一股熊熊的火焰,直烤得她浑身颤抖,双腿酥软。"

一时间，几乎忘掉了令人愁闷的咸海，仿佛鱼汤咸涩、面粉酸苦已经不那么使人作呕了。在洪波浩瀚的咸海彼岸所过的那种动荡不安的战斗生活，曾引起过玛琉特卡模糊的惆怅与向往。然而现在这一切都消散得无影无踪了。白天，她做些日常的事，烙饼，煮又咸又干、吃得牙床都起泡的鱼脊肉。有时也到岸边去看看一心盼望的风帆会不会凑巧顺路飘过。

黄昏时分，当吝啬的太阳从微露春意的天际徐徐滑落后，玛琉特卡就爬到床上自己那个角落，蜷缩在中尉身旁，亲热地依偎在他的肩上，静静地听着。

中尉不断地讲着故事，而且讲得十分动听。[1]

时间日复一日地漂浮过去，好像排排的微波流逝着。

有一天，中尉消闲自在地坐在小房的门槛上晒太阳，望着玛琉特卡的手指老练而飞快地刮掉一条肥鲤鱼的鱼鳞。他眯着眼睛耸了耸肩，说道：

"哼……瞎扯淡，活见鬼！……"

"亲爱的，你说什么？"

"我说，瞎扯淡……整个的生活纯粹是瞎扯淡。起初的那些概念、所接受的思想，简直是胡说八道！全都是一些地形图上的假定符号。近卫军中尉吗？让他见鬼去吧！我就是想生活。我整整活了二十七年，可是看到，我实实在在根本没有过过真正的生活。我挥霍浪费过大量的钱财，奔波劳碌于世界各地去追求什么理想。不过，由于空虚和不满而产生的致命的苦闷却使我的心头时时作痛。现在我想：假使那时候有谁告诉我，我最充实的日子要在这儿，在这荒诞不经的海中一座荒诞不经的沙岛上度过，我是绝对不会相信的。"

"你怎么说的，什么样的日子？"

"最充实的日子。不明白吗？怎么才能给你讲得清楚呢？唉，就是那样的日

1　最初版本中这一句以后还有下面两段：
"夜里，她柔顺可爱得像一头小牛，委身在中尉那极为诱人的欲火热浪中，只烧得她神荡魂迷。
"她心儿迷醉，似睡非睡，疲惫消瘦的面容上焕发出一种细润如瓷的光泽，幸福得双唇颤抖不已。"

子，那时你不会感到自己处在和整个世界敌对的地位，不是远离独立斗争的一个小分子，而是彻底融化在，"他说着用手向四外画了个大圆圈，"融化在周围的一切之中。我现在感到自己已经和周围这一切不可分离地结合在一起了，呼吸与共，休戚相连了。听，海浪在呼吸着：轰——哗，轰——哗，不只海浪在呼吸，也是我在呼吸，我的灵魂和肉体。"

玛琉特卡放下了鱼刀。

"你讲的是学问深的人说的话，不是所有的字眼儿我都能听懂。我可以用简单的话说：我现在非常幸福。"

"字眼儿不同，实际是一个意思。现在我甚至觉得：能够一辈子不离开这片炎热而古怪的沙滩，永远留在这里，在暖烘烘的太阳下晒着，过着野兽般快活的生活，我也就心满意足了。"

玛琉特卡望着荒沙出神，好像忽然想起什么要紧的事，带着几分歉意，温柔地笑了。

"不……让荒岛见它的鬼去吧！……我就不打算留在这儿。太懒散了，最后还要懒死人呢。再说，自己的幸福也没有人看得见。四处尽是死咸鱼。等着吧，眼看就是三月底了。我早心急地想见一见活人了。"

"莫非我们不是活人吗？"

"当然是活人，不过，现在剩下那点发霉的面粉也只够吃一个星期了，而且可能吃坏人，到那时候你又会唱什么调调呢？再说，亲爱的，你要明白，现在也不是享乐的时候，你想，我们的人在那儿打仗流血，非常需要人手。在这种情况下，我也不能安然地在旁边歇凉。我不是为求自在才宣誓参军的。"

中尉的眼由于吃惊瞪得溜圆。

"你怎么……还想去当兵？"

"能不去吗？"

中尉默默地在手里转动着从门槛上扯下来的一小条干木片，心灰意懒地慢

慢说道:

"奇怪的女人!我老实跟你说吧,亲爱的玛琉特卡。那种混账事早就让我讨厌死了。那么多年来,流了那么多的血,造成了那么多惨绝人寰的悲剧。我并不是从小就当兵的。有一段时间,我也曾过过真正的、人的生活,美好的生活。在德俄战争前我是个大学生,钻研过语言学,整天整天地和我那些可爱的书籍生活在一起,书是我亲密的忠实伙伴儿。我藏书非常之多,房里三面墙,直到天花板,都让书架遮满了。经常是这样:窗外是彼得堡的湿雾,阴森森的,寒冷刺骨,可是房里炉火正旺,热烘烘的。灯上罩着蓝色的灯罩。我捧着一本书,坐在安乐椅里,心情和现在一样无忧无虑。真是心花怒放,甚至听得见花苞绽开的声音,就像春天的杏花,你懂吗?"

"嗯。"玛琉特卡搭讪着,警惕起来。

"可是,有一天,在注定要倒霉的那天,这一切都破灭了,烟消云散化为乌有了……直到现在我还记得那一天的情景。我正在乡下别墅的露台上捧着一本书读着。书名我都没忘。晚霞浓重,色彩殷红,辉映出血一样的光泽。父亲乘火车从城里赶来,手里拿着一张报纸,样子很激动。他只说了两个字,但那两个字却像水银一样沉重,充满着死亡的气息……那两个字就是:战争。那两个字太恐怖了,鲜血淋淋,正像殷红的霞光。父亲接着说道:'瓦季姆,你的曾祖父、祖父和父亲都曾率先响应过祖国的召唤。我期待着,你怎么样?……'他的期望没有落空。我和那些书分手了,而且那时候是真心实意地离开的……"

"真奇怪!"玛琉特卡喊叫起来,耸了耸肩,"怎么?打比方说,假如我的老子吃酒,醉得往墙上碰头,莫非我也得照样往墙上撞吗?这种事我无论如何也不理解。"

中尉长叹一声道:

"是啊!……你是不会理解这个的。你无论哪时也没有背过这种包袱。名望、门第、天职……这些都是我们一向特别珍视的。"

"是吗？……我也很敬爱我死去的老子，爱得特别深。不过，要是他不长进，是酒鬼，我根本没有必要照着他的脚印走。还是别提你那些老古董了吧！"

中尉撇着嘴，恶意地讥笑着。

"偏要提。战争把我断送了。我亲手把自己那颗活跳跳的人心淹死在万国粪坑里，窒息在卑鄙透顶的厮杀中。革命开始了。我信赖革命不亚于对未婚妻的信任……可是革命……我当军官那些年，从来没打过任何一个士兵，甚至没用手指戳过哪一个。但是那些背弃军人誓言的士兵却在戈麦尔市[1] 车站逮捕了我，扯掉我的肩章，朝我脸上吐唾沫，用屎尿泼我。凭什么呢？[2] 我逃跑到乌拉尔去了。那时我还相信祖国，重新参加了战斗，为横遭蹂躏的祖国复仇，为被侮辱的肩章雪耻。打过一阵仗之后，我终于看透了，根本没有什么祖国，它和革命一样，只不过一片空虚而已。两者都是嗜血成性的东西。为肩章拼命更加不值得。我想到了人类真正的唯一祖国——思想。于是我重又回想起自己那些书，想厕身于书林之中，埋头钻研一番，求得书籍的谅解，和书籍生活在一起。还讲什么人类为祖国，为革命，为什么那口万国粪坑，让一切统统见鬼去吧！……"

"原来是这——样！……那么，当地球正在分裂成两半，人们为寻求真理，在成河的血泊中挣扎的时候，你却像避冬的旱獭，躲在火炉边，坐在板凳上读那些故事书吗？"

"不知道……也不——想——知——道！"中尉突然狂怒地喊叫着跳起身来，"我只知道一件：我们生活在行将沉没的地球上。你讲得完全正确：'地球正在分裂成两半'。让它这个老废物分裂吧，崩溃吧！内瓤全空完了，心肝五脏都挖掉了。早晚会因为空虚而毁灭的。从前地球年轻，物产丰富，缺乏考察。新发现的国土、无穷的财富具有极大的诱惑力。现在一切全完了。再没有什么可发现的了。人类的全部机智都花在如何保存积累上，千方百计苟且偷生，拖他一百

1　戈麦尔市：位于索日河畔，铁路枢纽站。
2　最初版本里这句下面还有一句："在我眼里，革命变成了一个嘴眼歪斜、面目可憎的下流酒鬼。"

年，甚至一年、一分钟也好。技术，死板的数字，连被束缚得丧失创造力的思想也一心一意地探讨灭绝人类的问题，想办法更多地消灭人，以便活下来的人能更久地填满他们的肚皮和腰包。见鬼去吧！……除了自己的真理之外，我什么真理也不接受。难道你们那些布尔什维克确实发现真理了吗？用土地证和口粮证就能换取人类活生生的灵魂吗？够了！我已经洗手不干这种事了！不想染指了！"

"你却落个干净，是吗？自己不动手，逍遥自在？让别人替您这位大人干脏活儿吗？"

"就是！干吧！干吧，活见鬼！谁喜欢干谁就去干吧！听我说，小玛琉特卡！只要我们从这里一脱身，我们立刻就去高加索。在苏呼米城[1]郊区，我有一座小别墅。我到那里之后就埋头读书，其他一切都不闻不问，过一种平静安宁的生活。再也不去想什么真理，我追求的只是安宁。你也能好好学习了。你不是也想学习吗？你自己就抱怨过学识浅，那你就学习吧。我为你什么都可以做到。你救了我的命，我一辈子也忘不了这一点。"

玛琉特卡霍地站起身来，进出来一串带刺儿的话：

"那么说，你的话我应当理解为这样：当人们为求真理，抛头颅、洒热血的时候，我却应当躺在鸭绒褥子上跟你搂搂抱抱颠鸾倒凤，嘴里吃着浸透人血的糖块儿。是不是这意思？"

"为什么讲得这样粗俗呢？"

"粗俗？应当跟你讲得温柔，再加点甜言蜜语吗？不，别做梦了！你刚才还满嘴喷粪，咒骂过布尔什维克的真理。说什么不打算知道别的真理。那时候你了解过、知道过那真理的实质吗？晓得那真理浸透着人们的血汗和泪水吗？"

"不晓得，"中尉神情沮丧地回答说，"我只感到惊奇，你这样一位姑娘竟然

1　苏呼米：黑海港口，避暑胜地。现为阿布哈兹苏维埃社会主义共和国首府。

也粗野得甘心和那伙浑身虱子的酒鬼无赖一起去杀人放火。"

玛琉特卡双手叉腰,激愤得大声说道:

"当然,他们身上是有虱子,不过你的灵魂早就让虱子咬穿了!我跟你这样的家伙发生关系,简直臊死人!你这个鼻涕虫,浑身疥疮的海蛆哟!还说什么:'小玛琉特卡,让我们离开这儿,过那种床上恩爱夫妻,床下结伴读书的平静生活去吧!'"玛琉特卡拿腔捏调地嘲弄着他,"别人流血淌汗,开荒种地,你呢?噢,你这个狗崽子!"

中尉气得满脸通红,死死地咬着薄嘴唇。

"你敢再骂人!……你别忘乎所以……下流女人!"

玛琉特卡往前抢上一步,举手一挥,照着中尉没有刮过的瘦脸啪的一声,猛甩了他一记耳光。

中尉被打得往后趔趄一步,攥紧双拳,浑身颤抖,猛地啐了一口唾沫,激动地说:

"幸亏你是个女人!我恨你……烂货!"

接着躲进小房里去了。

玛琉特卡茫然地看了一眼那只发麻的手掌,挥挥手,自言自语地说道:

"咦,这位老爷脾气还挺大咧!唉,你呀,害人精!"

第十章

本章里中尉戈沃鲁赫·奥特洛克听到了地球毁灭时的轰响,作者随即摆脱了撰写结局的责任。

中尉和玛琉特卡自从吵架之后,已经三天没有谈过话了。但是,在岛上谁也离不开对方。最后，春意盎然的环境使他们和解了。春天来得既早又快，迅速回暖，散发出炽人的热气。

岛面上曾覆盖过薄薄的冰雪铠甲，可是在神驹金蹄的践踏下早已荡然无存了。沙岛变得疏松柔软，像金丝雀的羽毛，鲜亮金黄，在浓浓的、暗玻璃似的海水映衬下，显得格外醒目。

晌午时分，沙土火辣辣的烫脚，踩上去脚板生疼。

在湛蓝色的晴空里，沐浴在熏风中的骄阳像一个烈焰熊熊的金轮，放射着万道华光。

似火的骄阳，醉人的熏风和开始发作的瘟症，都使得他们两个精疲力竭，再顾不到吵架了。

他们整天停留在沙岸上，一眼不眨地朝着玻璃一样浓重的水面望去。两双灼热的眼睛搜寻着帆影。

"我的耐心到头了！三天内渔民再不露面，说真的，我非用枪自杀不可！"这天他俩坐在沙滩上，玛琉特卡绝望地呻吟着，失神地搜索着那冷漠而沉重的蓝色海面。

中尉轻声地打个呼哨。

"把我叫作鼻涕虫，叫作浑身疥疮的海蛆，可是你自己却顶不住了。俗话说：'只要耐心别着急，早晚要当头头哩。'你只有一条路——当强盗头头。"

"你提旧事干什么？真是个小气鬼！事情过去也就算了。我骂你，是因为你应当挨骂。你软弱，你没用，是最刺我心的事。我也感到痛苦和委屈哩！因为是你缠住了我，诱惑了我，弄得我神魂颠倒，心肝五脏都让你掏去了。你这个蓝眼睛的魔鬼。"

中尉哈哈大笑着往后一仰，躺倒在沙地上，两腿乱踢乱蹬着。

"你怎么了？又急昏了吗？"玛琉特卡惊慌地问道。

中尉还是大笑不止。

“嗨，疯子！你倒说话呀！”

玛琉特卡朝中尉腰上捅了一拳，才止住他的笑。

中尉坐起身来，抹着睫毛上笑出来的泪花。

“呶，讲吧，你笑的到底是什么？”

“你真是个好姑娘，玛丽雅·菲拉托芙娜！谁都会让你逗笑哩。死人也能让你逗活，爬起来和你跳舞呢！”

“不然又能怎么办呢？按你那一套，最好在中间摇来摆去，像冰窟窿里的木头，既不靠这边又搭不到那边吗？要闹到自己是非不辨，别人恶心讨厌的地步吗？”

中尉又尖声地笑起来，他拍了拍玛琉特卡的肩头。

“伟大啊，你这个女人国的女王！我亲爱的星期五！你使我幡然悔悟了，给我身上注进了活命水。我不再想摇来摆去了，不再做你说得十分形象的那种冰窟窿里的木头了。我自己也看到：对我来说，埋头读书还为时过早。不，还要好好地生活，要龇出牙来，像野兽那样搏上几个回合，让那些人也知道点厉害！”

“怎么？莫非你真的聪明起来了？”

“聪明起来了，我的小鸽子！聪明多了！谢谢你，是你教会了我！假如我们现在就埋头读书，把土地交给你们全权支配，你们很可能闹到我五代子孙都要哭天撞地、血泪横流哩！不行啊，我可爱的傻丫头。既然是两种文化之争，就只好干到底了，只要……”

突然，他哽住似的又说下去。

那双碧蓝碧蓝的眸子一动不动地凝视着天地相连的远方，眼里闪射着喜悦的光辉。

他向前探着手臂，嗓音哆嗦着低声说道：

“帆！”

玛琉特卡心里轰地一下，仿佛有股弹力猛然把她抛起身来，于是她看到：

在远而又远的地平线蓝色的边缘上，有一颗针尖似的小白点，时隐时现地抖动着、漂浮着——那是迎风摇晃的白帆。

玛琉特卡双手紧按着自己颤抖不已的胸脯，目不转睛地呆望着，不敢相信那就是日思夜想的帆影。

她身旁的中尉纵身一跳，抓住玛琉特卡的双手，把她的手从胸脯上扯起来，手舞足蹈地拉着玛琉特卡，围绕着自己转圈儿。

他狂舞着，套着破裤子的细腿甩得高高的，扯着又尖又细的嗓子高唱道：

在——大海——蔚蓝——色的——薄雾——中，

一叶——孤舟——闪着——白色的——帆影……[1]

帆——帆——帆，影——影——影……

帆影——帆影——帆影……

"你算了吧，坏家伙！"快活的玛琉特卡喘着气挣脱了身子。

"小玛琉特卡！我亲爱的傻丫头！女人国的女王！我们有救了！真的有救了！"

"你这个调皮鬼！现在你自己也想早点离开这荒岛，去过人世生活了吧！"

"想，真想！刚才就对你讲过，想极了！"

"等一等！……应当给他们一个信号！招呼一下！"

"还招呼干什么？他们自己会过来的。"

"万一他们是到别的岛上去呢？渔民们说过，这一带的岛多得要命。他们可能从旁边滑过去的。快去小房里拿枪来。"

中尉朝小房奔去，蹿出来时手里提着步枪，边跑边挥舞着。

"别乱来！"玛琉特卡吆喝着，"连放三枪！"

中尉把枪托顶在右肩上。砰！砰！砰！沉闷的枪声撕裂了周围呆滞的寂静。

---

[1] 所唱文字出自 19 世纪俄国诗人莱蒙托夫名诗《帆》，这是其中的头两行。

中尉每放一枪,身体都要摇晃一下。直到这时他才晓得自己虚弱到什么地步了。

船帆已经清晰可见。帆很大,粉红和鹅黄两色,像快活的鸟儿张开的羽翼在海面上飘动着。

"鬼——东——西,"玛琉特卡仔细地辨认着,嘟嘟囔囔地说道,"这算一只什么怪船呢? 不像是捕鱼的,比那种船强多了。"

船上听到了枪声。船帆抖动了一下,转到另一边,定帆之后就一直朝着沙岸驶来。

在粉红和鹅黄色的船帆下,又黑又矮的船身逐渐从海蓝色中显露出来。

"没有错,一定是调查鱼汛的船。不过,我真不懂,这种季节,谁会在海上面白费功夫呢?"玛琉特卡低声唠叨着。

离岸一百多米的时候,帆船又一次转用左舷风。船尾上一个人欠起身,两手拢在嘴边叫喊起来。

中尉浑身一震,上身猛向前倾,一挥手把枪抛到旁边的沙地上,两个箭步就蹿到水边,张开双臂,发疯地狂喊道:

"乌——拉! ……我们的人……快来啊,先生们,快来啊!"

玛琉特卡的两眼死死地盯着木船……一个坐在舵柄旁边的人,肩上的金肩章闪烁可见。

她像一只受惊的母鸡要保护雏鸡似的向前猛扑几步,浑身颤抖不已。

记忆蓦地扯起一道闪电,清楚地闪现出来:

冰雪……碧蓝的海水……叶甫秀可夫的面容。他说话的声音:"万一无意中撞见白匪的话,绝不能把他活着交出去。"

她哎呀一声,紧咬住嘴唇,一把抓起抛在地上的步枪。

她绝望地高声叫唤着:

"嗨,你……你这个该死的士官生! 回来! ……跟你说哪,快回来,鬼东西!"

中尉已经站在齐脚腕深的水里，正用力地挥舞着双臂。

突然，他听到从自己背后传来了地球行将毁灭于火焰与风暴时发出的一声震耳欲聋的轰然巨响。他还没来得及弄清楚原因，就本能地往旁边一闪，想躲过这场灾难。于是，这世界末日的轰然巨响就成了他所听到的最后一声尘世间的噪音。

玛琉特卡木然地呆望着倒下去的身躯，机械地跺着左脚。

中尉一头栽倒在水里。油亮的水面上漂浮着几缕从打碎的额头里流出来的血水。

玛琉特卡扑到他跟前，弯下腰去，丢开手中的步枪，哀号着撕裂胸前的军衬衣。

一颗从眼眶中打出来的眼球，连着一丝粉红色的神经在水里晃动着。眼珠像海水一样碧蓝碧蓝的，正直盯盯地望着她，流露出困惑而可怜的神色。

她扑通一声跪在水里，试了试想抬起死者变了形的头颅，随后忽然扑倒在尸体上，双手拍打着，溅得自己满脸将凝的血浆，低哑而痛心地号啕大哭着：

"我的亲人哪！我闯下大祸了！醒醒吧，我那病还没好的人哪！我那蓝眼睛的亲人哪！"

拢近沙岸的帆船上，人们从远处望着，只惊得目瞪口呆。

鉴评：他们的爱隔着大海

在这个集子所选的作品中，这篇小说是"红色的"。

它产生于人类第一个无产阶级专政的国家，孕育于社会主义的意识形态，以严酷革命战争中的爱情故事为题材，显示出对无产阶级伦理道德观的忠诚，然而，它所提出的问题却又是震撼人心的。

这里，有好几个层次需要分析。第一个层次当然是作品中的形象表现。

故事发生在苏联"十月革命"后艰难严峻的国内战争时期。一支突围的红军小分队逃进了沙漠地带，在途中意外地俘虏了一个白军中尉戈沃鲁赫·奥特洛克，他身负重任，在红军政委看来是一名"要犯"，他被交给女战士玛琉特卡专门看管。小分队历经艰辛，终于走出了沙漠地带，抵达海滨。玛琉特卡与另外两个战士奉命押解戈沃鲁赫·奥特洛克从海路前往红军大本营，但他们在海上遇风暴沉船，两个战士葬身海底，玛琉特卡与戈沃鲁赫·奥特洛克漂流到荒岛上。他们像鲁滨孙那样进行了为生存的艰苦奋斗。他们成了情人。若干天后，海面上出现了一艘船只，在他们的呼救下，船驶向荒岛，原来船上全是白军，中尉狂喜地向船奔去，玛琉特卡持起了枪，从背后结果了这个红军的"要犯"的性命。

这故事够浪漫，够强烈！战火横飞中的相遇，你死我活的敌对营垒，海上的惊涛骇浪，荒岛上的原始生活，从敌人变成情人，最后情人死于情人之手……难怪这篇小说在苏联不止一次被搬上银幕，二十世纪三十年代初拍摄成黑白片，五十年代又被拍摄成彩色片！难怪彩色片《第四十一个》在中国放映后，曾引起了热烈的欢迎，也引起了深深的思考。

这样一个故事，在社会主义国家里，也是够敏感、够尖锐的！一个红军女战士竟然爱上了一个白军军官，一个革命者竟然爱上了一个反革命分子、一个专政对象，这算是一种什么爱情？人们根据最普遍、最现成的社会主义伦理道德观，自然会提出这样的疑问。

从作品的形象表现来说，玛琉特卡的爱情是可信的，也是可以理解的，在这里，既存在戈沃鲁赫·奥特洛克可以被接受、可以被爱的条件，也存在着玛琉特卡可以接受、可以去爱的可能。从戈沃鲁赫·奥特洛克这方面来说，他作为一个俘虏，沿途顺从，毫无敌对的表现，而且，他文质彬彬，知识分子味十足，这就在玛琉特卡那方面自然引起那种面对敌人阵营的成员所经常有的紧张感与敌视态度之松弛与淡化，在这个红军女战士面前，戈沃鲁赫·奥特洛克作为白军敌人的身份逐渐隐退了，而作为一个既听从摆布又需加照顾的人的身份却突显了出来，这就形成最外层的可被接受与接受之契合。

再深一层的是，戈沃鲁赫·奥特洛克有文化，懂得诗歌，而玛琉特卡正好是一个酷爱写诗的"业余诗人"，除了关心无产阶级革命的胜利外，她最大的心愿恐怕就是写出一本诗集能够出版了，因此，在这个方面，双方的"条件"就形成了又深一层的可被接受与可接受之契合。

更深一层的契合是，戈沃鲁赫·奥特洛克有英俊的面貌与一双蓝得出奇的眼睛。中国读者可不要小看蓝色的眼睛，它在欧洲人的两性关系里，几乎就是异性美与性感的象征，我们可以在不少西方文学作品里看到，它往往是使得有幸拥有它的主人对异性不战而胜的武器。对于它的美，玛琉特卡肯定是强烈感受到了，她后来对中尉的爱情就凝聚了她的这种审美感；至于它的性感，这个在粗重的劳动中长大起来的、有点愣头愣脑的姑娘可能并没有明确意识到，但是，她女性的本能实际上却是感受到了，正如她后来所承认的，"真是撩人的眼睛"，"女人一见就钻到心里去了"，"对女人可真危险"。因此，对这一层契合，我们可以称之为两性的契合。

最后，促成他们不平凡爱情故事的，就是在荒岛上共同生活的契合了。荒岛，只有他们两个人，与外世都隔绝，与现实生活中的政治营垒、利害冲突都彻底脱离，他们被还原成亚当与夏娃的状态，在这种状态中，原来起作用的社会政治的法则都隐退了，自然的法则占据了支配一切的地位，这样，这一对青年男女之间还有什么事不能发生？何况他们要共同为生存奋斗，互相依靠，而在原始的生活条件下，他们再也无法保持社会生活中的习惯与规范，势必亲密无间，不分彼此。

随着玛琉特卡与戈沃鲁赫·奥特洛克契合的不断深化，玛琉特卡的情感轨迹从敌视、警惕到亲近、关心、恋爱最后发展为结合，对于她的主观条件来说，这是从具体的阵营性、政治性向一般人性的转化，是她原来那种只知道持枪射击的限定性的开拓与扩张，是一种广阔的自然人性的完成，显而易见，自然人性的确在她身上高唱了凯歌。

这就危险了！这样一种性质的人物，在社会主义文学里能否站得住脚、能否被容许、能否被通过，就将成大问题了。幸亏，她的"阶级出身好"，是一个渔家女，从小就干剖鱼的粗活，是一个合格的工农分子。而且她参加革命后的"现实表现好"，一直忠于部队，勇敢善战，弹无虚发，死在她枪口之下的阶级敌人已有四十名之多。重要的是，在她与戈沃鲁赫·奥特洛克在荒岛上结合以后，有一次当戈沃鲁赫·奥特洛克言谈中颇有"阶级偏见""消极颓废情绪"的时候，她也进行了"论战"，"划清了思想界限"，表现出了自己"原则性的思想立场"。更重要的是,当最后戈沃鲁赫·奥特洛克要跑回自己原来的阵营时,她对准他放了一枪,叫他成了她枪下的第四十一名死鬼。这一枪可谓"大义灭亲"的一枪,它标志着她身上革命性、政治性、阶级性的复归,标志着她动摇性的终结,标志着她感情上迷惘状态的结束,而且,她放这一枪的时候,耳畔是响起了红军政委的命令与嘱咐,她毕竟没有忘记党的领导! 她最终还是听了党的话! 因此,她这样一枪就足以使她在苏联社会主义文学中保有了红军战士的军籍,使她进入了苏联社会主义文学的正面人物的画廊,虽然她放了这一枪后,又曾在海滩上把被击毙的情人抱了起来。本来嘛,比起关键时刻的大节,这就只是一个指头与九个指头的关系了。

　　小说的故事看起来很不平常、很浪漫,作者一正一反、一反一正、绝处逢生的处理也很不同凡响。然而,这样一种爱情格局、这样一个爱情悲剧结果以及作者本人处理这一爱情题材的方式,在新旧制度交替的时期、在社会主义社会的某个阶段,却是屡见不鲜,再平常不过的。只要是在社会主义国家,人们都可以经常见到现实生活中与文学作品中的"第四十一"式的"不相称的"爱情与婚姻,"革命者"与"非革命者"等之间的"不相称的"爱情与婚姻。这种婚姻或爱情之所以往往被认为是"不相称的",是因为按照在全社会占支配地位、辖制地位的阶级思想意识的观点看来,它模糊了革命阶级与剥削阶级之间的阶级界线,可能对革命一方带来消极的影响。此外,当然阶级出身还有优劣之分,因此,这种"不相称的"爱情或婚姻在现实生活中往往是不被提倡的,甚至有些时候是不被允许的。如果这种爱情或婚姻成为既成事实、无法改变的话,那么,根据上述的意识形态、流行观念,就有了对这种爱情或婚姻的要求与规范,如"坚持思想原则",等等。这种要求与规范一旦到了非常的时刻,就更具有绝大的威严与不可抗拒性。于是,这时,在这种爱情或婚姻中,往往就出现了革命一方对另一方的"处决",或者是揭发批判,或者是离婚,或者是断绝关系,这就是我们经常看到"第四十一"方式曾经在现实生活中、文学作品中再现的原因。在这个意义上,小说《第四十一个》具有社会典型性,不论是它的形象内容、它的女主人公最后行事的方式,还是作者本人处理的方式,都服从了阶级政治的意识形态的要求,服从了阶级政治化的伦理规范。如果说,当女主人公玛琉特卡眼见自己的情人朝白军的船奔去时,她把枪口对准他的背影是因为想起了红军政委对她的命令的话,那么,当作者拉甫列涅夫处理这个爱情题材、写作这篇小说的时候,他耳畔何尝没有响起某种命令与要求?

关于这篇作品,还有最后一层值得思考的问题,那就是它所启示的有关人性与阶级性,人的自然感情与政治原则、集团利害的关系问题。小说的故事发生在半个世纪前革命年代中两个阶级、两个阵营你死我活的斗争里,我们曾经在现实生活中常见的“第四十一”式的爱情或婚姻悲剧,也更多的是发生在过去阶级对抗、“阶级斗争的弦绷得紧紧的”的年代。随着时代的发展,那些岁月里紧张的阶级关系已经缓和了、松弛了,与此有关的阶级意识形态也大大淡化了,这使人们有可能对以上这些问题进行比较实事求是的科学探讨,但这是我们评析这篇小说的范围以外的事了。

图书在版编目(CIP)数据

谁此时孤独,就永远孤独 / 柳鸣九主编. —郑州:河南文艺出版社,2020.10

(世界最佳情爱小说)

ISBN 978-7-5559-1008-4

Ⅰ.①谁… Ⅱ.①柳… Ⅲ.①中篇小说-小说集-世界② 短篇小说-小说集-世界 Ⅳ.①I14

中国版本图书馆 CIP 数据核字(2020)第 162025 号

选题策划 俞 芸
责任编辑 俞 芸
书籍设计 吴 月
责任校对 梁 晓
责任印制 陈少强

出版发行 河南文艺出版社
本社地址 郑州市郑东新区祥盛街 27 号 C 座 5 楼
邮政编码 450018
承印单位 河南新华印刷集团有限公司
经销单位 新华书店
开   本 890 毫米×1240 毫米 1/32
印   张 6.625
字   数 184 000
版   次 2020 年 10 月第 1 版
印   次 2020 年 10 月第 1 次印刷
定   价 42.00 元

印厂地址 郑州市经五路 12 号
邮政编码 450002   电话 0371-65957864

(经多方努力未能联系上的作者及译者,敬请见到本书后联系出版社,我们诚盼为您奉上稿酬。联系电话:0371-61659971)